「平家物語」の時代を生きた女性たち

服藤早苗／編著

小径選書 ❷

はしがき

覚一本『平家物語』には、次のようなくだりがある。

その外御娘八人おはしき。皆とりどりに幸ひ給へり。……一人は后《きさき》に立たせ給ふ。皇子御誕生ありて、皇太子に立ち、位につかせ給ひて、建礼門院《けんれいもんいん》とぞ申しける。入道相国の御娘なるうへ、天下の国母《こくも》にてましましければ、とかう申すに及ばず。〈巻一「我が身の栄花」〉

平清盛の娘建礼門院が最初に登場する場面である。平家一族と都落ちし、息子安徳《あんとく》天皇入水後、自身も入水したものの、長い自慢の髪が源氏の熊手にかかり、助けられて京都に送られ、最後は大原寂光院《じゃっこういん》に隠《いん》棲《せい》する。『平家物語』では、最後の重要な場面を彩る配役のはずが、個性がとぼしく、主体性のない女性に描かれている。従来、この『平家物語』像をもとに、建礼門院は、頭の悪い、思考力のない女性とされることが多かった。「なぜ自殺しなかったの、母時子《ときこ》も息子安徳天皇も自殺したのに、だらしがない」との文章さえ目にしたことがある。しかし、近年の研究では、助けられた建礼門院が生き延びたのは、壇ノ浦《だんのうら》に沈んだ者のみならず、父清盛をはじめ平家一門の菩提《ぼだい》を弔《とむら》うためだったことが指摘されている。また、平家都落ち以前でも高倉《たかくら》天皇の后として、また安徳天皇の国母として国政を支えた研究が史料に即して明らかにされている。本書でも、最新の建礼門院像が描かれている。

建礼門院だけではない。『平家物語』のみならず、実際の歴史研究でも、いまだに女性の出てくる史料や生活に関する史料をあまり重視しない傾向が強いと思う。日本の体系的婚姻史の先駆者高群逸枝氏は、大著『招婿婚の研究』で、平家の全盛期である十二世紀の婚姻儀礼を、「経営所婿取婚期」と規定している。新婦の両親が、新婚夫妻のために新しく用意した家屋を経営所兼新居とし、そこに新郎を婿取るのである。

それまでの十一世紀は、妻の両親の家で婿取りし、新婚夫妻は妻の両親と同居するのが一般的だったが、十二世紀になると、妻の両親が自分たちの居住する家屋とは別のところに新居を造り、そこに新婚夫婦を住まわせたのである。そして、後には、夫が用意した家屋に移ることが多かった。もっとも、奈良時代から、姓は父の姓を名乗る父系になっており、十世紀から貴族層でも父子で継承される家が萌芽する。十一世紀でも、生涯にわたって妻の両親と同居するのではなく、一定期間妻方で同居して、のちに夫が用意した家屋に移り、夫の経済に頼り生活をするのである。いわゆる現在の婿取りとはまったく別であることは、通説となっている。平安時代の平安京に住む貴族や官人層は、基本的に妻の両親に婿取られたのである。

十二世紀の結婚儀式を書きとめている貴族の日記や文書で、夫の両親が息子に嫁を取る嫁取婚の史料はまったくない。本郷和人氏の『謎解き平清盛』(文春新書)は、平清盛の息子たちは嫁取婚だったとしているが、平安京に住む貴族も武士も、十二世紀に嫁取をしている史料はない。婚姻儀礼や婚姻形態にこだわるのは、平家政権をとりまく政治勢力構造や推移を考察するとき、姻戚関係はきわめて重要な要素だからである。本書にも、当時の政治勢力を考察するには姻戚関係がきわめて重要であることがしばしば指摘されている。婚姻儀礼や生活居住形態の研究の必要性を読み取っていただけると思う。

さらに、十二世紀の貴族女性たちは、結婚し妻になるだけではない。平家一族の女性のみならず、この時期の女性たちは、朝廷内に仕える女房として活躍し、政治的力を発揮することが多い。たとえば、清盛の盟友である藤原邦綱《くにつな》の娘たちは、六条《ろくじょう》天皇乳母《めのと》で参議成頼《なりより》の室成子《しげこ》、高倉天皇乳母で三位典侍《ないしのすけ》になる邦子《くにこ》、安徳天皇乳母で平重衡《しげひら》の妻典侍輔子《すけこ》、建礼門院乳母綱子《つなこ》と、当時もっとも勢力を発揮できた天皇たちの乳母となり、朝廷の女房たちを統括するトップの典侍に就任し、政治力を発揮している。藤原家成《いえなり》の娘で平重盛《しげもり》の妻経子《つねこ》は高倉天皇の乳母で典侍になり、平家一門の政治勢力拡大に力があったことは本書を読めばよくわかる。

なお、天皇の乳母は多いときには七、八人おり、この時期は、授乳するのは乳人《おちのひと》といって下級官人層の女性であり、乳母は養育や教育にあたった。貴族女性たちは、けっして、「奥様」ではないのである。天皇の乳母は、夫妻でつとめることが多く、夫や父こそ、天皇や院の乳母、典侍の政治力を頼むのである。清盛の妻時子や娘たちも同様である。平治の乱で斬首されるはずの源頼朝を助けたのは清盛の継母池禅尼《いけのぜんに》であるが、その理由も彼女が崇徳院《すとくいん》皇子重仁《しげひと》親王の乳母という女房づとめの中での人間関係を利用したものだったことは、本書に大変説得的に記されている。女性史料を視野に入れ、分析することがいかに重要か、いかに新しい知見が開けるか、一目瞭然であると思う。

しかしながら、婚姻儀礼や居住形態研究も、女性たちの朝廷内での女房役割や人間関係の研究も、まだまだ始まったばかりである。本書を読み、興味を持った読者は、ぜひ『平家物語』や『平治物語』等を読み直し、当時の貴族たちの日記や文書に目を通してほしいと思う。

服藤早苗

目次

第二章　源平の時代を生きた女性たち

序　章

平清盛という人物

はじめに

「祇園精舎《ぎおんしょうじゃ》の鐘の声、諸行無常の響《ひびき》あり。娑羅双樹《しゃらそうじゅ》の花の色、盛者必衰《じょうしゃひっすい》のことはりをあらはす。奢《おご》れる人も久しからず、唯《ただ》春の夜の夢のごとし。たけき者も遂にはほろびぬ、偏《ひとえ》に風の前の塵《ちり》に同じ」――『平家物語』のこの有名な書き出しは、平氏と清盛の繁栄と滅亡を表現した言葉としてあまりにも有名である。一門で高位高官を占め、国土の半数以上の知行国《ちぎょうこく》と膨大な荘園を支配し、禿髪《かむろ》を放って恐怖政治を行い、祇王《ぎおう》や仏御前《ほとけごぜん》を愛人とし、東大寺・興福寺を焼き払って、最期は熱病に苦しみながら、墓前に頼朝の首を供えよと遺言してこの世を去る――『平家物語』の描く清盛像は、物語の普及とともに長い間私たちの清盛イメージを形成してきた。しかし現在では、こうした清盛像は見直され、その政治的・社会的背景の解明とともに、より実像に迫ろうとする研究が蓄積されてきている。

本章では、導入として、本書の中心に位置する平清盛その人を取り上げる。他の章を読む際の参考にしていただくため、まずは駆け足ではあるが、清盛に至るまでの伊勢平氏の発展と清盛の生涯を、近年の研究成果に基づきながら紹介したい。その上で、清盛の人となりと『平家物語』の描く清盛像について掘り下げて見ていくことにしよう。

一　清盛前史

伊勢平氏の成立　清盛につながる伊勢《いせ》平氏は、藤原秀郷《ひでさと》とともに平将門《まさかど》の乱（九三九～九四〇）を鎮圧した平貞盛《さだもり》の子孫である。十二世紀初めに大江匡房《おおえのまさふさ》が編纂《へんさん》したといわれる『続本朝往生伝《ぞくほんちょうおうじょうでん》』には、一条《いちじょう》天皇期（在位九八六〜一〇一一）の諸芸に秀でた人物を記した箇所に、「武士」として源満仲《みつなか》や満政《みつまさ》（満仲の弟）らとともに、貞盛の子である維衡《これひら》の名が挙げられており、十三世紀中頃に成立したとされる『十訓抄《じっきんしょう》』（第三「不可侮人倫事」）にも、「世に勝れたる四人の武士」として、源頼信《よりのぶ》（満仲の子）らとともに維衡の名が見える。当時、維衡はすぐれた「武士」と認識されていたのである。

この貞盛、もしくはその子維衡が伊勢に拠点を築き、子孫は伊勢平氏と呼ばれるようになったらしい。彼らは代々受領《ずりょう》をつとめる傍ら、京の有力貴族の侍としても活動していたようだが、代が下るにしたがってしだいに受領の経験数が減少していったようである。この時期の貴族は、位階が三位以上の公卿《くぎょう》、四位・五位を基本とする諸大夫《しょだいぶ》、通常六位以下で昇進して五位に昇りうる侍《さむらい》の三層に大きく分かれていたが、この時期の伊勢平氏は、諸大夫から侍層寄りへと家格を下降させていったものと思われる。

また摂関期から院政初期のこの時期は、河内《かわち》源氏の頼信《よりのぶ》・頼義《よりよし》・義家《よしいえ》・義綱《よしつな》らが、奥羽《おうう》を中心とする地方の争乱鎮圧の役割を結果的にほぼ担っている状況にあり、伊勢平氏を含め、他の武士の家はさほど華々しい軍事的活躍を見せることもなかった。

伊勢平氏の発展　こうした状況を打開し、伊勢平氏の武名を世に知らしめたのが、正盛《まさもり》であった。正盛は、永長《えいちょう》二（一〇九七）年、前年に亡くなった白河院《しらかわいん》の愛娘郁芳門院《いくほうもんいん》（媞子《やすこ》内親王）の菩提《ぼだい》を弔《とむら》う六条院に、自らの所領である伊賀《いが》国山田村・鞆《とも》田《だ》村・柘植《つげ》郷を寄進し、これをきっかけに

平貞盛――維衡――正度《まさのり》――正衡《まさひら》――正盛――忠盛《ただもり》――清盛

白河院に接近した。そして隠岐《おき》守から若狭《わかさ》守・因幡《いなば》守へと順調に受領を歴任し、院北面の組織が整えられると、北面の武士としてそこに編入された。さらに嘉承《かじょう》二（一一〇七）年には、対馬《つしま》・隠岐・出雲《いずも》などを拠点に乱行を重ねていた源義親《よしちか》（河内源氏義家《よしいえ》の子）を鎮圧する追討使《ついとうし》に抜擢され、これを短期間で成功させて、恩賞として但馬《たじま》守に遷任《せんにん》された。このときの藤原宗忠《むねただ》の日記『中右記《ちゅうゆうき》』には、「正盛は最下品《げぼん》の者、第一国に任ぜらるは、殊寵《しゅちょう》の者によるか」と記されている（嘉承三年正月二十四日条）。「最下品」、つまり侍層である正盛が、「第一国」である但馬守に任ぜられたのは、院の殊寵を受けているためだ、と。まさに、嘉承二年は政治的に自立していた堀河《ほりかわ》天皇が二九歳という若さで急死し、白河院が幼少の鳥羽《とば》天皇を即位させて専制化を強め、除目《じもく》に対しても一段と影響力と強めた時期であり、この記事は、彼が白河院の引き立てによって急速な昇進を遂げたことを明確に示している。以後、正盛は丹後《たんご》・備前《びぜん》・讃岐《さぬき》等の守、検非違使《けびいし》・右馬権頭《うまごんのかみ》をつとめ、従四位下に叙せられて、父・祖父をはるかに凌駕する昇進を見せた。とくに但馬・丹後・備前・讃岐といった国々は、この時期、第一級の格付けを与えられていた収入の多い国であった。

その子忠盛は、父正盛が築いた基盤の上に、白河院・鳥羽院の院司《いんじ》となり、院に近侍して「近習《きんじゅう》」「近《きん》臣《しん》」と呼ばれた。官職は、検非違使・伯耆《ほうき》・越中《えっちゅう》・備前・美作《みまさか》・尾張《おわり》・播磨《はりま》等の守・左右馬権頭《ごんのかみ》・中務《なかつかさ》大輔《たいふ》・刑部《ぎょうぶ》卿等を歴任、位階は正四位上となり、内昇殿《うちのしょうでん》（内裏《だいり》の殿上《てんじょう》の間《ま》に昇る資格）を許されている。

とくに受領の最後につとめた播磨守は、この時期、伊予《いよ》守と並んで最高の格付けを与えられており、四位の中でも上位ランクの院近臣が公卿に昇進するステップとしてつとめることが慣例化していた。忠盛は、まさにあと一歩で公卿というところまで漕ぎつけたのであり、完全に侍層を脱却したのである。

なお正盛は、西国の受領をつとめる中で、海賊や在地勢力と関係を築いていったらしい。元永《げんえい》二（一一一九）年に正盛が肥前《ひぜん》国の荘官《しょうかん》平直澄《なおずみ》を追討した際には、正盛に従った兵一〇〇人が「多くはこれ西《さい》海《かい》・南海《なんかい》の名士なり」と貴族の日記に記されており（『長秋記《ちょうしゅうき》』十二月二十七日条）、瀬戸内海周辺や四国・九州の在地勢力を従えていたことがわかる。こうした正盛の培った勢力基盤は、忠盛に引き継がれた。その結果、長承《ちょうしょう》四（一一三五）年に瀬戸内海の海賊が朝廷で問題になった際には、「忠盛西海に有勢の聞こえあり」として、忠盛が追討使に任じられている（『長秋記』四月八日条）。また追討後に忠盛が連行した捕虜の海賊七〇人については、その多くは実際には海賊ではなく、忠盛の家人《けにん》でない者を賊だと言って検非違使に引き渡しているのだ、と噂されている（『長秋記』八月十九日条）。海賊追討の実態はまったく不明であり、おそらく忠盛は海賊追討を名目にして、在地で有勢者の家人化を進めていったのであろう。こうして正盛・忠盛は、西国の受領を歴任し、軍事動員にたびたび起用される中で着実に西海に勢力を築いていった。これが清盛に受け継がれていくのである。

二　清盛の経歴

出　生　清盛は、永久《えいきゅう》六（一一一八）年正月十八日に生まれた。その出生に関してはすでに様々に議論がなされており、本書第二章3「祇園《ぎおんの》女御《にょうご》とその妹――清盛の母は誰か――」で詳述されるので詳細は省くが、母については、『平家物語』に記された祇園女御とする説、滋賀県胡宮《このみや》神社所蔵の「仏舎利相承《ぶっしゃりそうしょう》系図《けいず》」に記された祇園女御の妹とする説があるものの、現在はどちらにも否定的な見方が多い。とはいえ、『中右記』保安《ほうあん》元（一一二〇）年七月十二日条に「伯耆守忠盛の妻にわかに卒去《そっきょ》すという、これ仙院《せんいん》の辺なり」（忠盛の妻が急に亡くなったという。この人は白河院の身近に仕えていた人である）と記されていることの女性が清盛の母であることはほぼ間違いないとされており、白河院の身辺に仕える女性であったことは確かなようである。

父親に関しては、髙橋昌明氏は清盛の従四位上までの昇進スピードの速さから、白河院の落胤《らくいん》であったろうと推測している。また元木泰雄氏は、院近臣家の子息には清盛より速く昇進する事例もあるとして、これを根拠に落胤とみなすことには否定的であるものの、清盛が最終的に大臣となったことについて、大臣に就任するには天皇とのミウチ関係が必須条件であり、清盛は天皇の外戚《がいせき》となる前に内大臣《ないだいじん》・太政大臣《だいじょうだいじん》に就任しているから、これは彼が周囲から皇胤と認められていた結果だとして、やはり落胤説を採《と》っている。

これに対し五味文彦氏は、落胤であることはむしろ当人にマイナスに作用することの方が多いとして否定的な見解を示している。また『平家物語』研究の分野においては、清盛を白河院の落胤とする『平家物語』の叙述を創作と考える見解が多いようである。いずれにせよ事実は闇の中であり、現時点では落胤か否かの判断は留保したいと思う。

若年期～保元・平治の乱　その清盛は、大治《だいじ》四（一一二九）年に一二歳で叙爵《じょしゃく》し、左兵衛佐《さひょうえのすけ》となった。兵衛佐は通常、親王・摂関家・清華《せいが》家など上流貴族の子弟が任じられる官職であり、諸大夫の子弟が任じられるのは「規模」（名誉なこと）であるとされていた。このとき父の忠盛はまだ従四位上備前守であったから、この任官が破格の待遇であったことは間違いない。『中右記』は、この除目に接した人々が「耳目を驚かす」と記しているが（正月二十四日条）、清盛はそうした驚きとともに貴族社会に迎えられたのである。以後の清盛は、大治六（一一三一）年正月に従五位上、長承四（一一三五）年に正五位下、続けて父忠盛の海賊追討の賞の譲りを受けて従四位下となり、翌保延《ほうえん》二（一一三六）年に中務大輔、翌年肥後《ひご》守を兼ね、保延六年に従四位上、久安《きゅうあん》二（一一四六）年に正四位下安芸《あき》守と、速いスピードで昇進を重ねていった。

その頃王家では、近衛《このえ》天皇が子のないまま久寿《きゅうじゅ》二（一一五五）年に一七歳で没した。皇位継承の第一候補は崇徳院《すとくいん》の子重仁《しげひと》親王であったが、崇徳院は白河院の落胤であるという噂があったため、鳥羽院はこれを避けて、雅仁《まさひと》親王（のちの後白河《ごしらかわ》天皇）の子守仁《もりひと》親王（のちの二条《にじょう》天皇）を後継者とすべく、その前提として父である雅仁を即位させた。同じ頃摂関家では、関白忠通《ただみち》と、その父忠実《ただざね》・弟頼長《よりなが》との間の対立が深まり、孤立した忠通は鳥羽院近臣や美福門院《びふくもんいん》と連携を強めて、忠実と頼長が近衛天皇を呪詛したとする噂を流して失脚させた。保元《ほうげん》元（一一五六）年七月、絶大な権力を握っていた鳥羽院が没すると、美福門院と忠通らは、対立する崇徳院と忠実・頼長を挑発して追いつめ、ここに保元の乱が勃発する。清盛は平氏一門の多数とともに、最多の三〇〇騎という兵

【天皇家系図】

※数字は即位順

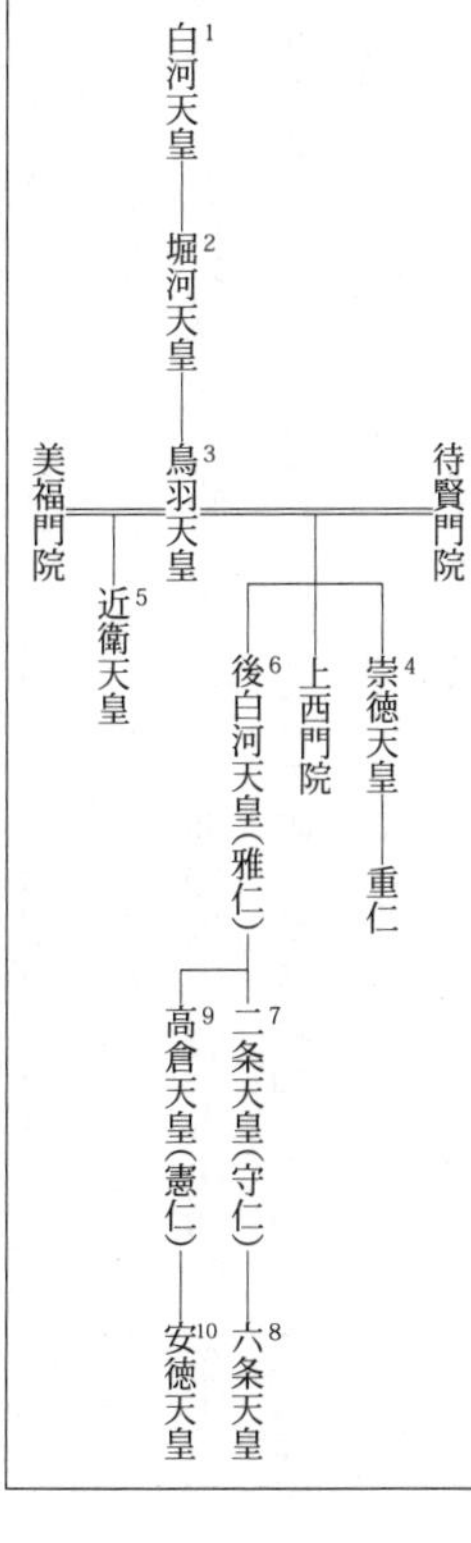

力を率いて後白河天皇側につき、勝利して、恩賞として受領の最高峰である播磨守に就任した。

平治《へいじ》元（一一五九）年十二月に起こった平治の乱は、保元の乱後、後白河院近臣として急速に台頭し政治的主導権を握った信西《しんぜい》に対し、これに反感を持つ藤原信頼《のぶより》を中心とする他の後白河院近臣層や二条天皇近臣らが連携し、源義朝《よしとも》を誘って信西を殺害させたことから始まった。このとき熊野詣《くまのもうで》に向かっていた清盛は、急遽京に引き返し、反信西派が内裏に幽閉していた二条天皇をひそかに六波羅に脱出させた上で、信頼・義朝《よしとも》らと戦い、圧倒的な勝利を得た。この結果、清盛は翌永暦《えいりやく》元（一一六〇）年に四三歳で正三位となり、ついに公卿の仲間入りを果たした。武士として初めての公卿であった。

公卿昇進から晩年まで　保元・平治の両乱とその後の混乱の中で、多くの京武者《きょうむしゃ》が淘汰された結果、清盛とその一門は最大の軍事勢力となり、軍事・警察権をほぼ独占することになった。平氏一門は受領や後白河院の院司に任じられ、一門の知行国（公卿層が子弟や家人を名目的に国司《こくし》として、実際の支配を行い収益を得る制度）は、遠江《とおとうみ》・尾張・大宰府《だざいふ》・常陸《ひたち》・淡路《あわじ》・伊予・伊賀《いが》・武蔵《むさし》の八か国に増加し、経済基盤も格段に拡大した。

この頃二条天皇が成長して親政への意欲を示し始めると、もともと二条天皇即位までの「中継ぎ」として即位しただけの後白河院は院政を貫徹できず、両者の間には対立が生まれた。清盛は後白河院のために蓮華王院《れんげおういん》を造営するなど、院への奉仕も怠らなかったが、妻の時子《ときこ》が二条の乳母であったこともあり、基本的には二条親政派であったようである。この二条親政期に、清盛は従二位に、子の重盛《しげもり》も公卿に昇進し、平氏は急速に政界に進出していった。さらに清盛は、長寛《ちょうかん》二（一一六四）年、二条天皇を支える関白藤原基実《もとざね》に娘盛子《もりこ》を嫁がせ、摂関家とも関係を強めた。

しかし永万《えいまん》元（一一六五）年、二条天皇がまだ幼い六条《ろくじょう》天皇に譲位して二三歳の若さで没し、翌仁安《にんあん》元（一一六六）年に摂政基実までが二四歳で死去すると、後白河院は寵愛する滋子《しげこ》（のちの建春門院《けんしゅんもんいん》、清盛の妻時子の妹）との間に生まれた憲仁《のりひと》親王（のちの高倉《たかくら》天皇）を皇太子につけ、以後清盛と後白河院は憲仁の即位という共通の目的に向かって協調していくことになった。この頃の清盛は、盛子を介して基実亡きあとの摂関家を支配し、事実上摂関家の家長《かちょう》の立場を踏襲して国政に関与していった。その結果として、清盛はこの年内大臣に任ぜられ、翌年には従一位太政大臣となって、子の重盛が権大納言《ごんのだいなごん》に昇進した。清盛は約三か月で太政大臣を辞したが、この間に重盛に対して東山・東海・山陽・南海道の賊徒追討を命じる宣旨《せんじ》が出されている。この宣旨は、清盛が実態として保持していた軍事・警察権を重盛に継承させるためのものであることが明らかにされており、この頃清盛から重盛へ家督が譲られたようである。

翌仁安三年、清盛は突然「寸白《すばく》」という寄生虫の病気で重体となり、死を覚悟して出家する。折しも熊野参詣《くまのさんけい》中であった後白河院は、知らせを聞いて急ぎ帰京し、そのまま清盛を見舞うと、すぐに共通の目的であった六条天皇から東宮憲仁（高倉天皇）への譲位を強行した。清盛はその後回復したが、以後は政治の第一線から身を引き、福原に本拠を移して大和田泊《おおわだのとまり》を修築し、日宋《にっそう》貿易に力を入れるようになっていく。承安《じょうあん》四

【清盛・藤原氏関係系図】

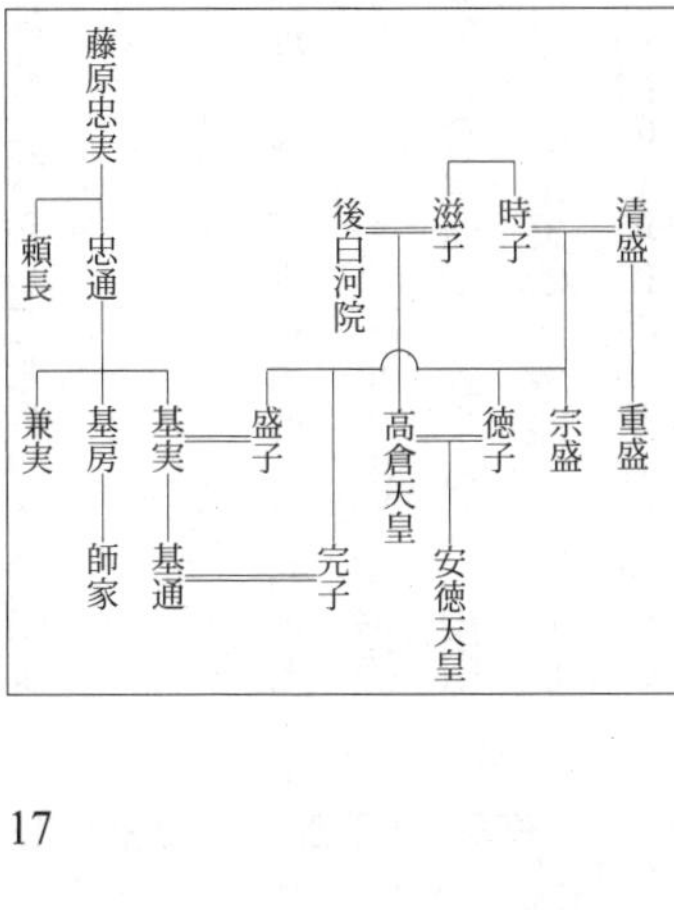

(一一七四)年には、後白河院と建春門院が清盛ら平氏一門とともに厳島《いつくしま》神社に参詣しており、この頃まで、後白河院と清盛の関係は多少の波を含みながらも良好であったようである。

クーデターから内乱へ　しかし清盛と後白河院の間をつないでいた建春門院が安元《あんげん》二(一一七六)年に死去すると、両者の関係は急速に悪化し始める。翌安元三年には、のちに述べる「鹿ケ谷《ししがたに》事件」のもととなる事件があり、後白河院の近臣が清盛によって一斉に処罰された。治承《じしょう》三(一一七九)年、摂関家嫡流の基通《もとみち》を後見していた盛子が没し、続けて、体調を崩して内大臣を辞任していた重盛が死去すると、後白河院は平氏を快く思わない関白基房《もとふさ》と結んで平氏に対する挑発を開始した。まず基実の死後盛子が管領していた摂関家領が後白河に接収され、また関白基房の子師家《もろいえ》が、それまで嫡流の立場にあった基通を追いこして権中納言に任じられ、基房の系統に嫡流が移ったことが明らかになった。さらに後白河は、重盛が長年知行国主《ちぎょうこくしゅ》をつとめていた越前《えちぜん》国を取り上げて、近臣である藤原季能《すえよし》に与えたのである。

これに激怒した清盛は、福原から大軍を率いて上京し、反撃を開始する。まず基房の関白と師家の権中納言を停止し、基房を配流して、代わりに基通を関白・内大臣に任じた。さらに後白河院や基房と親しかった貴族を大量に解官して、後任に平氏関係者を多く補任《ぶにん》し、後白河院を鳥羽殿に幽閉したのである。有名な治承三年のクーデターである。

翌治承四年には、高倉天皇に入内していた清盛の娘徳子《とくこ》の出産した言仁《ときひと》親王が即位して安徳天皇となり、高倉院政が開始された。しかしこの年五月に以仁王《もちひとおう》の乱が起こると、八月に源頼朝《よりとも》が伊豆で挙兵したのを皮切りに各地で挙兵が相次ぎ、全国的な内乱へと発展していく。この間、清盛は六月に安徳・高倉・

後白河を連れて福原への遷都《せんと》を実施するが、準備が不十分な状況でのこの遷都には貴族だけでなく平氏一門内部からも不満が相次ぎ、さらに高倉院の病の悪化や、追討軍の富士川合戦での大敗、美濃《みの》・近江《おうみ》など京近郊への反乱の波及などによって、十一月末に再び都が京へ戻された。以後の平氏は、内乱状況への対応に追われ、十二月初めには追討軍を近江に派遣して反乱を鎮圧する一方、年末には重衡《しげひら》率いる追討軍が南都鎮圧に向かうが、失火により興福寺・東大寺の大部分を焼き尽くしてしまう。これが平氏の評価を決定的に失墜させ、翌年の清盛の死の原因もここに求められることとなる。

翌治承五年二月末から清盛は「頭風《ずふう》」を病み、それがもとで閏《うるう》二月四日に没した。六四歳であった。頭痛と高熱に苦しみ、痙攣《けいれん》を起こして死んだとされることから、死因は髄膜炎《ずいまくえん》ではないかという研究もある。遺骨は、播磨国山田《やまだ》法華堂《ほっけどう》に納められたという説（『吾妻鏡《あずまかがみ》』治承五年閏二月四日条）と、摂津《せっつ》国大和田泊近くに築造した経《きょう》の島に納められたという説（『平家物語』巻第六「入道死去」）があるが、どちらにしても、瀬戸内海を行き来する船を眺めることのできる景勝地であった。以後の平氏が諸勢力との戦いの中で都を棄てて西国に逃れ、元暦《げんりゃく》二（一一八五）年三月に壇ノ浦《だんのうら》で滅んだことは、周知の通りである。

三　清盛の人物像

以上、清盛の人となりには極力触れずに、その事績のみを駆け足で追ってきた。そこでここからは、清盛はどんな人物だったのか、この点を考えていこう。

説話・史書に見られる清盛　まず、軍記物語以外の史料で、清盛がどのような人物として描かれているか見てみよう。十三世紀中頃に成立した説話集である『十訓抄』（第七「可専思慮事」）は、人に腹を立ててはならないことを説いた箇所で、「福原大相国禅門いみじかりける人也（清盛公は素晴らしい人であった）」として、以下のエピソードを挙げている。

・都合の悪い非常に不愉快なことであっても、その人が冗談のつもりでしたことと思って労《ねぎら》って笑い、どんな間違いをしたり、物を散らかし、嘆かわしいことをしても、言っても始まらないと考え、荒い声をあげたりしない。

・冬寒い頃は、身辺に奉仕する幼い従者を自分の衣の裾《すそ》の下に寝かせて、翌朝は彼らが朝寝坊をしていたら、そっと抜け出して、思う存分寝かせてあげた。

・最下層の人であっても、その家族や知り合いの見ている前では一人前の人として扱ったため、その人は面目を感じて心から嬉しいと思った。

『十訓抄』はこの後に、「かやうの情にて有とあるたぐひ思付けり。人の心を感ぜしむとは是なり（こうした情けによって周囲の皆が好感を持った。人の心を動かすとはこういうことである）」と続けている。自分の気持ちを抑えて相手を立て、身分の低い相手に対しても細やかな心配りのできる思いやりのある人物、という清盛像がこの頃にあったことが知られよう。

また『十訓抄』より少し前、承久《じょうきゅう》の乱直前に天台座主《てんだいざす》の慈円《じえん》が記した『愚管抄《ぐかんしょう》』（巻第五「二条」）は、平治の乱後に二条親政が開始され、二条天皇と後白河院の対立が表面化していった頃のこととして、「清盛ハヨク〱ツヽシミテイミジクハカラヒテ、アナタコナタシケル（清盛はよくよく用心し、配慮して、院にも天皇にも気を配っていた）」と記している。二条天皇の乳父であるとともに後白河院院司でもあった清盛のそつなさへの皮肉でもあるが、若い頃の清盛の特徴は、こうした諸方面との協調姿勢であったのだろう。

日記に見られる清盛　次に、同時代を生きた貴族の日記を見てみよう。藤原兼実《かねざね》は、仁安三（一一六八）年、「寸白」を患った清盛について、日記『玉葉《ぎょくよう》』に以下のように記している。

前大相国《さきのだいしょうこく》の所労《しょろう》、天下の大事ただこの事にあるなり、この人夭亡《ようぼう》の後、いよいよもって衰弊《すいへい》するか。〈二月十一日条〉

清盛の病は天下の一大事である。この人が死んだら、〈この国は〉ますます勢いを失って衰えるだろう。

清盛に対する悪感情はまったく見られず、没後に政局が不安定になることのみを憂慮している。彼ら上流貴族が、いかに清盛を頼りにしていたかがうかがえる記事である。

また治承二（一一七八）年、源頼政《よりまさ》が従三位に昇叙《しょうじょ》された際には、次のように記している。

今夜頼政が三位に叙された。第一の珍事である。これは清盛の奏請《そうせい》によるものであるという。その推挙状には、「源氏と平氏はわが国の堅《かた》めであるが、平氏は勲功により一族で朝恩を受け威勢に満ちているが、源氏は多く反逆者に与したため、災難を被っている。しかし頼政は性格が正直で勇者だとの評判もあるのに、未だに三位になっていない。年齢は七十を越えており、不憫《ふびん》である。さらに近頃は重病にかかっているとのことであるので、亡くなる前に昇進をさせたい」と。〈治承二年十二月二十四日条〉

兼実は頼政の昇叙に驚きを示しながらも、清盛の奏請を「賢《さか》し」（才知・分別があってしっかりしている）と評価している。この頃までの清盛に対する評価は、おおむね良好なのである。

しかし治承三〜四（一一七九〜八〇）年頃からその評価は一変する。内乱勃発後、同年五月に挙兵して戦死した源頼政と以仁王が、実は東国で生存しているという噂が流れた際には、以下のように記している。

禅門人望を失うの間、事において彼のため凶瑞《きょうずい》を表さんと欲し、天下の士女閭巷《しじょりょこう》、或いは奇怪の風聞をなすものなり。〈九月二十三日条〉

清盛が人望を失っているため、世間の皆が何かあるたびに悪い徴《しるし》を表そうと、奇妙な噂《うわさ》を流すのである。

兼実は十月八日条でも、「およそ権勢の人、遷都の事により人望を失うの間（権勢の人〈清盛〉が遷都を行ったことで人望を失ったため）」と記している。清盛がすっかり人望を失っていたことがわかるが、兼実の理解では、遷都こそが世間に清盛が見放された最大の要因と認識されていたのである。

この結果、清盛の死去に際しては、以下のように記されることになる。

清盛は武士の家に生まれ、勇名をはせた。平治の乱後はひとえに彼の一門が権力を握り、長女は妻后・国母《こくも》（天皇の母）となり、次の二人は摂関の妻となり、子息は昇進をほしいままにした。行き過ぎた栄華は古今に例を見ない。中でも一昨年以降、強大な威勢で苛酷な刑罰を行ったため、ついに皆の恨みに天が応えて内乱が勃発した。さらに天台《てんだい》・法相《ほっそう》の仏法を滅ぼし、仏像・堂舎・経典・師から受け継いだ口伝《くでん》の抜書き・諸宗の奥義《おうぎ》などに至るまですべて燃やしてしまった。このような逆罪《ぎゃくざい》を犯したのだから、道理を考えれば敵に殺されて骸《むくろ》を戦場に晒《さら》すべきところを、病死とは運の

強いことだ。ただし神仏の下す罰についてはこれから知るがいい。〈治承五年閏二月五日条〉

清盛に対する徹底した憎悪の窺える記述だが、樋口大祐氏は、おもな非難は「一昨年以降」のクーデター・内乱・南都焼き打ちに集中していることに注目している。清盛への悪評は、最晩年の一〜二年ほどの間に形成され、そのまま記憶されたのである。

四 『平家物語』の描く清盛とその作為性

さて清盛については、最晩年（死去前一〜二年）の時期にあたる治承三年のクーデター・遷都・南都焼き打ちなどで評価が急落し、死去時には周囲から憎まれていたこと、しかしそれ以前の清盛に関しては、むしろ好感の持てるバランス感覚に優れた人物として評価されていたことがわかった。周知の通り、『平家物語』では悪人イメージの強い清盛であるが、なぜそのようなイメージが形成されたのだろうか。そこで『平家物語』での清盛の描かれ方と、その作為性についても見ていこう。なお『平家物語』は、それが書写され広まる中で様々な異本《いほん》（内容や表現が異なるテクスト）を生み出しつつ今に伝えられているが、ここではもっとも一般に普及している覚一本《かくいちぼん》を使用する。

奢る清盛の位置付け――「祇園精舎」　有名な「祇園精舎の鐘の声」という書き出しで始まる巻第一「祇園精舎」では、「盛者必衰のことはり」「奢れる人も久しからず」の例として、「秦の趙高《しんのちょうこう》」以下、自らの分を超えて既存の王権を侵害した人物が列挙された最後に、

近く本朝をうかがふに、……六波羅《ろくはら》の入道前《さきの》太政大臣平朝臣《あそん》清盛公と申し人のありさま、伝うけ

給るこそ、心も詞《ことば》も及ばれぬ。

と清盛が持ち出される。清盛は言語に絶する「奢れる人」の例として物語の最初から位置付けられ、読者に印象付けられる構造になっているのである。

他人の心を解しない清盛――「祇王《ぎおう》」　清盛の人柄を強烈に印象付ける話として、巻第一「祇王」の章段は重要である。この内容は、本書第一章4「祇王・祇女《ぎにょ》・仏御前《ほとけごぜん》――芸能のプロ・白拍子たち――」で論じられるので、ここでは清盛に関する部分のみ取り上げてみよう。

この章段はまず、「入道相国、一天四海《いってんしかい》をたなごゝろのうちに握り給ひしあいだ、世のそしりをも憚《はばか》らず、人の嘲《あざけり》をもかへりみず、不思議の事をのみし給へり」と、他人の目を省みない非常識な清盛を説明するところから始まる。白拍子《しらびょうし》の祇王を寵愛していた清盛のもとに、別の白拍子仏御前が推参《すいさん》する。最初清盛は、

なんでうさやうのあそびものは、人の召しに従ふてこそ参れ。左右なふ推参するやうやある。……とふ〳〵罷出《まかりいで》よ。

そのような遊び者〈白拍子〉は人の招待に従って参上すべきだ。無遠慮に押しかけるとはなんということだ。……早く出ていけ。

と怒って追い返そうとする。しかし仏御前に同情した祇王がとりなしたため、呼び戻して対面すると、たちまち仏御前に心を移してそのまま邸宅に置き、今度は逆に祇王に「とう〳〵罷出よ」（早く出ていけ）と三度も使者を遣わして追い出してしまう。その後、仏御前の退屈を紛らわすために祇王を呼び出す場面で

は、返事をしない祇王に対し、

など祇王は返事はせぬぞ。参るまじひか。参るまじくはそのやうを申せ。浄海《じょうかい》もはからふむねあり。

なぜ返事をしないのか。参らぬつもりか。参らぬならその理由を言え。浄海〈清盛〉にも考えがあるぞ。

と脅しつける。さらにしぶしぶ参上した祇王を以前よりはるかに下がった場所に座らせ、屈辱に涙を押さえる祇王に対し、無頓着に「いかに其後何事かある（その後はどうしているか）」と語りかける。「祇王が心のうちをば知り給はず」と書かれるように、ここでの清盛は、祇王や仏御前の心をまったく理解しない人物として描かれている。先に見た『十訓抄』の逸話とは正反対の清盛像である。

しかしこの「祇王」の章段は、もともとは白拍子の物語として成立した独立説話だと考えられている。『平家物語』は、様々な記録や伝承、巷《ちまた》の説話などを取り込みつつ成立した。この章段も物語の本筋とは関係がなく、祇王と清盛との関係もおそらく完全なフィクションである。しかしここに描かれた、わがままで心変わりが激しく、他人の心を解しない無神経な清盛像が、読み手の清盛に対するイメージ形成に重要な役割を果たしていることは間違いない。不安定な立場の女性に寄り添う形で清盛を描くこの章段を巻第一に入れることで、物語は人の心を解しない清盛像を強く印象付けるのである。

恐怖の言論統制の主体は？——「禿髪」　同じく巻第一「禿髪」は、清盛が一四〜一六歳ほどの少年三〇〇人を集めて、「かぶろ」といわれる子どもの髪型にそろえ、揃いの赤い直垂《ひたたれ》を着せて京中を行き来させ、平氏を悪く言う者を見つけると家に乱入して家財道具を没収し、当人を六波羅に連行させた、という内容である。恐ろしい言論弾圧であるが、もちろん同時代の記録からはこのような事実は確認できず、『平家物語』の創作であろう。また「入道相国のはかりことに」とあるが、実際には出家後の清盛は大部分の期間を福原で過ごしており、京にはほとんど滞在していなかった。では何をもとにこのような話が作られたのか。

　この章段では、清盛の義弟である平時忠《ときただ》（妻時子の弟）の「此一門にあらざらむ人は、皆人非人《にんぴにん》なるべし」という発言も載せており、このため皆がこぞって平氏の縁者になろうと、装束の着こなし・烏帽子《えぼし》の折り具合まで真似して「六波羅様《ろくはらよう》」が流行したと語る。時忠は、清盛ら伊勢平氏とは異なる高棟王《たかむねおう》流平氏の流れであるが、ここでは彼をも平氏一門に含めて、奢りの一事例として語られているのである。なおこの時忠は、仁安三（一一六八）年〜治承五（一一八一）年まで三度にわたって検非違使別当《べっとう》をつとめ、在任時には強盗一二人の右手を斬って獄門《ごくもん》にかけるなど（『百錬抄《ひゃくれんしょう》』治承三年五月十九日条）、非常に過激な人物であった。樋口大祐氏は、「禿髪」の暴力的なイメージは、清盛自身を起源とするものではなく、この時忠が検非違使別当として辣腕《らつわん》をふるっていた記憶に由来する可能性を指摘している。これに従うならば、物語内では主語のすり替えが行われているのである。

仕返しを命じたのは誰か――「殿下乗合《てんがののりあい》」　同様の構図が見られるのが、巻第一「殿下乗合」である。これは、嘉応《かおう》二（一一七〇）年、鷹狩り帰りの重盛の次男資盛《すけもり》と参内途中の摂政藤原基房が大炊御門猪熊《おおいみかどいのくま》で鉢合わせし、下馬《げば》の礼をとらなかった資盛一行に対して、基房の供人たちが馬から引きずり落として乱暴した事件に題材をとったものである。物語では、ほうほうの体で六波羅に帰った資盛がこれを祖父清盛に訴えると、清盛は、たとひ殿下なりとも、浄海があたりをば、憚《はばか》り給ふべきに、おさなきものに、左右《そう》なく恥辱を与へられけるこそ、遺恨《いこん》の次第なれ。……殿下を恨《うらみ》奉らばや。

たとえ摂政殿でも、浄海〈清盛〉の身内には遠慮すべきであるのに、まして幼い人〈資盛〉に躊躇なく恥辱を与えられるとは残念なことだ。……仕返ししてやろう。

と激怒する。しかし重盛は、

是《これ》は少《すこし》もくるしう候まじ。……重盛が子どもとて候はんずる者の、殿の御出《ぎょしゅつ》に参りあひて、のりものよりおり候はぬこそ、尾籠《びろう》に候へ。

これはまったく差し触りない。……重盛の子である者が、摂政殿の外出に鉢合わせして乗り物を降りなかったことこそ無礼なのだ。

と言って、資盛の供をした者たちに、

自今以後も、汝等《なんじら》能々《よくよく》心うべし。あやまって殿下へ無礼の由《よし》を申さばやとこそ思へ。

今後はよくよく注意しなさい。間違って摂政殿に無礼をしたことをお詫びしたいくらいだ。

と注意する。身贔屓《みびいき》で激情型の清盛と、落ち着いて礼儀正しく、身内を戒める重盛とが、対照的に描かれているのである。

このあと物語は、清盛が基房の外出を狙って部下の侍に散々に陵礫《りょうれき》を尽くさせる様子を描き、「これこそ平家の悪行のはじめなれ」と語っている。事態を知った重盛は、清盛の命に従った侍をみな勘当し、さらに清盛にそのような行動を起こさせるに至った資盛の無礼を叱って、伊勢国に追放する。清盛の行為を嘆きながらも、親であるために直接には異を唱えられず、わが子を戒める重盛の苦悩が描かれるのであり、この重盛との対比で清盛の悪行が際立《きわだ》つ構図になっているのである。

しかし、事件の実態はまったく逆である。『愚管抄』や貴族の日記によれば、報復を行ったのは福原にいた清盛ではなく、京で平氏一門を代表していた重盛であった。実際には、相手が資盛であったことを知った基房は、乱暴を働いた舎人《とねり》・居飼《いかい》を重盛に差し出して勘当したが、重盛が納得しなかったため、さらに随身《ずいじん》と前駆《ぜんく》を勘当し、舎人・居飼を検非違使に引き渡した。しかし重盛は報復を諦めず、法成寺《ほうじょうじ》に参詣しようとした基房を待ち伏せし、基房は外出を取りやめる事態になった。さらに三か月後、天皇の元服定《げんぷくさだめ》のため基房が参内しようとしたところ、その行列を武士が待ち構えて、前駆五人を馬から引きずり落とし、うち四人と随身一人が髻《もとどり》を切られるという騒動になった。髻を切ることは、烏帽子の装着が必要な当時の成人男子にとって、社会生活が不能となる致命的な屈辱である。

『愚管抄』（巻五「高倉」）は重盛について、

コノ小松内府ハイミジク心ウルハシクテ……イカニシタリケルニカ、父入道ガ教ニハアラデ、不可思議ノ事ヲ一ツシタリシナリ。

この重盛は非常に立派な人であったが、どうしたのであろうか、父清盛の教えとは関係なく非常識なことを一つした。

と記し、この事件を重盛の唯一の非常識な行為としている。『平家物語』は、「心ウルハシ」とされる重盛と、悪評とともに世を去った清盛を対置させるために、この事件の首謀者をすり替えているのであり、これによって、天皇を補佐する摂関に対する侵害者としての清盛を際立たせているのである。

鹿《しし》ケ《が》谷《たに》事件——「鹿《しし》谷《のたに》」「西光被斬《さいこうきられ》」 物語の創作といった点では、「鹿ケ谷事件」を描いた巻第一「鹿谷」・巻第二「西光被斬」も同様である。周知のように『平家物語』では、東山の麓の「鹿の谷」にある僧俊寛《しゅんかん》の山荘に、後白河院と藤原成親《なりちか》・平康頼《やすより》・僧西光《さいこう》ら院近臣が集まって平氏打倒の謀議《ぼうぎ》をはかるが、計画に加わっていた多田行綱《ただのゆきつな》の密告によって発覚し、怒った清盛が、参加した近臣を一斉に逮捕して処罰したとする。

平氏打倒の謀議が実際にあったのかどうかはわからないが、近年の研究では、この事件の要因は別のところに求められている。実際の事件は、安元三（一一七七）年、院近臣である加賀守藤原師高《もろたか》・弟の目代《もくだい》師経《もろつね》と白山中宮《はくさんちゅうぐう》の末寺涌泉寺《まつじゆうせんじ》が所領問題で対立し、師高が涌泉寺の堂舎を焼き払ったために、白山の本寺にあたる延暦寺《えんりゃくじ》が師高の配流を求めて強訴《ごうそ》したことから始まった。強訴の結果、師高を解官《げかん》・配流《はいる》することが決定したのであるが、納得のいかない後白河院は、後日、強訴を裏で操《あやつ》っていたとして天台座主明雲《みょううん》を解任して所領を取り上げ、さらに公卿の大多数の反対を無視して、独断で明雲の伊豆配流を決めたのである。しかし、明雲が伊豆に向かう途中で延暦寺大衆《だいしゅ》に奪い取られると、怒った後白河院は延暦寺を武力攻撃させようと、重盛と宗盛《むねもり》に出陣を命じた。しかし両人は、福原にいる清盛の指示に従うと答えて兵を動かさなかったため、院は清盛を呼び寄せて出陣を命じた。それまで長年延暦寺と良好な関係を築いてきた清盛は、しぶしぶ承諾したものの、内心では不満げであったという。その翌日夜半、突如清盛は「法皇第一の近臣」と言われた西光を搦《から》め取ったのである。西光は、配流された師高の父であり、明雲を配流するよう後白河に讒言《ざんげん》したためであったという。さらに清盛は、以前から延暦寺と対立していた藤原成親など、他の院近臣らも次々と捕らえて解官・配流・殺害を断行したのである。

川合康氏は、この清盛の行動は、明らかに後白河院とその近臣が企図していた延暦寺への武力攻撃を避けるためのものであり、当時の貴族社会でも一定の支持を得るものであったこと、「鹿ケ谷事件」そのものも史実ではないことを指摘している。『平家物語』は、巻第一「鹿谷」の章段で鹿ケ谷の謀議を語ったあと、場面を転じて次の「俊寛沙汰《しゅんかんのさた》　鵜川軍《うがわいくさ》」から巻第二「一行阿闍梨之沙汰《いちぎょうあじゃりのさた》」の章段まで、この安元の強訴について語っていくが、続く「西光被斬」でまた急に場面を転じて、「鹿谷」を受ける形で多田行綱の密告、成親・西光らの逮捕を語るという構成になっており、話の展開に不自然さが目立つのである。さらに物語は、密告を受けた清盛が「当家かたぶけうどする謀反《むほん》のともがら、京中にみち〳〵たん也（当家を滅ぼそうとする謀反の輩が京中に満ち満ちている）」と騒ぐなど、平氏に対する反感が世間に広まっており、それを処罰しようとするという展開で説明するが、同時代史料からは、この時点でのこうした事実は確認できない。川合氏は、これらは清盛の権力を奢りに満ちた専制的権力として印象付けるための創作であると主張しているのである。

『平治物語《へいじものがたり》』における清盛像の変化　最後に『平治物語』についても触れておこう。日下力氏は、『平治物語』の古態本《こたいぼん》（物語は、流布《るふ》され書写《しょしゃ》される過程で何段階もの変化を経て形成されていくが、その中でも古い段階のもの）である陽明本《ようめいぼん》・学習院本《がくしゅういんぼん》は、清盛に対して好意的で、平治の乱を鎮圧した中心人物として描いているが、後出本《こうしゅつぼん》（より後世に作られた本）にはそれがないことを指摘している。また樋口大祐氏も、『平治物語』の古態本である九条家旧蔵本《くじょうけきゅうぞうぼん》では、平治の乱後に清盛が常葉《ときわ》の三人の子を助命する場面（「常葉六波羅に参る事」）で、この三人を生かしておけばのちにどんな大事を引き起こすかと心配する周囲の声に対して、清盛が「成人である頼朝を助けて、より幼い者を斬るというのでは論理が逆である」と言って助けたとするのに対し、後出本では、常葉の色香に迷ったためとする改作がなされていくことを指摘している。

『平家物語』は、周囲から反感をかった晩年の清盛の行動を彼の基本的性格として設定し、もともとあった肯定的評価を捨象《しゃしょう》して、悪行のみを際立たせた強烈な清盛像を造型した。この強烈な清盛像が時を経る中で定着し、他の軍記物語にも影響を与えていったのである。

おわりに

『平家物語』によるイメージを克服し、実際の清盛の姿やそれをとりまく社会状況に迫ろうとする試みは、近年急速に進んでいる。本書は、平氏をとりまく女性たち・この時代を生きた女性たちについて、『平家物語』の形象《けいしょう》を見直し、実態に迫ろうとする観点から掘り下げている。清盛に対するイメージも、清盛自身に関する物語だけでなく、たとえば『平家物語』の祇王や『平治物語』の常葉の説話のように、彼をとりまく女性の物語の中で形成されている部分が少なくない。本書の取り組みは、この時期の女性のあり方を見直すだけでなく、結果として清盛をはじめとする男性の人物像をも見直すことにつながるはずである。

（伊藤瑠美）

【参考文献】

石母田正『平家物語』（岩波書店、一九五七年）
岩田慎平『乱世に挑戦した男　平清盛』（新人物往来社、二〇一一年）
上杉和彦『歴史に裏切られた武士　平清盛』（アスキー・メディアワークス、二〇一一年）
上横手雅敬『平家物語の虚構と真実　上・下』（塙書房、一九八五年、初出一九七三年）
川合康『日本中世の歴史3　源平の内乱と公武政権』（吉川弘文館、二〇〇九年）
川合康編『平家物語を読む』（吉川弘文館、二〇〇九年）
日下力「清盛と重盛」（『国文学　解釈と鑑賞』四七―七、一九八二年）
日下力『平治物語の成立と展開』（汲古書院、一九九七年）
五味文彦『平清盛』（吉川弘文館、一九九九年）
髙橋昌明『増補改訂　清盛以前―伊勢平氏の興隆』（平凡社、二〇一一年、初出一九八四年）
髙橋昌明『平清盛　福原の夢』（講談社、二〇〇七年）
谷村茂「『平家物語』における清盛の座」（『同志社国文学』二九号、一九八七年）
樋口健太郎『中世摂関家の家と権力』（校倉書房、二〇一一年）
樋口大祐『変貌する清盛―『平家物語』を書きかえる』（吉川弘文館、二〇一一年）
元木泰雄『院政期政治史研究』（思文閣出版、一九九六年）
元木泰雄『平清盛の闘い―幻の中世国家』（角川書店、二〇〇一年）
安田元久『平清盛　権勢の政治家と激動の歴史』（清水書院、一九七一年）

第一章

平清盛をとりまく女性たち

1　池禅尼《いけのぜんに》――頼朝《よりとも》の命を救った清盛《きよもり》の義母――

●池禅尼はなぜ頼朝を救ったのか

池禅尼は、平清盛の継母《ままはは》である。

彼女の名を御存じの読者にとって、彼女の事績を一つ挙げるとすれば何かと問われれば、「平治《へいじ》の乱で捕らえられた源頼朝を助命するよう平清盛に願い出たこと」という答えになるのではないだろうか。彼女の嘆願によって助命され、伊豆《いず》国に流罪とされた頼朝が、それから二〇年後の治承《じしょう》四（一一八〇）年に挙兵し平家を滅ぼすことになるのだから、彼女の嘆願がその後の歴史に与えた影響の大きさは計り知れない。

ではなぜ、彼女は敵である頼朝の助命を清盛に願い出たのか。さらに詳しい知識をお持ちの読者なら、こう付け加えるかもしれない。「それは、若くして亡くなった彼女の息子に、頼朝が生き写しだったからだ」と。これは『平治物語《へいじものがたり》』で語られている事情であるが、実は『平治物語』の本文にはいくつかのバリエーションが存在し、この「亡き息子に生き写し」という理由付けは、その中でも比較的新しく成立した系統のものにしか見えない。成立年代の古い系統のものでは、彼女は単に「わずか一二、三歳の者が首を切られるというのは無残である」と述べるだけであり、鎌倉時代前期に慈円《じえん》の著した歴史書『愚管抄《ぐかんしょう》』でも同様である。どうやら、この「生き写し」というのは文学的創作のように思われる。

それでは、池禅尼は単なる同情心から頼朝の助命を願い出たのだろうか。また、清盛も頼朝一人のことと甘く見て助命し、滅亡の結果を招いたのだろうか。そのあたりのところを明らかにするために、遡《さかのぼ》って彼女の生涯をたどっていこう。

●忠盛との結婚

池禅尼は本名を藤原宗子《むねこ》といい、池禅尼というのは、仁平《にんぴょう》三（一一五三）年に出家した後の呼び名である。以下、出家以前の彼女については、宗子の名で呼ぶこととしよう。

宗子は中関白家《なかのかんぱくけ》と呼ばれる一門の出身であった。中関白家は摂関家《せっかんけ》の祖となった道長《みちなが》の兄である道隆《みちたか》を祖とする一門で、中関白とは「父兼家《かねいえ》・弟道長の間に位置する関白」という意味である。その名の通り、道隆は一条《いちじょう》天皇の関白となったが、道隆の長男である伊周《これちか》が道長との政争に敗れたため、道隆の子孫は摂政・関白の座に就くことはなかった。

しかし、院政期に入ると、伊周の弟である隆家《たかいえ》の子孫が、院政を開始した白河院《しらかわいん》の近臣として活躍するようになる。宗子の父親である藤原宗兼《むねかね》も、その一員であった。宗兼は特筆するようなエピソードの持ち主ではないが、やはり白河院に近臣として仕えており、大治《だいじ》四（一一二九）年に白河院が死去した際には、白河院のために等身阿弥陀如来《あみだにょらい》像一体と経典二〇部を供養している。なお、宗子の母親の名前は現在に伝わっておらず、その出自も未詳である。

宗子が平忠盛と結婚したのがいつのことかは、はっきりしない。ただ、忠盛との間に生まれた一人目の男子である家盛《いえもり》が、長承《ちょうしょう》三（一一三四）年に六位で蔵人《くろうど》に任じられている。角田文衞氏は、このとき家盛が一二歳前後、すなわち保安《ほうあん》四（一一二三）年頃の生まれと想定し、宗子と忠盛の婚姻をそこから一〜二年さかのぼった保安二〜三（一一二一〜二二）年頃のことと推定している。

冒頭で述べたように、宗子は清盛の継母、すなわち忠盛の後妻であった。清盛の生母と考えられる忠盛の前妻は保安元（一一二〇）年に死去しており、忠盛が前妻の死後しばらくして宗子を娶《めと》ったと考えれば、角田氏の推定が当たっている可能性は高い。

忠盛の前妻について、髙橋昌明氏は『尊卑分脈《そんぴぶんみゃく》』という系図の記述から藤原為忠《ためただ》の娘である可能性を指摘しているが、確証はない。仮に髙橋氏の推定が正しければ、藤原為忠も白河院の近臣なので、忠盛は二人続けて白河院の近臣の娘を妻としたことになる。いずれにせよ、前妻の死亡を伝える記事で、この女性は白河院に仕える女房であったとされているので、前妻も白河院の周辺に位置する女性であったことは確実である。

そもそも、忠盛の父正盛《まさもり》は白河院の下北面《げほくめん》、いわゆる北面《ほくめん》の武士として仕えることで出世を果たした人物であり、忠盛も白河院の非蔵人《ひくろうど》（六位の者が院の身辺の雑事を奉仕するための役）を振り出しに貴族社会での活動を始めている。つまり、忠盛は親子二代にわたって白河院に仕える中で、同輩やその娘を妻としたということであり、宗子もその一人だったのであった。

このことは、結婚に関して、忠盛が武士であることを理由に貴族たちから疎外されていたわけではないことも示している。平家に限らず、上級の武士は当初から貴族社会の一員だったのであり、決して清盛が出世した結果として貴族化したわけではない、ということである。

●清盛と家盛

清盛は元永《げんえい》元（一一一八）年生まれなので、忠盛と宗子の結婚が行われた時点で元服《げんぷく》前であったことは確実である。忠盛の正妻となった宗子は、まだ幼い清盛を養育したと考えられるが、この点はのちに清盛と宗子との関係を考える上で重要となるので、どうか御記憶いただきたい。

一方、宗子自身は、忠盛との間に家盛・頼盛《よりもり》の二人の男子をもうけた。なお、角田文衞氏は、のちに藤原隆教《たかのり》の妻となった忠盛の娘の母親も宗子ではないかと推測しており、この想定が正しければ、宗子は三児の母であったことになる。

清盛について、実の父親は白河院であるとする説があることをご存じの読者も多いだろう。この説のそもそもの出所は『平家物語』であるが、現代の研究者にもこの説の支持者は多く存在する。その中で、髙橋昌明氏が根拠として挙げるのは、清盛の急激な昇進速度である。

清盛は、忠盛と同様に白河院の非蔵人を振り出しに昇進を始め、大治四（一一二九）年にわずか一二歳で従五位下《じゅごいのげ》昇進を果たしている。従五位下というのは、貴族社会に仲間入りしたことを意味するランクである。白河院が亡くなるのもこの年だが、その後も清盛の昇進速度は衰えず、一四歳

【忠盛関係系図】

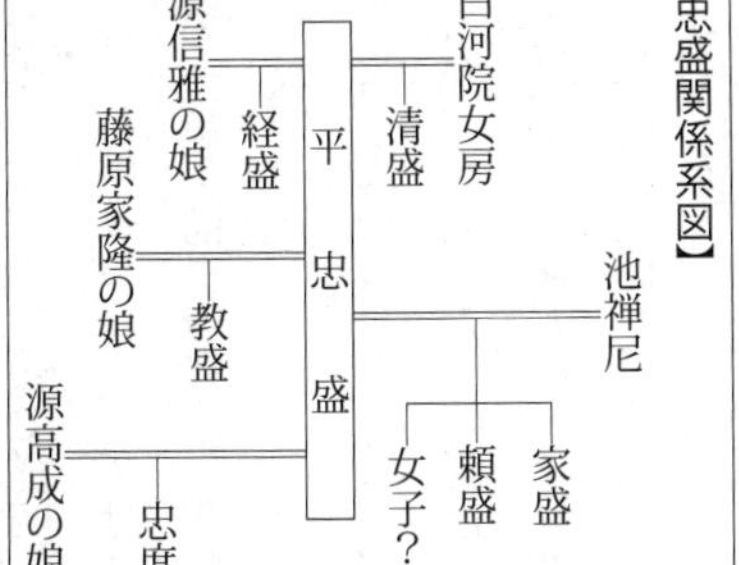

で従五位上《じゅごいのじょう》に昇進、一八歳のときには正五位下《しょうごいのげ》・従四位下《じゅしいのげ》と一年に二度も昇進を果たし、二三歳で従四位上《じゅしいのじょう》に、二九歳で正四位下《しょうしいのげ》に昇進している。最上級の貴族のグループである公卿は、位階《いかい》(ランク)では従《じゅ》三位《さんみ》以上、官職《かんしょく》(役職)では参議《さんぎ》以上を指すから、清盛は二九歳の若さで公卿の一歩手前まで到達したわけである。並ぶ者がないとまでは言えないが、相当速い昇進であることは間違いない。

一方、清盛には及ばないとはいえ、家盛の昇進速度もなかなかのものであった。先述したように、家盛の昇進は長承三(一一三四)年に六位で蔵人に任じられたことに始まっているが、蔵人は天皇の側近く仕える役職であり、待遇としては清盛の院非蔵人よりも上である。その後、家盛がいつ従五位下に昇進したかは不明であるが、康治《こうじ》二(一一四三)年に従五位上、久安《きゅうあん》三(一一四七)年に正五位下、翌久安四(一一四八)年に従四位下と、こちらも順調に昇進を果たしていた。家盛が仮に角田説の通り長承三年に一二歳であったとすれば、従四位下昇進時には二六歳であったことになる。

こうした家盛の昇進を支えたのは、母宗子を通じての血縁関係であった。宗子の姉妹は藤原家保《いえやす》に嫁いでいたが、家保もまた「白河院無双の近習《きんじゅう》」とまで評された人物であった。次いで、大治《だいじ》四年に白河院が死去し鳥羽院《とばいん》に代替わりすると、鳥羽院の一番の寵臣として急激に勢力を伸ばしたのが、家保の子の家成《いえなり》である。宗子から見て、家成は甥にあたる。

家保・家成親子と忠盛は職務上も関係が深く、忠盛が御厩預《みまやのあずかり》という院の馬を管理する役職に就いていた期間、上役の御厩別当《みまやのべっとう》は家保と家成がつとめていた。また、朝廷の馬の管理についても、同時期に忠盛は左馬寮《さまりょう》の次官である左馬権頭《さまのごんのかみ》をつとめていたが、長官である左馬頭《さまのかみ》はやはり家成がつとめていた。

こうした状況下で、忠盛と宗子の結婚は、忠盛と家保・家成親子との間の連携を強める役割を果したと考えられている。このように、平家にとって宗子の存在は、時の寵臣の血縁であるという点でも非常に重要だったのである。

清盛の方が年長で昇進が早いとはいえ、家盛は正妻の子であり、鳥羽院の近臣の筆頭である家成との血縁を持つという要素も非常に大きい。このまま事態が推移すれば、忠盛の嫡流《ちゃくりゅう》の座を巡って、清盛と家盛との間で後継ぎ争いが生じる可能性は十分あった。それが可能性のまま終わった理由は、家盛が久安五(一一四九)年に急死したからである。これによって、忠盛の子どもたちの間で嫡流をめぐる争いが起こることは回避され、清盛は嫡男《ちゃくなん》としての立場を確固たるものとしたのであった。

家盛の死は、久安五年三月十五日、父忠盛らとともに鳥羽院の熊野詣《くまのもうで》に同行した帰途、宇治川と桂川との合流地点付近でのことである。もともと家盛は病を押して同行していたのだが、熊野路の険路は彼の病状を悪化させたのであった。いつの世も、子に先立たれた親の嘆きは変わらない。家盛に対する宗子の思いは、『平治物語』での頼朝との対面シーンで描かれているが、忠盛についても、同じく子に先立たれた小《こ》大進《だいしん》という鳥羽院の女房に贈った、悲しみを分かち合う心を詠んだ哀傷歌《あいしょうか》が残されている。

●重仁《しげひと》親王の乳母《めのと》となった宗子

当時の男性の常として、忠盛は宗子のほかにも複数の女性と関係を持っていた。現在知られている相手は、源信雅《のぶまさ》の娘(三男経盛《つねもり》の母)、藤原家隆《いえたか》の娘(四男教盛《のりもり》の母)、原高成《たかなり》の娘(六男忠度《ただのり》の母)の三人であるが、いずれも宗子に対抗できるような女性ではない。宗子の正妻としての立場は安泰だった。

そんな宗子の身の上に大きな転機が訪れたのは、保延《ほうえん》六（一一四〇）年のことであった。この年、崇徳《すとく》天皇に第一皇子の重仁親王が誕生したのだが、宗子はその乳母に選ばれたのである。

このことの意義を明らかにするため、まずは重仁親王について解説しよう。便宜上「重仁親王」と呼んでいるが、厳密に言えば、重仁が親王となるのは誕生の翌永治《えいじ》元（一一四一）年のことである。たかが一年のことと思われるかもしれないが、実はこれが大きな違いであった。というのは、当時の慣例で、皇位継承権を持つと目される有力な皇子は、すべて生年のうちに親王とされているからである。すなわち、誕生時点で、重仁は皇位継承権を持つ存在と認識されていなかったことになる。

では、なぜ重仁は皇位継承権を持つ皇子と認識されなかったのか。原因は二つあり、一つ目は、重仁の生母の身分が低かったことである。重仁の生母は兵衛佐《ひょうえのすけ》と呼ばれる崇徳院の女房で、源行宗《ゆきむね》という人物の養女となっていたが、実の父は信縁《しんえん》という僧であった。いずれも政治的には特筆すべき立場にはない人物であり、重仁には後ろ盾となりうる外戚が存在しなかったのである。

もう一つの原因は、祖父である鳥羽院と父である崇徳天皇とが皇位継承を巡って対立していたことであった。大治四（一一二九）年の白河院の死後、鳥羽院による院政が行われてきたが、成人を迎えた崇徳天皇が保延年間（一一三五〜四〇）に政治決定に関わるようになると、両者の間に政治的な軋轢《あつれき》が生じたのである。このような場合、通常であれば天皇が将来の院政を含みに皇子へ譲位して摩擦を回避するのであるが、崇徳天皇には男子がなかったためにそうした方法が取れず、問題が大きくなっていた。

加えて、鳥羽院は崇徳天皇の生母である藤原璋子《たまこ》（待賢門院《たいけんもんいん》）に代えて、新たに藤原得子《なりこ》（美福門院《びふくもんいん》）を寵愛し、保延五（一一三九）年に体仁《なりひと》親王が誕生していた。結局、両者の対立は、崇徳天皇が体仁を養子に迎え皇太子とすることで妥協がはかられたのである。

崇徳天皇から体仁（近衛《このえ》天皇）への譲位が行われたのが、永治元年十二月、重仁が親王とされたのとまさに同月の出来事である。また、重仁は鳥羽院と美福門院の養子ともされている。いわば、重仁は崇徳天皇から近衛天皇への譲位とバーターで親王とされ、近衛天皇のスペアの役割を担ったのだった。

ちなみに、「実は崇徳天皇は待賢門院が白河院と密通してできた子であり、それゆえに鳥羽院は崇徳天皇を排除して近衛天皇を即位させたのだ」とする説がある。密通の噂の出所は、鎌倉時代のはじめに成立した『古事談《こじだん》』という説話集だが、近年の研究ではその信憑《しんぴょう》性が疑問視されている。

さて、『今鏡《いまかがみ》』や『保元物語《ほうげんものがたり》』によると、宗子が重仁の乳母であっただけでなく、夫の忠盛も重仁の傅《も》り役をつとめていた。実際、重仁が元服した際には、その装束を忠盛が調達している。

当時の社会において、主君と乳母夫婦との関係は、実の親子と同等のつながりの深さを有していた。たとえば、先述の家盛の死去の際、乳母の夫で傅《も》り役でもあった平惟綱《これつな》は、臨終の場に京都から駆け付け、悲しみのあまり即座に出家してしまったほどである。忠盛・宗子夫妻と重仁との関係も同様に密接なものであったと思われるが、それが問題となったのは、保元《ほうげん》の乱においてであった。

●保元の乱と池禅尼

仁平三（一一五三）年正月十五日に忠盛が五八歳で死去すると、宗子もその日のうちに出家を遂げた。ここからは彼女のことを池禅尼と呼ぶこととしよう。ちなみに、「禅尼《ぜんに》」とは出家した女性に対する敬称であるが、「池」の名は平家の根拠地である六波羅《ろくはら》にあった彼女の邸宅「池殿《いけどの》」から来ている。

それから二年後の久寿《きゅうじゅ》二（一一五五）年、近衛天皇が死去する。一人の子も残さぬ、わずか一七歳での死去であった。このとき皇位継承の有力候補と目されたのは、美福門院が養子として迎えていた二人の人物であった。一人は重仁親王、もう一人は雅仁《まさひと》親王（崇徳院の同母弟）の子の守仁《もりひと》王（二条《にじょう》天皇）である。とはいえ、院の皇子で親王にもなっている重仁が最有力の候補であり、守仁は仁和寺《にんなじ》に入って出家する予定であった。

ところが、鳥羽院が次の天皇に選んだのは二人のいずれでもなく、雅仁であった。これが後白河《ごしらかわ》天皇である。

後白河天皇に白羽の矢が立ったのには、待賢門院と美福門院の対立が関係している。待賢門院はすでに久安元（一一四五）年に亡くなっていたとはいえ、外戚である藤原氏閑院流《かんいんりゅう》は長男である崇徳院の下にまとまって一派を作り、美福門院派と対立していた。ここで重仁を即位させたのでは、父崇徳院の力が強くなり過ぎ、美福門院を圧迫しかねない。結局、鳥羽院は美福門院のために崇徳院と重仁を切り捨て、守仁を選んだのである。

しかし、守仁は当時まだ一三歳であり、政治的に独り立ちできる年齢ではない。しかも、健在な父親を差し置いて子が即位するのは先例のないことであった。そこで、守仁が即位するまでの言わば「中継ぎ」として父の後白河天皇が即位し、守仁は皇太子とされたのである。

当然のことながら、崇徳院は後白河天皇の即位に不満を持った。これが摂関家内部の対立と結び付いた結果、保元元（一一五六）年に鳥羽院が死去した直後に勃発《ぼっぱつ》したのが、保元の乱である。

ただし、乱を引き起こした直接的なきっかけは、美福門院・後白河天皇らによる崇徳院側への抑圧であった。抑圧は鳥羽院が亡くなる直前からすでに始まっており、源義朝《よしとも》・源義康《よしやす》が後白河天皇の里内裏《さとだいり》である高松《たかまつ》殿の護衛に、源光保《みつやす》・平盛兼《もりかね》が院御所である鳥羽殿の護衛に、それぞれ動員されている。

ところが、平家一門は当時の武士の中で最大の兵力を誇っていたにも関わらず、こうした護衛に動員されなかった。その原因は、重仁との深い関係を警戒されたからである。重仁の傅り役であった忠盛はすでに死去しているとはいえ、池禅尼の子で重仁の乳兄弟《ちきょうだい》に当たる頼盛は、常陸介《ひたちのすけ》として受領《ずりょう》をつとめ、一門内で重きをなしていた。

『愚管抄』によると、このとき勝ち目のない崇徳院を見限るよう頼盛に命じた人こそ、池禅尼その人であった。彼女は頼盛に清盛と一体になって行動するよう諭したため、清盛は一門をあげて後白河天皇側に参じ、これが勝利の決め手となったのである。

乱後の恩賞として、清盛が播磨守《はりまのかみ》に任じられたのをはじめ、多くの平家一門が昇進・任官にあずかった。頼盛も安芸守《あきのかみ》に転任し、また異母兄の教盛とともに内昇殿《ないしょうでん》を許されている。内昇殿とは天皇の居所である清涼殿《せいりょうでん》に上がって側近くに仕えることで、平家一門で内昇殿を許されたのは、父忠盛・異母兄清盛に次いで三例目ということになる。池禅尼の冷徹な判断は、一門に多大な恩恵をもたらしたのである。一方、重仁親王は乱には直接参加しなかったため罪に問われることこそなかったが、乱後に仁和寺で出家を余儀なくされ、乱の六年後の応保二（一一六二）年に二三歳の若さでさびしくこの世を去っている。

●平治の乱と池禅尼

保元の乱後は後白河院のブレーンである信西《しんぜい》の主導による政治が行われたが、これがほかの近臣たちの反発を招くことになった。また、信西と美福門院との談合の結果、保元三（一一五八）年に後白河天皇から守仁（二条天皇）への譲位が行われたが、これによって後白河院政派と二条親政派との間で対立が生じた。この二つの複合的要因によって平治《へいじ》元（一一五九）年に起こったのが、平治の乱である。

乱の中心人物は後白河院の寵臣であった藤原信頼《のぶより》であり、同じく後白河院の近臣で信頼と提携していた源義朝が、軍事力の中心を担った。父義朝に従って参戦した頼朝は、当時一三歳。これが頼朝にとっての初陣であった。

信頼らは後白河院の院御所で信西一門が詰めていた三条殿《さんじょうどの》を急襲、信西はいったんは逃れるものの、京都南方の田原《たわら》（京都府宇治田原町）の山中で捕らえられ斬首された。この結果、信頼らは後白河院・二条天皇を擁して政権を奪取し、論功行賞を行ったが、このとき頼朝も右兵衛権佐《うひょうえのごんのすけ》に任じられている。

信頼らの挙兵は清盛が熊野詣に出かけていた留守中に行われたが、清盛が帰京して六波羅に入ると、信頼らの行動に反発した貴族たちの手引きで二条天皇が六波羅の清盛邸に脱出した。さらに後白河院も仁和寺へ脱出したため、信頼たちは賊軍に転落し、清盛軍に決戦を挑んだものの敗北した。

乱後、首謀者の信頼は庇護を期待して仁和寺にいた後白河院のもとに出頭したが、清盛に引き渡され斬首されている。一方、義朝とその一党は東国を目指して落ち延びたが、義朝はその途上の尾張国野間《おわりののま》（現在の愛知県美浜町）で家人《けにん》である長田忠致《おさだただむね》の裏切りに遭って謀殺された。

頼朝も義朝に同行していたのだが、不破関《ふわのせき》（現在の岐阜県関ケ原町）付近の山中で義朝とはぐれさまよっていたところを、平頼盛の郎党である平宗清《むねきよ》に捕らえられている。頼盛が当時尾張守であったため、乱の発生時に宗清は尾張国に赴いており、尾張国から京へ上る途上で頼朝と出くわしたのであった。この宗清が池禅尼と頼朝との接点となり、冒頭で紹介した池禅尼による頼朝助命譚へとつながっていくのである。「生き写し」バージョンの『平治物語』で、頼朝が亡き家盛に生き写しであると池禅尼に伝えるのも、宗清である。

●頼朝助命の背景

ここで冒頭の問題関心に戻ろう。池禅尼は単なる同情心から頼朝の助命を願い出たのだろうか。また、清盛も頼朝一人のことと甘く見て助命したのだろうか。

現在の研究では、頼朝が助命された理由として、親族が助命のために動いたことを想定している。このとき、義朝をはじめとする父方の源氏一門は壊滅状態であったから、動いたのは母方の親族である。

頼朝の母親は、熱田神宮《あつたじんぐう》の大宮司《だいぐうじ》をつとめる藤原季範《すえのり》の娘であった。熱田神宮は現在の愛知県名古屋市にある神社だが、その大宮司とはいえ、季範の一門は実際には京都での活動が主となっていた。乱の時点で頼朝の母も外祖父の季範も死去していたが、母方の叔父である範忠《のりただ》は、後白河院の近臣として活動していた。また、頼朝の母の二人の姉は、それぞれ待賢門院と上西門院《じょうさいもんいん》(待賢門院の娘、後白河院の同母姉)に女房として仕えていた。

このように、頼朝の母方の一門は後白河院との関係が深かった。頼朝自身も、上西門院が皇后であったときから皇后宮権少進《こうごうぐうごんのしょうしん》(下級の職員)として出仕し、上西門院が女院となってからは女院の蔵人となっている。ちなみに、上西門院の殿上始《てんじょうはじめ》の儀式では、女院の殿上人としてやって来た清盛に、女院の蔵人として頼朝が酒の酌を奉仕したことが伝えられている(『山槐記《さんかいき》』平治元年二月十九日条)。さらに言えば、頼朝がのちに反平氏の挙兵を行う際に後白河院の院宣を奉じていたと『平家物語』が伝えているように、頼朝自身も後白河院と直接関係を持っていた可能性は高い。

保元の乱で決別したとはいえ、崇徳院・後白河院・上西門院はいずれも待賢門院の子であり、待賢門院の仏事は長男の崇徳院を中心に子供たちが出席して行われるなど、保元の乱以前の彼らは親族としての一体感を持って生活していた。後白河院に至っては、即位以前は崇徳院と同居していたほどである。季範一門にみられるように、彼らに仕えた近臣たちも、複数の院・女院にまたがって出仕し、一個の集団を作り上げていた。崇徳院の皇子重仁親王に乳母として仕えた池禅尼もこの集団の一員であったし、息子の頼盛も後白河院の近臣として活動している。

季範一門が頼朝の助命活動を行ったとき、その口利きを頼るべき相手は当然、同じく待賢門院の子孫に仕えた池禅尼だったであろう。つまるところ、池禅尼の口から頼朝の助命が願い出られた場合、清盛としてはその背後に、後白河院・上西門院の近臣集団、さらには後白河院・上西門院その人の意向を意識せずにはいられない、ということである。

そしてもう一つ、清盛には池禅尼の申し出を無下に断れない事情があった。それは、池禅尼が平家一門内で後家の立場にあったことである。

後家とはすなわち、前家長の正妻を指す。院政期は家長を核とする「家」が大きな社会的役割を果たした時代であったが、家長が死去した場合、家内部で家長の代行として重要な地位を占めたのが後家であった。そのことは、鳥羽院の死後に後家の美福門院が皇位継承に関与した事例や、頼朝の死後に後家の北条《ほうじょう》政子《まさこ》が鎌倉幕府内で重きをなした事例などから明らかであろう。

平家一門の場合、忠盛亡き後の家長は当然清盛であったが、後家としての池禅尼の権威に、清盛としても一目置かざるをえなかったと考えられる。まして、清盛にとって池禅尼は、継母とはいえ幼少の頃から養育を受けた相手であり、また、保元の乱では異母弟の頼盛を諭すことで一門を挙げて後白河天皇側に付くきっかけを作った功労者である。清盛としては、池禅尼の願いを受け入れざるをえなかった。頼朝が助命された背景には、こうした様々な事情が存在していたのである。

●頼朝にかけた情けの行方

早世した者を除き、頼朝には二人の兄と五人の弟があった。頼朝と同様、二人の兄も平治の乱に参戦しており、長男の義平《よしひら》は捕らえられて六条河原《ろくじょうがわら》で斬首され、次男の朝長《ともなが》は美濃《みの》国で負傷したために義朝に介錯されて死去している。

しかし、頼朝が助命されたことによって、平治の乱に参戦していなかった頼朝の弟たちも死罪を免れることとなった。保元の乱で敗れた源為義《ためよし》一族の場合は、弓の腕を惜しまれて死罪を免じられた為朝《ためとも》を除き、参戦しなかった年端もいかぬ子供たちに至るまで処刑されているから、その差は大きい。保元の乱と同様の処置が行われていれば、頼朝はもちろんのこと、壇ノ浦《だんのうら》の合戦で平家の滅亡に直接手を下すことになる義経《よしつね》も処刑されていたはずである。

平家の滅亡へとつながる内乱は、治承四（一一八〇）年、以仁王《もちひとおう》の挙兵をきっかけに始まった。挙兵自体は短期間で鎮圧されるが、伊豆で挙兵した頼朝をはじめ、各地で同時多発的に反平家の火の手が上がったのであった。内乱が続く中、養和《ようわ》元（一一八一）年に清盛が熱病のために死去、さらに寿永《じゅえい》二（一一八三）年には平家軍が北陸道で源義仲《よしなか》に惨敗し、平家一門は京都から九州へと落ち延びた。世に言う「平家の都落ち」である。

正確な没年は不明だが、内乱が始まるはるか以前に池禅尼が死去していたことは確実である。池禅尼の息子頼盛は、都落ち当時権大納言《ごんだいなごん》の地位にあり、異母兄の経盛《つねもり》・教盛を越え、清盛の子の宗盛《むねもり》に次ぐ平家一門のナンバーツーの位置を占めていた。ところがその頼盛が、あろうことか、都落ちの際に一門から離脱し、京都に残留したのである。

後家である池禅尼の子であり、また後白河院の近臣でもあった頼盛は、すでに清盛の生前から、清盛の方針とは異なる独自の行動を取ることがしばしばあった。そのため、治承三（一一七九）年に清盛がクーデターを起こし後白河院政を停止した際には、後白河院の近臣とともに頼盛も解官《げかん》されているほどである。

一方で、清盛・宗盛としては、一門内の有力者である頼盛を完全に追放するわけにもいかなかった。そのため、頼盛は解官後ほどなく復帰を許されただけでなく、頼盛の娘が宗盛の嫡子清宗《きよむね》の妻とされている。しかし、こうした融和策も甲斐なく、頼盛は一門から離脱するに至ったのである。「両雄並び立たず」という言葉があるが、正妻の子であるという頼盛の意識が、清盛の下風に立つことを許さなかったのであろうか。

その頼盛を庇護《ひご》したのは、ほかならぬ頼朝であった。池禅尼の恩に報いるため、頼朝は鎌倉に下向してきた頼盛を歓待し、権大納言への復帰をあっせんするとともに、荘園の所有権も安堵している。こうして、文治《ぶんじ》元（一一八五）年の壇ノ浦合戦で平家一門が滅亡する中、頼盛だけが滅亡を免れたのである。

池禅尼の温情は、一門の滅亡とともに、我が子への余慶をもたらしたのであった。

（佐伯智広）

【参考文献】

佐伯智広「二条親政の成立」（『日本史研究』五〇五、二〇〇四年）

佐伯智広「鳥羽院政期王家と皇位継承」（『日本史研究』五九八、二〇一二年）
髙橋昌明『［増補改訂］清盛以前　伊勢平氏の興隆』（平凡社、二〇一一年、初出一九八四年）
角田文衞「池禅尼」『王朝の明暗』（東京堂出版、一九七七年、初出一九七四年）
美川圭「崇徳院生誕問題の歴史的背景」（『古代文化』五六―一〇、二〇〇四年）
元木泰雄『保元・平治の乱を読みなおす』（ＮＨＫ出版、二〇〇四年）

2 平時子《ときこ》――「平家」を作り上げ、終わらせた清盛の正妻――

●時子をいかに語るか

平清盛の正妻・時子。後妻として清盛と結ばれ、後継者となった宗盛《むねもり》らの男子や、高倉《たかくら》天皇の后となった徳子《とくこ》を産み、安徳《あんとく》天皇の祖母となった「二位尼《にいのあま》」である。

彼女のもっとも有名なエピソードは、壇ノ浦《だんのうら》の戦いで平家の敗戦が決定的となったとき、「浪の下にも都はありますよ」というセリフを吐いて、孫の安徳もろとも壇ノ浦に入水《じゅすい》した、というものだろう。ここに象徴される歴史的役割の強烈さと、平家《へいけ》や清盛を主題とした歴史小説やドラマでは華やかなヒロインの一人ということもあって、時子は日本の歴史上、相当に著名な女性と言えよう。

しかし意外にも、時子は『平家物語』において饒舌に語られてはいない。同時代の歴史史料においては、なおのことである。それゆえ、時子そのものの歴史的意義が、実証的歴史学で論じられるのは、金永「平時子論」(二〇〇二)を待たなければならなかった。この論文では、『平家物語』等の物語史料に頼らず、少ないながらも歴史史料のみから時子像を組み上げるという試みがなされ、乳母《めのと》としての王家《おうけ》への奉仕など、時子固有の役割が注目された。

また、有名な時子の最後＝安徳《あんとく》天皇との入水についても、歴史学的な検証が加えられたのは、栗山圭子「大納言佐《だいなごんのすけ》という人」(二〇〇九)である。時子のみならず安徳天皇の入水死という歴史上の異常事態にも、ようやく歴史学的なメスが入れられた段階である。

もちろん、本稿においては、『平家物語』の描く時子像にも大いに注目したい。鎌倉幕府が編纂した『吾妻鏡《あずまかがみ》』よりも『平家物語』の原型のほうが時代的に早く成立したこともあり、そこで描かれている時子には、平家滅亡直後の世界で語られた時子の姿が保存されていると言えるからである。

本稿では、末尾に掲げた先行研究の成果に多くを学びつつ、様々な角度から、「清盛をとりまく女性たち」の代表格と言える、正妻時子の姿に迫ってみようと思う。

●時子の両親

まずは、時子の出自について確認しよう。時子は大治《だいじ》元(一一二六)年に生まれた。父は平時信《ときのぶ》という鳥羽院《とばいん》近臣である。この時信の家柄は、桓武平氏高棟流《かんむへいしたかむねりゅう》、いわゆる堂上《とうしょう》平氏(昇殿が許される、主に文官としての平氏)であった。同じ平氏とは言え、武門である伊勢《いせ》平氏の清盛らとは、血筋も貴族社会における役割もまったく異なる人々である。役割に関して言えば、この家筋は「日記の家」であり、時信も『時信記《じしんき》』を遺している。有職故実《ゆうそくこじつ》の伝承を担う中下級貴族と言えよう。時信は温厚実直な人物で(『本朝世紀《ほんちょうせいき》』)、鳥羽院から厚く信頼され、院の身辺に侍り文書や伝言を直接奏上する「伝奏《てんそう》」という役割を果たしてもいた。生前の最終官位は正五位下兵部権大輔《しょうごいげひょうぶごんのだいすけ》だが、孫の高倉《たかくら》天皇即位に伴い、死後に正一位左大臣《しょういちいさだいじん》を追贈された。

一方、時子の母については確定しがたい。『尊卑分脈《そんぴぶんみゃく》』という系図集では、時信の子として八人（時忠《ときただ》・親宗《ちかむね》・時子・滋子《しげこ》他女子四名）が記載されているが、二男の親宗に「母大膳大夫藤家範女《ははだいぜんだいぶとうのいえのりがむすめ》」とあって、すぐ左にある「女子」＝時子に「母同」とあるから、『尊卑分脈』上では家範女が時子の母ということになる。また一男時忠に母の記載がないため、時子の同母兄弟は親宗だけに見える。

しかし、同時代史料である吉田経房《よしだつねふさ》の日記『吉記《きっき》』治承《じしょう》五（一一八一）年五月二十八日条には、このような一文がある。

後聞、今日左衛門督時《（平）》忠卿母堂尼公入滅、元是二条大宮《（令子内親王）半歟》事物也、今又后宮《（徳子）》祖母、帝《（安徳）》之曾祖母也、末代希有歟、況於八旬有余哉。

のちに聞いたところによると、今日は平時忠のご母堂が亡くなったそうだ。この方は元々二条大宮の半物《はしたもの》であった。今となっては后の祖母であり、天皇の曾祖母である。末代におけるめずらしいことであるなあ。おまけに、八〇を超える長命であったことよ。

この史料により、時忠の母が后宮＝中宮徳子の祖母で、かつ帝＝安徳天皇の曾祖母でもあること、つまり、時子の

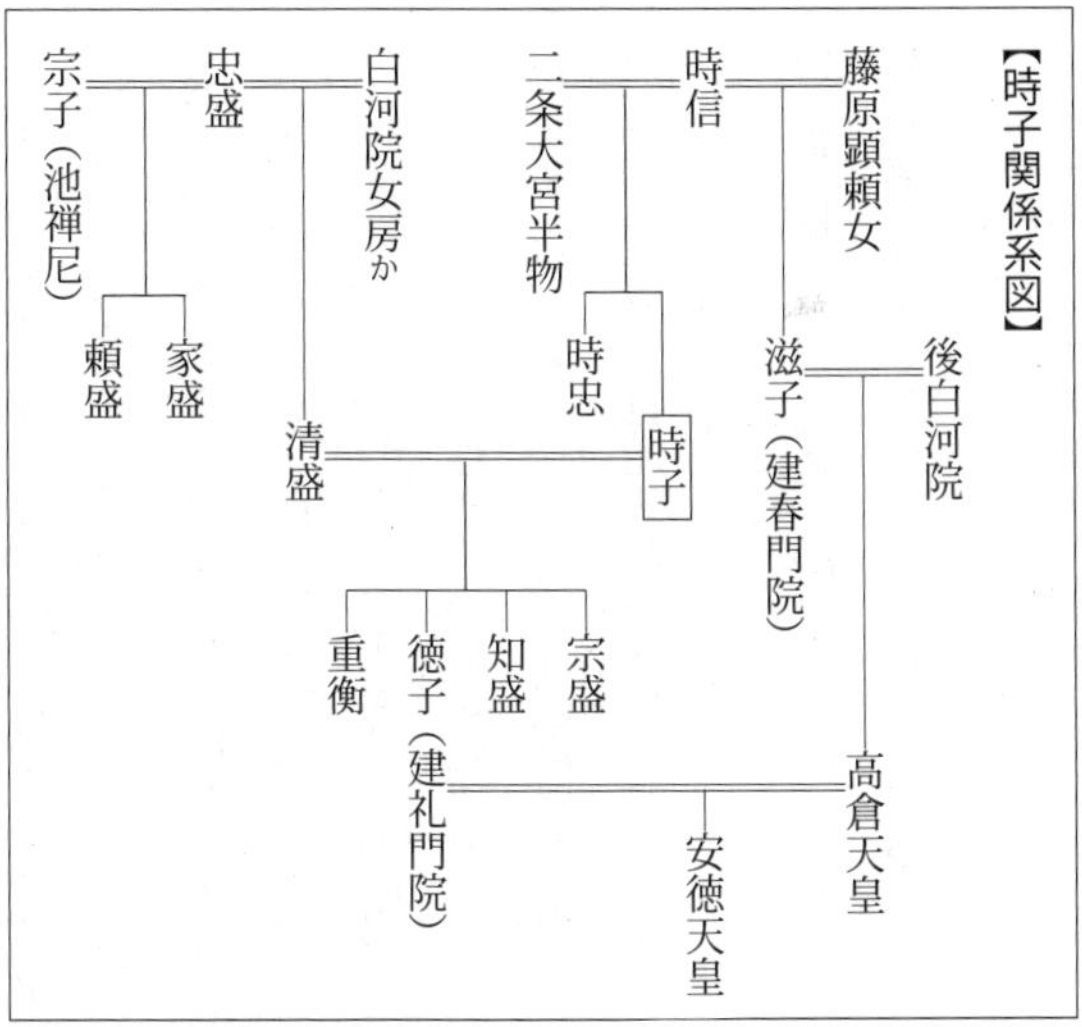

母と同一人物であることがわかる。「事物」は「半物」の誤写と考えられており、経房の書きぶりには、半物がまさか后の祖母・天皇の曾祖母になるとは、と彼女の立場の激変が強調されている。

　半物については、本著第一章5「常盤《ときわ》――見直されつつある清盛の『妾』――」を参照していただきたいが、容姿によっては特殊な位置付けになりうるとはいえ、貴族身分の女性が就く地位ではない。よって、『尊卑分脈』の家範女という情報は間違いということになるが、結局のところ、時子母の氏素性は不明である。二条大宮＝令子内親王は鳥羽天皇の准母《じゅんぼ》であり、そこで下働きしていた女性と、鳥羽院院司の時信が縁付いたのだろう。なお、時子・時忠・藤原親隆《ちかたか》の妻となる女を産んだのち、時子の母は時信と離別し、右少弁《うしょうべん》藤原顕憲《あきのり》と再婚、のちに法勝寺《ほっしょうじ》執行《しぎょう》となる能円《のうえん》を産んでいる。老後は時忠に引き取られ、大事にされていたという。

　『尊卑分脈』は南北朝期に編纂されたもので、間違いも多いと指摘されている。時子ほどの有名人が、二〇〇年足らずで実母すらあやふやになっていたということには驚きを感じるが、母が特筆されるほどの出自ではなかったことの証左であろう。

●時子の弟妹

　両親にとって時子は第一子である。同母弟の時忠は「此一門《このいちもん》にあらざらむ人は皆人非人《にんぴにん》なるべし」（『平家物語』）というセリフで有名だが、時子と清盛夫婦を朝廷の内部から支え、徳子立后に際しては中宮大夫をつとめるなど、堂上平氏として清盛の平氏政権を支えた人物であった。検非違使別当《けびいしべっとう》を長くつとめ都の治安を担い、「平関白《へいかんぱく》」と呼ばれるほどの権力を手にした。壇ノ浦で捕虜になったのち、娘を義経《よしつね》の妾として保身をはかったが、義経自身が兄頼朝《よりとも》に討伐される事態となったため、功を奏さなかった。才気溢れる官人ではあったが利に走るところがあり、また先の名セリフに見えるように口が過ぎるところがあったとされ（『愚管抄《ぐかんしょう》』）、生涯二度も配流の憂き目を見ており、配流先の能登《のと》で死亡した。

異母弟の親宗は、後白河院《ごしらかわいん》の近臣として活躍し、時忠とは異なり清盛の平家とは距離を置いたとされる。娘を維盛《これもり》（清盛嫡男である重盛《しげもり》の長男）の妾としたが、時子腹の子とは婚姻関係を結んでいない。治承・寿永《じゅえい》の内乱後も生き、正治《しょうじ》元（一一九九）年に正二位中納言《ちゅうなごん》を極官《きょっかん》として死去した。兄時忠の子孫は滅んだが、親宗の子孫は堂上平氏として中世を生き抜いた。

滋子（建春門院《けんしゅんもんいん》）は異母妹であり、半物であった時子の母とは比較にならない高い身分の女性（中納言藤原顕頼《あきより》女）を母とするが、生涯にわたって時子とは良好な関係を築いていたようである。滋子は上西門院《じょうさいもんいん》（後白河院の同母姉）の女房《にょうぼう》として宮廷に入ったことで後白河院に見初められ、憲仁《のりひと》親王を産み、女御《にょうご》・皇太后《こうたいごう》・女院《にょいん》と立身した。近年、後白河院政や平氏権力への滋子の関与や、彼女自身の優れた政治的手腕が注目されている。第二章5「建春門院平滋子――後白河院の寵姫《ちょうき》――」で詳細に述べられるが、本稿でも改めて触れることにする。

滋子以外に時子の異母妹は四人おり、それぞれ宗盛の妻、重盛の妾、建春門院冷泉《れいぜい》・建春門院帥《そち》という女房になっている。帥は壇ノ浦で時子とともに入水して果てたという（『平家物語』）。

宗盛の妻・重盛の妾の存在から、清盛は自分の家に時子の血統を入れることを重視したと考えられている。逆に時子の視点からすれば、信頼しうる肉親で周囲を固め、清盛次世代の掌握を目指したということになる。時子の平家運営の方針の一つであったといえよう。

●清盛との結婚―後妻としての宗子と時子

時子の夫となる平清盛もまた、生母がはっきりしない人物であるが、この点は第二章3「祇園女御とその妹――清盛の実母は誰か――」でご確認いただきたい。清盛の父忠盛《ただもり》は、清盛生母の死去後、宗子《むねこ》（藤原宗兼《むねかね》の娘、出家後は池禅尼《いけのぜんに》と呼ばれた）を正妻として迎え、その後家盛《いえもり》・頼盛《よりもり》らの男子が生まれている。宗子についても詳細は第一章1「池禅尼――頼朝の命を救った清盛の義母――」をご覧いただきたいが、宗子は、「院第一の寵臣」藤原家成《いえなり》と従姉妹《いとこ》であり、政界における広い人脈でもって、「夫ノ忠盛ヲモタヘタル者（夫の忠盛をも支えるほどのしっかりもの）」（『愚管抄』）と評価された女性であった。忠盛の正妻としてその地位は磐石であり、また、崇徳《すとく》天皇の皇子重仁《しげひと》親王の乳母となって、夫と共に王家に奉仕していた。

さて、時子も姑宗子同様、先妻の子がいる状況で清盛と結婚した。清盛の最初の妻は、高階基章女《たかしなもとあきのむすめ》である（第一章6「高階基章女――長男重盛の母――」参照）。彼女は保延《ほうえん》四（一一三八）年に一男重盛、翌五年に二男基盛《もともり》を出産し、その後のことはよくわからない。早世したものと考えられる。

時子が後妻として清盛と婚姻関係を結んだ時期は不確かだが、久安《きゅうあん》三（一一四七）年に宗盛を出産しているので、久安元～二年ではないかと想定されている。この年であれば、清盛は従四位下肥後守《ひごのかみ》であった。

時子の父時信は鳥羽院の判官代であり、忠盛・清盛もまた鳥羽院近臣であったため、かような縁から婚姻に至ったのであろう。

時子と結婚した頃の清盛は、忠盛の長子ではあったが、実力者である継母とその子どもたちの存在が大きくなってきており、後継者の地位が確立していたとは言いがたい。さらに久安三（一一四七）年六月十五日に発生したいわゆる「祇園闘乱事件《ぎおんとうらん》」（清盛の郎党《ろうとう》が祇園社宝殿《ほうでん》に矢を放ち、神人《じにん》らと乱闘した）により、清盛の立場はいっそう悪くなった。祇園社の本寺である延暦《えんりやく》寺《じ》が要求した流罪は免れたものの、この件以後しばらく目立った活動ができなくなった清盛に代わり、異母弟の家盛が数々の場面で清盛に代わる役割を果たし、現正妻の長男ということもあって、貴族社会において頭角を現すようになった。

しかし、久安五年三月、鳥羽院の熊野詣《くまのもうで》に随行していた家盛が病死する。忠盛の悲嘆は大きく、重要な行事への欠席や、家盛遺品を正倉院に納めるなどの深い哀悼の意を示している。そして、そんな忠盛に代わって、清盛が公の諸行事に出席するようになる。皮肉なことに、異母弟家盛の死が、不確かであった平家棟梁《とうりょう》（武門の家長）の地位を清盛にもたらしたと言えよう。

時子は、この「祇園闘乱事件」と同じ年に第一子宗盛を出産している。出産と事件の前後関係は不明だが、清盛は嫡子の地位が危ういのみならず流罪の可能性すらあり、神輿《しんよ》を担いで入洛《じゅらく》を狙う延暦《えんりやく》寺《じ》衆徒《しゅと》らの清盛への怒号が聞こえる状況で、初めての妊娠・出産・育児をしていたということになる。

宗盛の後にも知盛《とももり》・徳子《とくこ》・重衡《しげひら》が次々と誕生し、時子は清盛の正妻としての地位を確立した。そして清盛は、仁安《にんあん》三（一一五三）年の忠盛の死により、平家棟梁となった。保元《ほうげん》の乱・平治《へいじ》の乱で勝者となり、後白河院との協調と対立を繰り返しつつ、官位上昇を重ねていった。時子所生の男子たちも、父に付随して驚異的な立身を遂げたが、宗盛の官位が重盛を超えることは決してなかった。

以前の研究では、重盛生存時にも現正妻の長男として宗盛が清盛の後継者であったとする向きもあったが、兄弟の中で重盛のみ知行国を二つ（丹後・越前）与えられ、また清盛が表面的に政界を引退するときに、重盛に東山・東海・山陽・南海道の賊徒追討宣旨《ぞくとついとうせんじ》が下され（『兵範記《ひょうはんき》』）、全国規模の軍事権を引き継いだことなどから、重盛が嫡流であることは宮廷社会においては周知の事実であった。

そして時子も、重盛が清盛の後継者であることに反発した様子はなく、むしろ先述したように時子の義妹は重盛の妾となっている。先妻の子であり、しかも正妻がいる重盛に義妹を妾として引き合わせたことは、重盛と時子との関係を強固にするための処置と考えられている。時子は、重盛が棟梁となる将来の平家を見据え、自身や実子の立場を安定させるべく、重盛に対し配慮を続けることとなる。

こういった時子の重盛に対する態度は、姑宗子から大いに学んだものと思われる。たとえば保元の乱においては、崇徳皇子（重仁）の乳母子である頼盛は崇徳方に付く予定であったが、清盛は後白河方に付いたため、平家には分裂の可能性があった。しかし宗子は、「コノ事ハ一定新院《(崇徳)》ノ御方ハ負ケナンズ。勝ツベキヤウモナキ次第ナリ」と崇徳方の敗北を見通し、頼盛に「ヒシト兄ノ清盛ニ付キテアレ」と指示したという（『愚管抄』）。重大局面における宗子の的確な判断は、頼盛の命を守っただけでなく、平家の分裂を回避し、清盛の援護をする形となったのである。

平家の内情が決して一枚岩ではなかったことは、研究上明らかとなっている。ただし、重盛や頼盛のように、明らかに分裂の要素がある存在を内包しつつ成長していったのが平家でもあった。そして、そのような彼らを無理にでも内包しえたのは、清盛のカリスマ性ばかりでなく、宗子と時子という「二人の後妻」の存在が大きかったのではないか。右のようなエピソードを見ると、そう思えるのである。

●時子と建春門院滋子

近年、時子の異母妹滋子（建春門院）の研究が進み、彼女の存在が清盛の躍進に関わったと言われている。詳細は第二章5「建春門院平滋子——後白河院の寵姫《ちょうき》——」を参照されたいが、ここでは時子との関係に注目してみたい。

滋子は大変に美しく、心映えの優れた女性であったという（『たまきはる』）。後白河院の寵愛を受け憲仁親王を産み女御となり、親王が即位し高倉天皇となったことで立后（皇太后）を果たし、さらに女院・建春門院となった。滋子は、摂関家出身の天台座主《てんだいざす》慈円《じえん》に「日本国女人入眼（日本の国は女性によって政治が成り立っている）」（『愚管抄』）と言わしめるほどの人物であったが、これが決してお世辞ではないことに、後白河が熊野詣で不在時には、女院として除目《じもく》を含めたまつりごとの奏聞《そうもん》を受け、院の代行をしていたことが明らかとなっている。

後白河の寵姫であり、政治的手腕も高かったことから、異母兄姉である時忠や時子、その子らを存分に引き立てた。とくに、宗盛を猶子《ゆうし》としたことで、彼は異例のスピードで昇進することとなった。そして、気分屋で扱いにくい性質の後白河院と清盛の間を上手にとりもち、平家と朝廷との調整役を果たしていた。

しかし、時子も一方的に滋子からの恩恵を受けていたわけではない。平治の乱（一一六〇年）の後、後白河院と当時の二条《にじょう》天皇は政治の主導権を巡って鋭く対立していた。滋子が皇子を出産した直後、この皇子の立太子《りったいし》を画策したとして、二条から時忠らが解官《げかん》されるという事件があった。さらに翌年、時忠は二条を呪詛《じゅそ》した罪で出雲《いずも》に配流されている。これにより、皇子の立太子どころか親王宣下すら危ぶまれたが、時子が二条の乳母であったことで、滋子母子への悪影響は最小限にとどめられたのである。

なお、時子が二条天皇の乳母であり、摂津国難波《せっつなにわ》の住吉大社《すみよしたいしゃ》に二条の即位を報告する八十島使《やそしまのつかい》ともなったことは、清盛と時子が夫婦そろって鳥羽院正統としての二条を支える政治的立場を取ったことの象徴と評価されている。清盛は後白河と二条との間を「アナタコナタ（行ったり来たり）」（『愚管抄』）して双方に仕えたとされるが、清盛は基本的に二条を支持しており、そのことの体現として、時子の乳母就任があったといえよう。なお、この乳母としての功により、時子は従三位を叙されている。

しかし、二条天皇は早世する。死後は後白河院政の復活となり、院の宿願であった憲仁親王が立太子されるにあたり、清盛が東宮大夫になり、時子が従二位、滋子が従三位に叙された（『兵範記』）。ここにきて清盛と時子は、憲仁の即位を目指して後白河と連携することとなった。滋子からすれば、これ以上強力な味方はいなかったであろう。

そして、平家にとって滋子の最大の貢献は、清盛と時子の娘徳子の高倉天皇への入内《じゅだい》・立后の実現である。先例のない平家の娘の立后を目指し、清盛・時子・滋子による周到な入内工作が練られたようである。承安《しょうあん》元（一一七一）年十一月には徳子は後白河の猶子となり、十二月には女御宣旨を受け入内を果たしている。そして翌年二月には立后し中宮《ちゅうぐう》となった。滋子の後白河院への口添えなしには徳子の入内・立后はありえず、清盛・時子にとって滋子は王家との貴重な窓口であった。

時子と滋子は、互いに協力しあいながら、それぞれの夫や子の立身を着実に遂行していったと言える。周知の通り、清盛には白河院の皇胤《こういん》説があり、現在も複数の研究者がその立場をとっている。しかし、妻時子を通じて建春門院を義妹とすることができ、後白河院とのパイプが確保されていた点も、清盛の立身を考える上で外せない要素なのである。

●尼となり、祖母となる

清盛は永万《えいまん》二（一一六六）年十月の憲仁親王立太子により東宮大夫、十一月には内大臣《ないだいじん》となった。さらに翌仁安《にんあん》二年二月には従一位太政大臣《だいじょうだいじん》に昇ったが、太政大臣はこの時期名誉職化していたため、三か月で辞職し、公式には官職から退いた。仁安三（一一六八年）年、清盛は大病を患い出家《しゅっけ》する。時子もこのとき出家し、以後「二位尼」と呼ばれることとなる。

病を克服した清盛はこの後、福原《ふくはら》京の建設に注力するため、主に福原に滞在することになる。朝廷には、後継者の内大臣重盛以下、多くの子弟が重職に就いていたので、清盛の影響力が低下することはなかった。このときすでに、平家の根拠地は六波羅《ろくはら》から、六町という破格の規模の西八条邸に移っていた。重盛ら各子弟はそれぞれに邸宅を持っていたので、西八条邸の主は時子であり、「八条坊門櫛笥二品亭《はちじょうぼうもんくしげにほんてい》」（『山槐記』）とも称された。「二品」＝二位時子である。福原で生活する清盛に代わって、都の平家一門を統率する役割を、時子が任されていたことを示していよう。福原に清盛、西八条に時子という夫婦別居状況は、肥大化した平家の権力と、日宋《にっそう》貿易の充実と遷都《せんと》を目指す清盛の野望を象徴する体制であった。

京を留守がちにしていたとはいえ、清盛が平家の動向に関する最終決定権を持っていたことは揺るがず、のちに述べる清盛生存中における平家打倒の動きに際しては、重盛・宗盛は清盛の指示や、本人の到着を待っている。

そして、宮廷における平家の栄華の極みとなる出来事は、清盛の出家から三年後に訪れた。先述した清盛・時子夫婦の娘である徳子の高倉天皇への入内である。

内親王や藤原氏出身女性ではない、桓武平氏出身の徳子の立后は、旧勢力からは違和感を持って迎えられたが（『玉葉《ぎょくよう》』）、むろん清盛と時子という夫婦にとって、そして平家にとっては大きな意味を持った。徳子には当然、皇子出産が望まれ、清盛も祈禱《きとう》に励んだものの、徳子が一六歳、高倉天皇が一〇歳で始まったこのカップルには、なかなか子ができなかった。とはいえ、その間の高倉は、乳母の帥局《そちのつぼね》に性の手ほどきを受けている間に懐妊させたり、小督《こごう》という女房を懐妊させたりと奔放な性生活を送っていたようである。どちらも生まれた子は女であったが、時子にとっては心配の種であっただろう。

入内から七年目にして、徳子は懐妊・出産に至り、生まれた子は男であった。出産にあたり、清盛と時子は動揺のあまり「こはいかんせん、こはいかんせん」とおろおろし、皇子出産の報を受けた清盛はあまりのうれしさに声をあげて号泣したという（『平家物語』）。

治承二（一一七八）年十一月十二日に生まれたこの皇子は、翌月九日親王宣下を受けて言仁《ときひと》と命名、十五日には立太子、治承四年には父高倉の譲位を受け、数え年三歳で即位する（安徳天皇）。即位式においては、母后として徳子が安徳を抱いて高御座《たかみくら》に登った（『玉葉』『山槐記』）。安徳即位により、外祖父母の清盛と時子は准三后（后に准ずる地位）の宣旨を受ける。『平家物語』は「入道相国夫婦ともに」と表記している。徳子立后と安徳天皇の誕生は、まさに清盛と時子が夫婦として歩んだ道のりの最高到達点であった。

●平家の衰退と時子

安徳天皇即位で頂点に上り詰めた清盛・時子が率いる平家にも陰りが見え始めた。それは、徳子の懐妊前、後白河院との大事な窓口であった滋子（建春門院）が安元《あんげん》二（一一七六）年に死去したことからすでに始まっていた。翌年には、延暦寺大衆《えんりゃくじたいしゅ》が加賀守《かがのかみ》藤原師高《もろたか》（院近臣西光《さいこう》の子）の配流《はいる》を要求したことに始まり、結果として清盛が藤原成親《なりちか》（重盛義兄）を含む後白河の近臣らを斬首・配流・殺害した「安元三年の政変」（近年の研究では、後白河と院近臣が平家打倒を謀議したといういわゆる「鹿ケ谷《ししがたに》事件」は、この政変をもとに創作されたと言われている）が起こった。寵臣を奪われた後白河と清盛の関係はきわめて悪化した。

そして、この頃から高倉院の体調不良が顕著になる。清盛は高倉院・安徳天皇を擁して治承《じしょう》四（一一八〇）年に福原遷都を実現するが、そのときすでに高倉は最後の病を得ていた。結局、遷都はうまくいかず、病状にある高倉院ともども京へ還都する。高倉の臨終前夜、高倉の死後に徳子を後白河と再婚させるという提案が誰からかあったらしく、清盛と時子はこれを承諾したという（『玉葉』）。しかし、徳子は出家の意思まで示して拒絶、さすがの後白河院も拒否したため、結局清盛と厳島神社の巫女との間に生まれた御子姫君を後白河に入内させることで収まった。この一連の騒動は、滋子に続き高倉まで失うことで後白河とのつながりが失われることを恐れた清盛と時子の動揺を示すものだろう。夫の死に際に両親から常軌を逸した提案をされ、徳子もさぞかし憔悴したことと思われる。

また、言仁親王誕生で結び直されたかに見えた平家と後白河の絆も、治承三（一一七九）年閏《うるう》七月の重盛の死からほころびを見せ始めていた。後白河は重盛の死直後、重盛の知行国であった越前を没収した。重盛死去の前月にも、摂政近衛基実《せっしょうこのえもとざね》に嫁ぎ、夫の死後は後家として遺児基通《もとみち》を養育していた清盛の娘盛子《もりこ》が死去していたが、盛子が管理していた摂関家領《せっかんけりょう》を後白河が押収してしまっていた。同時に、基通を飛び越えて、基実の弟である関白松殿基房《かんぱくまつどのもとふさ》の子師家《もろいえ》が八歳で権中納言に抜擢された。基房は盛子によって摂関家領の伝領を阻まれ、さらに、嘉応《かおう》二（一一七〇）年に「殿下乗合事件《てんがののりあいじけん》」で重盛との間に暴力の応酬があった。重盛・盛子の死後、平家に恨みを持つ後白河と基房が連携してこのような動きを見せたものである。

我が子の立て続けの死の後、後白河院周辺から挑発行為を受けた清盛は同年十一月十四日、福原から大軍を引き連れて上京し、関白基房以下四十名におよぶ廷臣の解官、基房らの配流、後白河院の幽閉などを次々と沙汰し、高倉親政を確認したところで、後の処理を宗盛に一任し、二十日には福原へと戻った。清盛が圧倒的な武力を背景に存分なる対立派の粛清をおこなったこの事件は、「治承三年のクーデター」「治承三年政変」などと称されている。なお、解官されたメンバーには異母弟頼盛も含まれており、平家の分裂の気配がすでに存在していたことをうかがわせる。

このクーデター後、平家の知行国は一七か国から三二か国に増加し、「日本秋津島は纔《わずか》に六十六箇国，平家知行の国三十余箇国，既に半国をこえたり。其外荘園田畠いくらといふ数をしらず」（『平家物語』）というのはよく知られるところである。ただこの時期、清盛個人の影響力は保たれていたにせよ、滋子・重盛・盛子といった平家の重要メンバーの死が、身内で固めた平家権力そのものの崩壊を意味し始めていたと言えよう。

このあたりの時子の動向は史料には残っておらず不明であるが、少々踏み込んで時子の立場を考えてみたい。重盛が死去したのは治承三（一一七九）年閏七月だが、この頃宗盛は、前年四月の正妻清子《きよこ》（時子の異母妹・滋子の同母妹）の死去後に右大将《うだいしょう》、さらに権大納言《ごんのだいなごん》も辞してしまっており、治承三年政変では、清盛の粛清の後始末に駆り出されたものの、治承四年二月の安徳践祚《せんそ》・高倉院政にも参与せず、朝廷における公務を担っていない状況にあった。同年四月の以仁王《もちひとおう》の反乱を鎮圧したのも、実質的には実弟の知盛・重衡であった。妻を失った悲しみで気力を失ったらしく、宗盛の精神的なもろさが浮き彫りになっていた時期であった。

宗盛が清盛の正式な後継者になったことは、治承四（一一八〇）年四月の以仁王の蜂起を鎮静化した褒章として、宗盛の子清宗《きよむね》が、年長である重盛遺児の維盛・資盛《すけもり》を超えて従三位に叙されたことで、世間にアピールされたという。宗盛を表に出さない形での、間接的な後継者指名と言えよう。

『平家物語』には、清盛の威を借る傲慢で狭量な宗盛像が描かれているが、史実を枉《ま》げてでも清盛を残虐に、重盛を聖人君子に描くという『平家物語』の方針の一つであって、相当な誇張と考えられる。宗盛は、重盛が存在した以上、おおっぴらな「帝王教育」を受けてこなかったはずであり、本人の性質も自己評価によれば「父清盛とは異なり、ことを荒立てない主義」（『玉葉』）で、異母兄重盛生存時も大きな不和は見られない。

正妻時子の長男として、重盛よりも昇進のスピードは速く、滋子（建礼門院）の猶子となるなど、優遇されてきた宗盛であったし、時子としても、あわよくば宗盛を棟梁に、と思うことがあったかもしれない。だとしても、重盛が一度は棟梁となることが前提であっただろう。重盛が清盛より早く死ぬとは想定外であり、平家の運営方針が揺らぎ、時子としては悔やむべきことも多かった時期ではなかろうか。

●清盛の死と時子

治承四（一一八〇）年四月の安徳天皇の即位式からほぼ一か月後の五月二十六日、以仁王が挙兵した。以仁王は母を閑院流《かんいんりゅう》の藤原成子《なりこ》（季成《すえなり》娘）とする後白河院の第三皇子であったが、滋子（建春門院）の圧力により親王宣下すら受けられず、先の治承三年政変では宗盛によって所領も没収されていた。いわゆる「以仁王の令旨《りょうじ》」は虚構と見る向きが多いものの、園成寺《えんじょうじ》・興福寺・延暦寺の支援や、清盛の推挙により七〇歳を超えてようやく従三位になった源頼政《よりまさ》の合流など、平氏政権にとって衝撃的な事件であった。そして、事件そのものよりも、「令旨」に呼応して配流先の伊豆で挙兵した頼朝や、北陸の義仲などの、各地の源氏が蜂起し、寺社勢力の反乱も続いたことの方が大きく問題となった。

清盛以下平家一門は、反平氏勢力の平定に注力するが、折悪しく清盛は治承五年二月に熱病（マラリアか）に倒れる。『平家物語』には、周囲に近寄ることができないほどの高熱を発し、冷やした水をかけても黒煙となってしまう程と描写されている。清盛の看病にあたっていた時子は、ある夜夢を見る。燃え盛っている車を、馬や牛のような顔のものが引いており、車の前には「無」という文字が書かれた鉄の札が立てられていた。時子が「どこから来ましたか」と聞いたところ、「閻魔庁《えんまちょう》から、無間地獄《むげんじごく》に落ちる清盛を迎えに来た」との応答があったという。

これは、熱病の清盛に、子息重衡の南都《なんと》焼き打ちの仏罰を重ねた創作ではあるが、臨終の床の清盛は相当苦しんだらしい。『平家物語』では、遺言があるかと尋ねた時子に対し清盛は、「葬儀はいらぬ。ただ我が墓前に頼朝の首を架けよ」と答えている。

この遺言の内容は、『平家物語』の創作とばかりは言えない。のち平家が都落ちし、後白河サイドから源氏との和平の使いが来た折りに、宗盛が清盛の遺言として「平家の子孫は残り一人となっても頼朝に死骸をさらせ」という内容のことを返答しているので（『玉葉』）、近い事実はあったものと考えられる。

臨終の床の中、清盛は後白河院に、宗盛と協力して政務にあたるよう奏上したが返答がなく、苦悩の中で養和《ようわ》元（一一八一）年閏二月二十四日に死を迎えた。六四歳であった。清盛死去の報を受けた後白河院の館からは、今様《いまよう》（流行歌）が流れてきたという（『扶桑略記《ふそうりゃくき》』）。清盛の死は、平家滅亡への序曲でもあった。

さて、時子が清盛の遺言を聞いたという『平家物語』の描写は注目すべきであろう。「遺言を受ける」という行為は、その遺言の内容を証明・代行する存在であると言える。もちろん、『平家物語』は平家滅亡後の作品であり、清盛亡き後の時子の役割を知っての創作とも考えられるが、少なくとも『平家物語』が作られた時代に、清盛の遺言を受けるべき存在は時子と考えられていたのである。

中世においては、夫の死後、「後家《ごけ》」が家政の責任者となるケースは珍しくないが、まだ中世の始まりである清盛の時代に、妻の時子が遺言代行者とみなされていたこと、そして、善し悪しはともかくそれにふさわしい働きをしたことは、この時代の正妻の役割を示すものとして、重要な事例と考えられよう。

●徳子の死、平家の死

清盛の生存時から始まっていた平家打倒の動きは、清盛の死によって活気付く。寿永二(一一八三)年七月二十四日、木曽義仲《きそよしなか》が京に接近との報を受け、宗盛は後白河院・安徳天皇・摂政近衛基通を擁しての都落ちを決定した。しかし後白河はこの日のうちに比叡山目指して遁走し、二十五日早朝の出立時には御所はもぬけの殻であった。清盛の娘盛子を養母とし、同じく完子を妻にしていた基通は都落ちを拒否、池禅尼の子頼盛も離脱し、すでに萌芽していた平家の内部分裂が表面化することとなった。重盛遺児の維盛・資盛らは、離脱のチャンスを逃した上での不承不承の同行だったらしい。

平家一門は晩年の清盛の夢であった福原京を目指し一泊したが、義仲接近の噂を聞いて翌日火を放って船で西走する。彼らは京を離れる際にも六波羅一帯や西八条邸を焼いている。敵に拠点を渡すまいとする常道ではあるが、清盛の栄光の象徴を次々と失いながらの敗走は、時子にとっても痛恨の風景だったに違いない。

安徳天皇と三種の神器を擁していることが、平家の正統性をかろうじて支えていた。事実、八月に入ってから後白河院により、神器の返還を条件とする降伏案が示されている。しかし、先述したように宗盛はこれを拒否し、高倉院の第四皇子が後鳥羽《ごとば》天皇として即位した。むろん平家にとっては受け入れがたい即位ではあったが、この段階で平家関係者はすべて官位を剥奪されており、朝廷への意見などできる状況ではなかった。

平家一行は大宰府《だざいふ》に御所の建立を目指すも追われ、西海を漂うこととなった。いくつか義仲との戦に勝利もしたが、後白河院の対平家政策の一貫性のなさや、源氏側の主導権争いによって永らえていたに過ぎない。一時は福原近くまで戻った平家だが、義仲を打ち滅ぼした蒲殿範頼《かばどののりより》・九郎義経《くろうよしつね》との一《いち》の谷《たに》・屋島《やしま》での合戦で壊滅的打撃を受ける。

敗走中の時子の様子はほとんどうかがい知れないが、一点、饒舌に語られるところがある。それは、一の谷での敗戦で捕虜となってしまった、実子重衡の処遇についてである。

『平家物語』によると、鎌倉方に身柄をとらえられた重衡から、宗盛宛の他の書状と共に時子宛に、「私にもう一度会いたいのなら、神器を渡すよう宗盛兄に御進言くだされ」という書状が届けられる。これらの届をめぐって、平家の武将たちが会議をしているところに、時子が乱入し、「どうか重衡を助けてくれ」と泣いて懇願する。一同は重い沈黙に包まれるも、結局は神器を渡しても重衡が生きて返される見込みはなく、拒否するしかなかった。時子は、「重衡が死ぬなら私も生きていられない」と主張するが、現実味のない願いであった。

このことが史実だったかどうかは不明だが、この時期の平家一門にとって庶子と神器の交換など成立しえない話である。読み手の同情を引き出す効果を狙って、時子は過剰に「母性」を背負わされ、創作上利用されているという感がある。

平家の敗走と義経の追撃は、文治《ぶんじ》元（一一八五）年三月二十四日に壇ノ浦で最後の衝突を迎える。『平家物語』では、安徳天皇を乗せた御座船《ござぶね》も危険な状態に陥り、もはやここまでと観念した時子は、「浪の下にも都がありますよ」と安徳を慰め、右腕に安徳、懐に御璽《ぎょじ》、帯に御剣《ぎょけん》を指すという超人的な装備で入水したと描写されている。徳子（建礼門院）や他の女房たちも続くが、徳子は何も重りを持たずに入水したので、のち引き上げられる。後日、徳子が語ったところによると、このとき「女は殺さぬ習いだから、あなたは生きて、我々の菩提を弔って欲しい」と時子は遺言したという。時子とて女であり、殺されぬと知った上での覚悟の入水であった。

時子の男子たちは、知盛は「見るべき程のことは見つ」と言い放ち、「碇知盛《いかりとももり》」の伝承を生んだ鎧を二枚重ねた上に船の碇を抱えての入水とされているが、棟梁宗盛とその子の清宗《きよむね》は沈むことができず、のち源氏方に「水泳がうまかった」と皮肉られることとなる（『吾妻鏡』）。

御璽はのちに浮かび上がって確保されるが、時子と安徳、そして御剣は見つからなかった。朝廷にとっては三種の神器が揃って戻らなかったこと、とりわけ頼朝にとっては武家として肝心の御剣が沈んだことは、大変な誤算であった。なお、頼朝はその後、御剣を数年にわたって調査させている。あきらめきれなかったのであろう。すべてを失った時子の、わずかばかりの仕返しであろうか。

なお、『平家物語』では安徳天皇を抱いて入水したのは時子とされるが、『吾妻鏡』では時子ではなく、大納言佐藤原輔子《すけこ》（重衡正妻）である。この点に関し近年、輔子が安徳の乳母であり、かつ「内侍所」＝内裏において神器の鏡を祀る場所の女房であったことから、天皇の身体に触れうる人物として大納言佐説の再検討がなされている。結局のところ、どちらが正しいのかは判断しがたいが、『吾妻鏡』が『平家物語』より後に、鎌倉幕府の監修で編集されたものであることを考慮したとき、清盛の妻に御剣を奪われたことが承服し難かったゆえの捏造《ねつぞう》ではないか、という想像も可能かと思われる。

ただ、実際に安徳と御剣とともに時子が入水したかどうかはともかく、残された史料では時子の意思によって彼らが海底に沈んだとされていること自体を、我々は重い事実として受け止めるべきであろう。平家の時代の幕引きをすべき人物としてふさわしかったのは、宗盛などの清盛次世代男性ではなく、時子だったのである。

●時子の歴史的評価

時子の一生を追えるだけ追ってきた。清盛の正妻として、後家として、結果的に平家棟梁となった宗盛の母として、時子が平家家政の中心を担ってきたことは揺るがない。そして、中宮徳子の母として、安徳天皇の外祖母となり、その悲劇的な運命を共にしたことも事実であろう。どんなに悪く見積もっても殺されるはずがなかったであろう幼帝安徳を、平家滅亡に巻き込んでしまった徳子を、「理不尽の極み」「二位尼の毒牙」と難じる見方もある。

ただ、史料の質・量的な制約もあり、時子の主体性を積極的に評価することには慎重にならなければばいけない。時子が清盛の死後、独断で重要事項を決定したという場面は見られず、清盛の遺志を受けつつ、あくまで宗盛らの動きに同調していただけとも考えられる。

異母妹滋子（建春門院）の存在や平家の婚姻政策など、時子なくして清盛の覇権は不可能であったことは確かである。ただ、こういった血族だよりの作戦は、キーパーソンの早世などによってあっさり機能しなくなり、破滅を導いたとも言える。そして、時子だけの責任ではないが、清盛の築いた権力を受け継ぐべき次世代＝宗盛の教育にも失敗したということであろう。

とはいえ、時子を過小評価することもできない。時子が二位を叙されたことは、その後、北条政子の二位叙位の先例となったとされ、以後の武家政権の妻の地位に大きく影響したと考えられている。また、徳子を先例として、頼朝と政子も娘の大姫《おおひめ》入内に奔走することになる。清盛と時子という武家の夫婦が歩んで到達した道は、後世の覇者にとって踏襲すべき数々の魅力に満ちたものであった。

このような意味においても、やはり時子は、武士の時代を切り開いた女性として、歴史的に位置付けられるべき存在であり、検討すべきところは多い。さらなる研究の進展が望まれる人物と言えよう。

（高松百香）

【参考文献】
伊藤瑠美「鳥羽院政期における院伝奏と武士」（『歴史学研究』八三二、二〇〇七年）
上横手雅敬「小松殿の公達について」（『和歌山地方史の研究』宇治書店、一九八七年）

上横手雅敬「壇の浦での建礼門院に対する非難」(『日本史の快楽』講談社、一九九六、初出一九九五年)
川合康「「鹿ヶ谷事件」考」(『立命館文学』六二四、二〇一二年)
金永「平時子論」(『文学』第三巻第四号、二〇〇二年)
栗山圭子「二人の国母―建春門院滋子と建礼門院徳子―」(『中世王家の成立と院政』吉川弘文館、二〇一二、初出二〇〇二年)
栗山圭子「大納言佐という人―安徳乳母の入水未遂をめぐって―」(『国語と国文学』第八十六巻第十二号、二〇〇九年)
五味文彦『平清盛』(吉川弘文館、一九九九年)
佐伯智広「二条親政の成立」(『日本史研究』五〇五、二〇〇四年)
清水由美子「作為としての母親像―二位尼平時子の造形―」(『国語と国文学』第八十五巻第十一号、二〇〇八年)
鈴木啓子『平家物語』と〈家〉のあり方―建礼門院と二位殿をめぐって―(『文学』第三巻第四号、二〇〇二年)
髙橋昌明『増補改訂　清盛以前―伊勢平氏の興隆と展開』平凡社ライブラリー、二〇一一、初出一九八四年)
田中大喜『中世武士団構造の研究』(校倉書房、二〇〇九年)
角田文衞「二位尼・時子の母」(『王朝の映像』東京堂出版、一九七〇、初出一九六八年)
永井路子「二位の尼 時子」(『平家物語の女性たち』文春文庫、一九七九年)
安田元久『平家の群像』(塙新書、一九六七年)
渡邊大門『奪われた三種の神器―皇位継承の中世史―』(講談社現代新書、二〇〇九年)

3 建礼門院《けんれいもんいん》平徳子《とくこ》——安徳《あんとく》天皇母の生涯——

●建礼門院平徳子の虚像と実像

建礼門院平徳子は、日本史上著名な女性の一人である。

そもそも教科書を開けばわかるように、今日の一般的な歴史の中に女性はほとんど登場しない。しかし徳子は高校日本史の教科書や、通史的な本の中などにも、必ずといっていいほど取り上げられる。こういった意味でも徳子は歴史的にとくに有名な女性の一人であるといえるだろう。

なぜ、徳子はこのように歴史上有名なのであろうか。それはやはり、『平家物語』の影響だろう。徳子は、『平家物語』最後の巻である「灌頂巻《かんじょうのまき》」で、平家一門と子安徳《あんとく》天皇の菩提《ぼだい》を弔《とむら》う者として描かれ、「灌頂巻」は徳子の死をもって終わる。徳子は『平家物語』ラストの主人公なのであり、『平家物語』が普及していくのと同時に、徳子も歴史上に名を残す存在となったと考えられる。

それゆえに、一般的に知られている「徳子」とは、『平家物語』で語られている「徳子」なのであって、徳子自身の実像とは言えない。意外かもしれないが、徳子の実像についてはすべてが解明されているとは言いがたい。たとえば、徳子が生涯を閉じた場所や年月日でさえも、一次史料が残っておらず正確にはわかっていないのである。

そこで、本節では徳子の歴史的な実像に迫っていきたいと思う。『平家物語』は、軍記物語であり、文学作品である。もちろん事実そのものを書いている場合もあるが、物語の展開に沿って虚構を描いている場合も多い。このことについては、文学・歴史学双方の分野において、先行研究が明らかにしてきている。歴史学の中では、なるべく『平家物語』以外の史料から、徳子の実像を探り出すという試みが最近とみになされている。そのような先行研究にも導かれつつ、さっそく徳子の実像について述べていこうと思うが、その前に、建礼門院平徳子の呼称について断っておこう。徳子は、正式な手続きを経て女院となり（院号宣下《せんげ》）、「建礼門院」という女院号《にょいんごう》を与えられた。以後、同時代においては「建礼門院」もしくは「女院」と呼ばれている。しかし、本節では建礼門院平徳子の生涯にわたって述べるので、混乱を避けるため基本的には「徳子」と称することにしたい。

●徳子について

まず最初に、徳子の一生を簡単に述べておくことにしよう。

徳子は、久寿《きゅうじゅ》二（一一五五）年頃生まれたと考えられるが（『女院小伝《にょいんしょうでん》』など）、先にも述べた通り、生まれに関して特定できる史料はない。父は平清盛、母は二位尼《にいのあま》とも称された清盛の後妻平時子《ときこ》である。同母兄弟に平宗盛《むねもり》・知盛《とももり》・重衡《しげひら》がいた。承安《じょうあん》元（一一七一）年一二月に、異母兄平重盛《しげもり》の、さらにまた後白河《ごしらかわ》院《いん》の養子ともなって従三位《じゅさんみ》に叙せられ、その上で徳子より六歳年下の高倉《たかくら》天皇に入内《じゅだい》して、女御《にょうご》となった。翌年二月に立后《りっこう》して中宮《ちゅうぐう》となる。入内《じゅだい》後しばらくは子にめぐまれないが、七年を経た治承《じしょう》二（一一七八）

年一一月に、待望の男子言仁《ときひと》（のちの安徳天皇）を、清盛の弟頼盛《よりもり》の邸六波羅池殿《ろくはらいけどの》で出産する。様々な祈禱が行われたすえのこの出産は大変な難産であった（『山槐記《さんかいき》』『平家物語』）。言仁は生後一か月で皇太子となり、治承四（一一八〇）年二月には父高倉天皇の譲位により天皇となった。これにより、徳子は天皇の母、いわゆる「国母《こくも》」となる。前年に父清盛が起こした軍事クーデターにより義父後白河院は幽閉され夫高倉院が院政を行ったが、譲位からおよそ一年後の治承五（一一八一）年の一月にその夫は亡くなる。続けてその約一か月半後には父清盛が亡くなった。

夫と父を相次いで亡くした同じ年の一一月に、徳子は院号宣下されて建礼門院となる。寿永《じゅえい》二（一一八三）年七月、平家の都落ちに際しては、子の安徳天皇とともに西海に同行した。そして、文治《ぶんじ》元（一一八五）年三月壇ノ浦《だんのうら》合戦で、母時子・安徳天皇に続いて入水をはかるが、徳子だけが引き上げられて生け捕りにされ、一か月後に京に戻った。五月には大原《おおはら》の本成房《ほんじょうぼう》を戒師として出家し、十月頃帰京以来住んでいた東山《ひがしやま》の吉田から大原の寂光院《じゃっこういん》に移る。翌文治二（一一八六）年四月頃、後白河院が大原を訪ね、徳子と対面する。『平家物語』や『閑居友《かんきょのとも》』では、このとき、徳子が自らの人生の経験を「六道語《ろくどうがた》り」として話したと伝える。

京の郊外に移った徳子は、かつての栄花に反して侘びしい生活を送ったことが『平家物語』には描かれているが、『吾妻鏡《あずまかがみ》』によれば文治三（一一八七）年二月源頼朝《よりとも》は平家没官領《もっかんりょう》のうち、宗盛の所領であった摂津《せっつ》国真井《まい》・島屋《しまや》両庄を徳子の所領としており、徳子は幕府の許可のもと経済的安定を得ることができたと考えられる。そして、建保《けんぽう》元（一二一三）年に徳子は没したとされるが、没年は諸本によって異なり、また没した場所も諸説ある。墓所は寂光院《じゃっこういん》に隣接する大原西陵《おおはらにしりょう》とされている。

●徳子の実像をめぐる研究

徳子に関する研究自体は、主に文学の分野で進められてきた。そこでは、当然のことながら『平家物語』に描かれた徳子についての研究が中心であり、物語において徳子がどのように描かれているのか、その意味とは何なのかといった研究が、今日もさかんに進められている。

それに対して、徳子の実像そのものについての研究は歴史学の分野で進められてきた。しかしその研究は決して多いとは言えない。そこでまずは歴史学の研究の中で、徳子がどのように取り上げられてきたのかを辿ってみることにしよう。

これまでの研究における徳子自身の評価は、ほとんどが低いものである。『平家物語』「灌頂巻」以外での徳子の存在感の希薄さや、徳子に仕えた女房の歌集『建礼門院右京大夫集《うきょうのだいぶしゅう》』の中でも徳子の存在感がほとんどないこと、また壇ノ浦では子の安徳天皇を抱くこともせずに入水し自分だけが助け出された、ということなどから、彼女は無能で愚かな女性と低く評価されてきたのである。それでも、徳子が安徳天皇や平家一門の菩提を弔うことによってその魂を極楽浄土への往生へ導くという役割を担った、と積極的な評価をする研究もあった。が、いずれにせよ、それらは「『平家物語』における徳子」の検討であり、実像ではない。そして、このことを的確に指摘して文学作品以外の同時代史料を用い徳子の再評価を試みたのが、栗山圭子氏であった。

栗山氏は、「国母」の政治性を積極的に評価するという立場から、徳子についても、国母、つまり安徳天皇の母であったことによる政治力に注目している。

国母が政治力を持っていたということに関しては、平安中期の国母についての研究がすでに進んでおり、国母の国政への関与が明らかにされ、国母はこの時期の王権を担う存在である、という評価が定着しつつある。ところが、平清盛の時代でもある院政期の国母に関する研究はほとんどない。栗山氏はこのような研究状況をするどく指摘して、院政期の国母の実体を明らかにしたのであった。同氏は、徳子の夫高倉天皇の母であって後白河院の妻であった建春門院《けんしゅんもんいん》平滋子《しげこ》と、徳子の二人に注目し、院政期の国母が国政運営に関与しており、夫である院（上皇）が不在のときはその役割を代行さえしていたことを明らかにした。国母は院を補完し、院とともに「院政」を運営する存在だったのである。

また、栗山氏は国母が政治力を発揮するためには、夫の院との同居が必要であったとも述べる。つまり、従来の研究で徳子が政治的に無力な存在として理解されてきてしまったのは、夫高倉院が院政開始後わずか一年足らずで亡くなったことが大きな要因なのである。徳子は高倉院の死により、ともに政権運営に携わる機会を喪失し、国母としての実績を積むことができなかったといえる。高倉院が存命のときに徳子は高倉院政を補完する動きを確かにしており、また高倉院没後においても父平清盛は政治的に徳子を利用しようとしていたという。

すなわち、徳子については従来の研究で言われていたような政治的に無力であるという低評価よりも、むしろ積極的に政治的判断を行いうる存在であったと考えるべきであるという見解が有力になってきているのである。

徳子は高倉院の死後、後白河院政の本格的復活により、政治的意志を発揮できなくなるが、その後も平氏の代表者としての立場は保ち続けた。徳子は平氏一門の中でも非主流派とされる異母兄重盛の子どもたちである小松《こまつ》家や清盛異母弟頼盛《よりもり》らの奉仕を受けており、主流派である同母兄弟知盛・重衡と、非主流派との統合の核になっていたことが最近明らかにされた。平氏が京を追われ西走すると、頼盛も小松家の公達《きんだち》も次々と離脱したので、徳子の一門統合の機能は低下する。しかしそれでも、平氏が西走に際し持ち去った三種の神器の返還をめぐって後白河院と交渉したとき、平氏側の窓口は徳子であった。平氏が政権から脱落した時期にあっても、徳子は平氏一門を代表する立場として存在し続け、一門を統合する役割を担い続けようとしていたことが、物語ではない同時代史料から明らかにされたのである。

このように徳子については従来の評価以上にその政治力を積極的に評価すべきだとする見解が、歴史学の分野から出てきた。そしてその要因は徳子が「国母」であったため、と考えられるのである。

●国母と女院

述べてきたように、徳子の政治力を評価する由縁は、徳子が安徳天皇の母親で「国母」であったことにある。しかし、果たしてそれは「国母」であるからだけ、なのであろうか。

結論からいえば、政治力を担保するものとして、「国母」であるということに加え、「女院」であるということも重要なのではないだろうか。「国母」を待遇面で補完するのが「女院」という身位なのではないかと考えるのである。

女院とは、平安中期に創設され江戸時代末期に至るまで存在した後宮の身位で、女院となったものは一〇〇人以上を数える。また女院は自動的になるようなものではなく、院号宣下という手続きを経て、院号、つまり「建礼門院」というような名称を与えられて女院となった。

まず女院の成立とその沿革について簡単に述べておくことにしたい。最初に女院になったのは、摂関政治で有名な藤原道長《みちなが》の姉藤原詮子《せんし》で、東三条院《ひがしさんじょういん》と言った。東三条院は円融《えんゆう》天皇の妻后で、一条《いちじょう》天皇の母である。二番目に女院となったのが、道長の娘で上東門院《じょうとうもんいん》と言う。上東門院は紫式部《むらさきしきぶ》が仕えたことで有名な藤原彰子《しょうし》のことであり、一条天皇の妻后で後一条《ごいちじょう》・後朱雀《ごすざく》天皇の母である。この二人の女院は、女院となる前にはそれぞれ、皇太后《こうたいごう》と太皇太后《たいこうたいごう》であって、いわゆる后位にあった。后位とは、天皇の配偶者におけるもっとも高い地位で、中宮《ちゅうぐう》・皇后《こうごう》・皇太后・太皇太后を言う。また、二人とも出家と同時に女院になっている。

ここで整理すると、二人とも天皇の母＝国母であり、かつ后位にある者で、出家と同時に院号宣下を受けて女院となった。したがって、当初女院になるために国母・后位・出家の三条件があった。

ところが、まず出家という条件が早くも三番目の女院でなくなる。なぜなら、三番目の女院陽明門院《ようめいもんいん》は、院号宣下の二〇年も前にすでに出家しており、出家と女院号を連動させる必要がなかったからであった。さらにその次の女院二条院《にじょういん》は、后位にはあったが彼女自身には子どもがおらず、国母という条件も放棄される（ただし、江戸時代まで歴史を通じると、女院になるための要件として最後まで残るのは、天皇の母ということであった）。そして、その次に女院となった郁芳門院《いくほうもんいん》は、さらにイレギュラーなかたちで女院となっている。

郁芳門院は媞子《ていし》内親王といって、院政を開始したことで有名な白河院《しらかわいん》の娘で、母は白河院の寵姫藤原賢子《けんし》であった。媞子内親王は伊勢《いせ》の斎宮《さいぐう》として卜定《ぼくじょう》され下向していたが、母賢子の死によって京に戻る。このような経緯もあってか、媞子内親王はその後たいへんに白河院に愛された。白河院は、后位どころか結婚もしていない独身の愛娘媞子内親王を、弟堀河《ほりかわ》天皇の母になぞらえて（准母《じゅんぼ》）、なかば強引に皇后にし后位につけたのである。そして后位からたった二年という当時としては異例の早さで院号宣下を受け郁芳門院という女院になった。郁芳門院は独身でもちろん子どももいないので国母ではない。さらに、まだ年若く出家もしていなかった。すなわち、初期女院における女院になるための要件、国母・出家・后位のうち、すでに前二者は放棄されてはいたが、かろうじて守られていた后位という要件ですら、郁芳門院の場合は、結婚していない内親王を弟天皇の准母にすることにより強引に皇后にした上でのことといえる。少なくとも、白河院は強引なかたちで愛娘媞子内親王を后位につけ、早い段階で女院にしている。このことから、白河院は最初から「女院」という地位を射程において娘を后位につけたのではないか、とも思えてくるのである。

ただし、郁芳門院は院号宣下からわずか三年後、当時大流行した永長《えいちょう》の大田楽《おおでんがく》に郁芳門院自身も興じた上に、突如死んでしまう。それゆえに白河院が強引なまでに郁芳門院を后位につけ女院にしたことの真意はわからない。が、いま述べたように后位であった時期が他の后に比して極端に短いことから、媞子を后位のままにしておくよりも女院にすることを選んだ白河院の志向は読み取れるのではないだろうか。

●徳子の院号宣下をめぐって―建礼門院へ

郁芳門院の急死という凶事により、その後しばらく女院は誕生しなかったが、約三〇年後に、鳥羽院の妻后である藤原璋子《たまこ》が待賢門院《たいけんもんいん》となると、その後はコンスタントに女院が誕生するようになった。院政期から鎌倉期は女院の最盛期であり、たくさんの女院が誕生した。そんな中には女院になるための要件にイレギュラーなものも現れたが、基本的には国母であって后位にあるものが女院となっている。したがって、先に示した女院の要件、国母・出家・后位のうち、国母と后位という要件は基本的には守られた。ちなみに、出家という条件は三人目の女院以後院政期においてもとくに重要ではなかったと考えられる。

それでは、徳子の院号宣下はどのような条件下に行われたのであろうか。いよいよ徳子の院号宣下の経緯を詳しく追ってみよう。

まず、先にも触れたように、徳子は承安元（一一七一）年に入内し、翌年中宮となって后位についた。治承二（一一七八）年にようやく安徳天皇を産み、そして国母となる。徳子は女院になるための要件、后位と国母を満たしたのである。実際の徳子への院号宣下は、養和《ようわ》元（一一八一）年十一月であるが、女院号については前年の治承四（一一八〇）年十二月には、すでに提案されていた。

徳子を女院に、という動きが最初に見られた治承四（一一八〇）年十二月は、前年の治承三年のクーデターにより平清盛が軍事独裁政権を確立させ、まさに独裁を行っていた時期である。したがって徳子の院号を主導したのはもちろん徳子の父清盛であった。ところが、このときまだ安徳天皇は幼かったので、天皇の出御《しゅつぎょ》が必要な場合、母后による同輿が必要とされた。つまり、当時中宮であって天皇の母であった徳子は、天皇出御には欠かせない存在だったといえる。しかし女院になってしまうと、后位ではなくなるため同輿することはできなかった。清盛はそれにもかかわらず、この時期にあえて中宮徳子を女院にしようと動いていたことになるのである。

では、徳子が担うはずの母后同輿の役割は、いったいどうしようとしたのであろうか。清盛はその役割を、やはり高倉院の妃であった藤原通子《みちこ》に担わせようとしていた。通子を安徳天皇の准母《じゅんぼ》にすることによって、母后の役割を担わせようとしたのである。通子は平氏に協力的であった摂政藤原基実《もとざね》の娘であった。また准母とは時の天皇にとって、その王権の拠《よ》り所を示す意味もあったという。すなわち、清盛は通子を准母にすることによって、摂関近衛家を平氏政権の中に位置付けようとしたともいえる。ともかくも、徳子の院号宣下はいよいよ実現するかに思えた。

しかし、徳子への院号はいったん延期されてしまう。その要因は准母通子の叔父である藤原重家《しげいえ》が亡くなり、通子が服喪することとなったからであった。

ところが、それからわずか一か月後の翌年一月には高倉院が亡くなる。さらにそれからほどない閏《うるう》二月には、清盛自身も亡くなってしまう。徳子にとっては、夫と実父が相次いで亡くなったことになる。こんどは徳子自身が喪に服する立場となった。それでも、徳子の院号宣下に向けた動きは、早くも同年の四月には見られる。准母通子の叔父への服喪で延期した徳子への院号宣下は、徳子自身の、しかも夫と実父という近親者の二重の喪中であっても、執拗に進められたといえるだろう。この四月の院号宣下は後白河院の今熊野《いまくまの》への物籠《ものごもり》によってさらに延引となったが、徳子への院号はとにかく急務であったことが察せられるのである。

結局、徳子はその年の十一月にようやく院号宣下され建礼門院となる。それでもそれは、夫高倉院と実父清盛の死から一年にも満たない時期であった。このように徳子の院号は急いで果たされたといえる。ここで院号宣下を早急に実現させた主体は、存命中には当然清盛であり、清盛亡きあとはその政権を引き継いだ平宗盛を中心とする平氏政権と言えるだろう。

それならば、清盛および平氏政権は、なぜこんなにも急いで徳子を女院にする必要があったのだろうか。すでに見てきたように、徳子は院号宣下前には中宮という后位にあり国母であった。栗山圭子氏も強調するように、「国母」であることが、政治的指導力を発揮するためには重要である。しかし、それならば后位にあるままでもよかったと言える。確かに平安中期において、醍醐天皇の妻后藤原穏子《おんし》や、村上《むらかみ》天皇の妻后藤原安子《あんし》といった、后位のままに政治力を発揮した国母が存在した（それぞれ朱雀《すざく》・村上、冷泉《れいぜい》・円融《えん ゆう》天皇の母）。だが、院政期に至って、前項でもみたように郁芳門院は后位より女院になることが重視されたと考えられるし、徳子も明らかに急いで院号宣下され女院となっている。このことは、院政期になると、后位のままではできないことが女院になることで可能になっていたということを示しているのではないだろうか。そしてそれは当時の平氏政権には必要なことだったと考えられよう。それでは、それは何なのであろうか。

●后位と女院

そもそも女院という身位は、先にも述べたように、平安中期の東三条院をはじめとして創設された。このときの事情をごく簡単に説明すると、天皇の正妻である皇后・皇太后・太皇太后を三后と言い、最大三人が后位につくことができたが、藤原定子《ていし》が新たに中宮として立后されると、その当時すでに三后すべてが存在していたため、四人もが后位にあるという不都合な状況となった。この「四后」という状態を解消するため新たに女院という身位がつくられ、当時太皇太后であった藤原詮子が東三条院という院号を得て女院となったのが始まりである。そして、このときに女院は太上天皇《だいじょうてんのう》に准ずる待遇を与えられたのであった。

とはいえ、女院の創立当初は后位を超える特権があったわけではない。東三条院やその次の女院上東門院の政治的指導力が近年明らかにされているが、この時期はいわゆる摂関政治の時代でもあり、当時の彼女らの政治力は女院というよりむしろ、天皇の母あるいは祖母としての、つまり「国母」としてのものであったといえる。

その後、白河院によって院政が開始される。院は天皇の父という立場を利用して、あらゆる面で政治的指導力を発揮していくようになる。白河院政の頃から始まった荘園形成の動きは、次の鳥羽院政期にピークを迎え、次々と荘園が設立されるようになる。荘園は中世的な土地の領有形態であり、院政を行う院は多くの荘園を認定して、その荘園は中世の天皇家にとって重要な経済基盤となった。また荘園の設立は誰にでもできたわけではなく、その認定ができるのは、院・摂関家・女院に限られていた。女院は、太上天皇に准ずる、という待遇から、荘園設立の主体となりえたのだと考えられる。

院政期における女院と后位の大きな違いは、まさにここに現出したと言えよう。女院は中世的な経済基盤となった荘園を自ら設立し、荘園群を形成することが可能だったのである。徳子が女院となった十二世紀後半も荘園の形成期にあたり、次々と荘園が設立されていた。院政期以降、次々と女院が誕生するのも、その要因の一つは女院の持ちえた待遇なのではないだろうか。そしてその待遇の中でもこの時期もっとも大きな意味を持ったのが、荘園の設立権であったと考えられるのである。

院政期には、后位についた国母すべてが女院となっている。このことからも、少なくともこの時期、后位のままでいるよりも女院になることが国母にとって肝要であると考えられていたということは言えるだろう。

再び徳子に引きつけて述べると、徳子の院号が最初に取り上げられた治承四（一一八〇）年一二月の半年程前から、高倉院の体調はかんばしくない状態であった。軍事クーデターにより高倉院政を新王朝として押し立て、それをバックアップする体制をとってきた平氏政権＝平清盛にとって、高倉院は欠かせない存在であった。が、当時の清盛はその高倉院の死に備えて、徳子を太上天皇に準ずる待遇の女院にとにかくしておかなければならない状況だったのではないだろうか。そしてその方針は高倉院と清盛没後にも平氏政権に受け継がれ、徳子は二重の喪中ではあったが、その院号宣下が最優先され実現したのであろう。

●その後の徳子

徳子は女院となったものの、時すでに遅く、後白河院政復活の中ではその政治力を発揮することはできなかった。したがって、女院としての徳子は、その政治力というよりも、平氏が壇ノ浦で滅亡後、平氏一門と子の安徳天皇の菩提を弔う役割が強調されることになったのであろう。

しかし、徳子は国母としての政治力をある程度は発揮していた。そして、さらに女院になることで、経済的な基盤である荘園を形成する存在になろうとしていた。ただし、荘園を設立するには、徳子に奉仕する中下級貴族層の協力が不可欠であった。徳子の院号が起案された当初は、清盛も存命であり平氏一門を含めて多くの奉仕者がいたが、徳子が実際に女院になった頃には、後白河院政が復活し、清盛亡き後の平氏政権は周知の通り斜陽であった。その後、平氏が京を追われ西走すると、非主流派であった小松家や頼盛など、平氏一門内からも脱落者を出した。平氏政権はその人的基盤も徐々に失われ、徳子は女院として荘園を形成するどころではなくなってしまったと考えられる。

確かに徳子は女院となり、建礼門院として平氏一門と息子安徳天皇の菩提を弔ってその余生を過ごす。そして、従来はこの点ばかりが注目されてきた。しかし、近年の研究が明らかにしてきたように、徳子は国母として政治力を発揮していた。そしてまた、本節で明らかにしてきた通り、院政期においては女院になることによって付随する待遇が重要度を増しており、その政治力を補完し維持するためには国母である上に、女院になることこそがこの時期必要不可欠となっていたのである。このような状況にあって、徳子も、そもそもは鎮魂ではなく、国母としての政治力を期待されるがゆえに、院号宣下され建礼門院となったと言えるのである。

（野口華世）

【参考文献】

川端新『荘園制成立史の研究』（思文閣出版、二〇〇〇年）
栗山圭子「二人の国母―建春門院滋子と建礼門院徳子―」（『文学』第三巻第四・五号、二〇〇二年）
栗山圭子「准母立后制にみる中世前期の王家」（『日本史研究』四五六、二〇〇一年）
佐伯真一『建礼門院という悲劇』（角川選書、二〇〇九年）
高橋一樹『中世荘園制と鎌倉幕府』（塙書房、二〇〇四年）
高松百香「女院の成立―その要因と地位をめぐって―」（『総合女性史研究』一五、一九九八年）
高松百香「上東門院の剃髪」（倉田実編『王朝人の婚姻と信仰』森話社、二〇一〇年）
田中大喜「平家一門の実像と虚像」（『平家物語を読む』吉川弘文館、二〇〇九年）
野口華世「内親王女院と王家―二条院章子内親王からみる一試論―」（『歴史評論』七三六、二〇一一年）
野村育世『家族史としての女院論』（校倉書房、二〇〇六年）
橋本義彦『平安貴族』（平凡社、一九八六年）
伴瀬明美「院政期～鎌倉期における女院領について―中世前期の王家の在り方とその変化―」（『日本史研究』三七四、一九九三年）
服藤早苗『平安王朝社会のジェンダー』（校倉書房、二〇〇五年）
細川涼一「建礼門院―尼の行方」（『平家物語の女たち―大刀・尼・白拍子』講談社現代新書、一九九八年）

4 祇王《ぎおう》・祇女《ぎにょ》・仏御前《ほとけごぜん》——芸能のプロ・白拍子《しらびょうし》たち——

●『平家物語』の祇王・祇女・仏御前

覚一《かくいち》本や延慶《えんぎょう》本にも『平家物語』巻第一には、「我が身の栄花」と「二代の后」の間に、「祇王」があり、白拍子たちが登場する。「我が身の栄花」は、天下を掌中に握った清盛の男女や親族のときめいた繁栄を描写する。その次に書かれる「祇王」は、栄枯盛衰の枯と衰の要因の一つに、清盛の横暴があったことを知らせるためである。大変分かり易い筋書きになっている。まず、粗筋《あらすじ》を述べておこう。

都に聞こえた白拍子の上手な祇王・祇女の姉妹がいた。「とぢ」という白拍子の娘であった。天下を掌中におさめた平清盛は、姉の祇王を寵愛し、母にも屋敷を与え、毎月米百石・銭百貫を送ったので家中富み栄えた。京中の白拍子がうらやんだのは言うまでもない。

それから三年がたち、また、都に聞こえた白拍子があらわれた。加賀の国出身の仏で、一六歳だった。仏御前は、「自分は天下に聞こえた白拍子の上手だが、栄えている清盛に召されないのは残念だ。あそび者は勝手に押しかける推参《すいざん》が習いなので、西八条邸に推参しよう」と出かけた。

清盛は、「勝手に来るのは何事だ、さっさと退出せよ」と追い出す。仏御前が帰ろうとすると、祇王は、「あそび者の推参は常のこと、人ごととは思われません。せめて仏御前を召して対面してくだ

さい」と清盛に哀願する。清盛は、対面して、今様を歌わせる。仏御前は、

君をはじめて見る折は千代も経ぬべし姫子松
御前《おまえ》の池なる亀岡に鶴こそむれゐてあそぶめれ

（わが君を初めて見るときは、あまりにもご立派なお姿なので、姫小松（私）は千年も命が延びそうな気がします。君の御前の池にある中島の亀山に、鶴が群がっていて、楽しそうに遊んでいるようです。）

と三遍見事に歌ったので驚き、また、舞わせてみると舞も何とも上手だった。そのうえ、髪も容貌も声も極上なのである。清盛は、仏御前を西八条邸に置き、心を移し祇王を追い出そうとした。仏は、「ご恩がある祇王御前を追い出すなどもってのほか、どうぞ私を退出させてください」と懇願するが清盛は聞き入れない。逆に、「祇王がいるから遠慮するなら、早く祇王を追い出そう」と追い出してしまった。祇王はこの年間を思い出し、涙を流しつつ、歌を詠んで障子に書き付けた。

萌え出《い》づるも枯《か》るるも同じ野辺の草　いづれか秋にあはではつべき

（春に草木が芽をふくように、仏御前が清盛に愛され栄えようとするのも、私が捨てられるのも、しょせんは同じ野辺の草〈白拍子〉なのだ。どれも秋になって果てるように、誰が清盛に飽きられないで終わることがあろうか。）

祇王は母と妹の所に帰ったが、毎月の手当も止められ、こんどは、仏御前のゆかりの者たちが栄えた。

清盛邸から追い出された祇王に、人々はあそびを誘うが、どれも断り、涙にくれていた。

翌年の春、清盛から、「仏御前が寂しそうだから、来て歌い舞ってくれ」と要請があるが、祇王は返事もしない。母は、「あまり清盛殿を無視すると、都の外に追放されるかも知れない。田舎で住むのは悲しいから、親孝行と思って返事をしておくれ」と哀願する。親の命には背けないと、祇王は、祇女と二人の白拍子を伴っていやいや西八条邸に行ったが、かつてよりはるか下手に座らされ、悔し涙をぬぐった。仏御前は、自分から祇王の下座に行こうとすると清盛に止められる。祇王は、清盛の命で、今様を歌う。

仏も昔は凡夫《ぼんぷ》なり我らも終には仏なり
いづれも仏性具せる身をへだつるのみこそかなしけれ

(仏も昔は凡人であった。我らもしまいには悟りをひらいて仏になれるのだ。そのように誰もが仏になれる性質を持っている身なのに、このように仏〈仏御前〉と自分を分け隔てすることが、まことに悲しいことだ。)

と泣く泣く二遍歌うと、満座の人々は感涙した。清盛は、「今日は用が出来たので、これからも来て歌舞し仏を慰めるように」と言って出ていった。

祇王は、生きているとつらい目をみるので、身をなげようとすると、妹の祇女もお供をするという。母は、「二人の娘に先立たれた母親は生きるすべが無いので、一緒に身をなげることになろう。親に自殺させるのは五逆罪にあたるだろう。あの世でお前が悪道におもむくのは悲しい」と泣く泣く訴える。祇王は、「では、都の外に出ましょう」と言って、祇王は二一歳、祇女は一九歳で出家して尼になり、母とぢ四五歳も尼になった。嵯峨の奥の山里に柴の庵を造り過ごした。

初秋の夕暮れ親子三人で念仏を唱えていると、竹の編戸を叩く者がいる。開けてみると、仏御前が立っていた。「祇王がこうむった身の上はやがて自分の身の上となると思うと、清盛に召されても嬉しいとは思いませんでした。三人が修行していると思うとうらやましく、清盛の反対も押し切って、屋敷を忍び出て参りました」、と、頭から被っていた布を取ると、尼姿であった。

仏御前は、一七歳で尼になり、四人一緒に嵯峨野《さがの》で朝夕仏前に花香を供え往生を願ったので、四人に時期的に差があるものの往生した。後白河法皇が建立した長講堂の過去帳にも、「祇王・祇女・仏・とぢらの尊霊」と四人一緒に書き込まれた。まことに尊いことであった。

●白拍子の登場～男装の男舞

以上が、粗筋である。三人とも白拍子と記されている。今様を歌い、舞を舞っており、貴族の寵愛を受け、愛人になり、親族含めて経済的援助を得ることなどもうかがわれた。では、白拍子とはどのような芸能者で、いつ頃生まれのだろうか。また、清盛は、実際に白拍子を寵愛し愛人として据えたり、追い出すことなどあったのだろうか。

白拍子の始まりについては、『平家物語』の「祇王」に、次のように記されている。

そもそも、我が朝に、白拍子のはじまりける事は、むかし鳥羽院《とばいん》の御宇《ぎょう》に、島の千歳《せんざい》、和歌の前《まい》とて、これら二人が舞ひいだしたりけるなり。はじめは水干《すいかん》に、立烏帽子《たてえぼし》、白鞘巻《しらさやまき》をさいて舞ひければ、男舞とぞ申しける。しかるを中頃より、烏帽子、刀をのけられて、水干ばかりを用いたり。さてこそ白拍子とは名付けけれ。

白拍子は、鳥羽上皇（一一〇三〜一一五六）の時代に、島の千歳・和歌の前の二人が舞い始めたもので、水干・立烏帽子・白鞘巻を挿《さ》して、すなわち男装して男舞を舞っていたが、中頃より烏帽子・刀はどけて、水干ばかりを用いたので、白拍子と名付けられた、と説明されている。「白拍子」とは、烏帽子と刀がない装束の意味、ということになる。

一方、鎌倉時代末に吉田兼好《けんこう》が著したとされる随筆『徒然草《つれづれぐさ》』には、次のように記されている。

多久資《おおのひさすけ》が申しけるは、通憲《みちのり》入道、舞の手の中に、興ある手どもを選びて、磯の禅師《ぜんじ》といひける女に教へて、舞はせけり。白き水干にさう巻をさゝせて、烏帽子を引き入れければ、男舞とぞいひける。禅師が娘、静《しずか》といひける、この芸を継ぎけり。これ、白拍子の根元なり。神仏の本縁を歌ふ。その後、源光行《みつゆき》、多くの本を作れり。後鳥羽院の御作もあり。亀菊《かめぎく》に教へさせ給けるとぞ。

平治《へいじ》の乱（一一五九年）で横死した信西《しんぜい》（藤原通憲）が、磯の禅師に男装させて男舞を教え、禅師が娘の静にその芸を継がせた、と記されている。この説だと、鳥羽上皇晩年の頃、信西が、女性たちに男装させて舞わせたことになる。著者の兼好は、弘安《こうあん》六（一二八三）年頃生まれ、文和《ぶんな》元（一三五二）年以降亡くなったとされている。また、多久資は永仁《えいにん》三（一二九五）年に八二歳で亡くなっているので、兼好は、久資が父あたりに語るのを聞いたのではないか、とされている。信西は、百年以上も途絶えていた、朝廷の内宴を復活させた人物である。内宴は、正月二十一日、宮中の仁寿殿《じじゅうでん》において内々に行われた節会《せちえ》で、文人の賦試や内教坊《ないきょうぼう》妓女による女楽奏舞が行われた。保元《ほうげん》三（一一五八）年正月二十二日、「内宴を行わる。長元《ちょうげん》七（一〇三四）年以降中絶、一二三年を歴て、今興行さる」（『百錬抄《ひゃくれんしょう》』）とあり、翌年正月二十一日の内宴について『今鏡《いまかがみ》』は次のように書く。

舞姫、今年はうるはしき女舞にて、日頃より習はされけるとぞ聞こえ侍し。通憲大徳、楽の道をさへ好み知りて、さもありぬべき女ども習はしつつ、神の社などにも舞ひあへり。

舞姫は、今年は麗しい女舞であった。日頃より練習させたという事だ。通憲大徳は、音楽の道も愛好しよく知り尽くしているので、そのような上手《うま》い女たちに練習させた。神社でも舞わせた、とある。内宴の妓女舞を復活させたのは通憲（信西）であり、音楽に造詣《ぞうけい》が深いことがうかがえる。ゆえに、男装の女性に白拍子舞を舞わせた可能性は高い。

さらに、女性が白拍子を舞った早い史料は、平治の乱の後の治承《じしょう》二（一一七八）年である。後白河《ごしらかわ》上皇等に批判を書き連ねる右大臣三〇歳の藤原兼実《かねざね》は、次のように記す。

伝え聞く、今日、院において殿上人等乱遊す。白拍子、女童部等参入し、御前に於いて舞うと云々。末代の事是非をいうべからざるか。

後白河院の殿舎で、殿上人たちが乱痴気騒ぎの遊びをしたが、その中には、白拍子や女性たちが参入して、舞ったということだ、（上皇のもとで芸能人の白拍子が舞うなど）末代のことなので良い悪いなど言うべきではない、とは兼実の嘆息である。女性の白拍子が舞った史料は十二世紀後期なのである。

また、後で述べるように、『平家物語』の祇王・祇女物語は、実在のものではなく、後世に挿入された可能性が高いことなどから、『徒然草』の説の方が実態に近いのではないか、とされている。

●白拍子は本来男舞

では、「白拍子」とは何か。『平家物語』では、「男装だが水干のみだから白拍子というようになった」とされていた。しかし、白拍子とは、「本来は笏拍子《しゃくびょうし》で謡《うた》う拍子の名称であった。舞に関する限り打楽器で拍子を取る事を意味し、院政期《いんせいき》には歌舞の名称となり、これを舞う女性も指すようになった」（『平安時代史事典』）と説明されている。それまで、宮廷や貴族の邸宅での儀式や行事では、笛や篳篥《ひちりき》、琴や琵琶《びわ》の管弦楽器の伴奏で、雅楽や舞を伴う舞楽の遊びが行われた。舞うのは基本的に男性であり、管弦楽器のメロディー付きの伴奏が伴った。『源氏物語』紅葉賀《もみじが》巻では、光源氏《ひかるげんじ》と頭中将《とうのちゅうじょう》の二人が、美しい衣装をつけ、青海波《せいがいは》を歌い舞ったが、光源氏の舞姿の美しさに、藤壺《ふじつぼ》も感動した様子が描かれている。また、日本古来の民謡を雅楽風に編曲した催馬楽《さいばら》が、管弦楽器の伴奏で歌われた。さらに、院政期になると新しい形式の歌謡である、今様《いまよう》が歌われるようになる。この今様が貴族に流行すると、雅楽のように管弦楽器の伴奏で、雅に高く澄んだ声で歌われた。

一方、男性貴族たちは、私的な無礼講的な宴会で、滑稽で猥雑《わいざつ》な散楽《さんがく》と呼ばれる芸を披露するようになる。しかも、一晩中、飲み、歌い、舞うのである。さらに、平安後期になると、管弦楽の伴奏ではなく、太鼓や鼓等の打楽器だけで、歌い舞うようになる。この打楽器だけの伴奏を白拍子と呼んだので、舞いも含めて白拍子と言うようになった。雅楽のような雅《みやび》で高く澄んだ声ではなく、酒宴の席にふさわしい、太く男性的な声の歌とリズムに乗った力強い舞であった。

つまり、白拍子とは、平安後期に始まった打楽器で演奏する歌と舞であり、男性たちの歌舞だったのである。この白拍子は、酒宴だけでなく、神前で奉納する舞にもなった。先述のように、朝廷の儀式の一つの内宴で、内教坊の妓女が舞ったり、新嘗祭《にいなめさい》で五節舞姫が舞ったりすることはあったが、普通の儀式や行事、貴族邸宅の宴で楽舞を舞うのは、男性だった。貴族男性は、幼少のときから舞を練習する。必修科目なのである。童のときに天皇の前で舞う場合もあり、舞上手は、出世にも影響し、女性にアピールすることもできた。しかし貴族女性は、けっして舞わないのである。

普段の宴では、男舞しかない。この男舞を舞うために、信西は、女性を男装させ、教えたのである。

●白拍子の実態

白拍子は、男装して男舞を舞う芸能女性だった。平安時代の段階では、白拍子と遊女は別であった。確かに、『平家物語』「祇王」には、白拍子自身が、「あそび女」「遊び者」と語られており、一方、遊女を「あそび」というが、当時の「あそび」とは、「詩歌、管弦、舞などを楽しむ事」であり、それを職業とする女性たちを総称して「あそび」と言ったのである。「あそび」の中には、淀川の船着き場である江口《えぐち》・神崎《かんざき》などにいて歌謡を歌う遊女、京におり歌舞をする白拍子、地方の宿駅にいて歌謡を歌う傀儡子《くぐつ》の三種があり、それぞれ特徴があった。

後鳥羽上皇は、水無瀬《みなせ》殿で遊宴することが多く、江口の遊女と、京の白拍子を招き、遊女には郢曲《えいきょく》を歌わせ、白拍子には舞を舞わせている。藤原定家《さだいえ》は、日記『明月記《めいげつき》』の建仁《けんにん》二（一二〇二）年六月六日に、次のように記している。

雨殊《こと》に甚《はなは》だし。江口遊女等愁嘆《しゅうたん》す。

大雨になったので、江口の遊女は嘆いている、とある。遊女は、舟でやってきているから大雨では困るのである。ほかにも神崎の遊女も水無瀬殿に来ている。さらに、十日の記事である。

今日、馬允知重《うまのじょうともしげ》白拍子女六十余人を召し集め、参入すと云々。五人を採択し、その外は明旦帰洛せしむべき由仰せらると云々。

「帰洛」とされていることから、白拍子は洛、すなわち京都に住んでいたことがうかがわれる。さらに、同年、七月十七日には、「遊女着座す。例の如く歌い終わりて退下す。次いで白拍子舞を召す」とあり、遊女は歌を歌い、白拍子は舞っている。十三世紀の初頭でも、遊女は江口・神崎等の淀川、白拍子は京都に居住していたことがうかがえる。白拍子が登場した平安末から鎌倉初期にかけては、遊女と白拍子は別であった。

『明月記』には、ほかにも興味深い記事が多い。白拍子六〇余人を集めてきて、その中から優れた五人のみ残し、ほかは京に帰らせた八田知重は、ほかの箇所では「白拍子奉行人」とも記されており、白拍子を手配するプロモーターの役割をはたしていたようである。

四〇歳を過ぎて私財もないと嘆く定家にも、一夜の共寝のために知重から白拍子が分配されている。定家は、「私はこのようなことは好きではない」と共寝は拒み、屏風を立て隔てて寝たり、ほかの家を借りて白拍子や遊女を寝かせたりしている。しかし、分配された以上、買春の代償として貨幣替わりの新調衣装を彼女たちに渡しており、貧乏人には大変な出費だ、と嘆いている。白拍子や遊女たちは、芸能のみならず売春もしていることが、定家が日記に記してくれたおかげで確認されるのである。

容貌が良く、貴族や上皇の目にとまった白拍子は、貴族や上皇の愛人になり、子どもを産んでいる。後鳥羽上皇には、三人の白拍子・舞女から四人の皇子女がいる。白拍子石で後の丹波局は、皇女熙子《ひろこ》内親王《ないしんのう》を、舞女は、覚誉《かくよ》・道縁《どうえん》・道伊《どうい》の三人の皇子を、舞女滝は覚仁法親王《かくにんほうしんのう》をそれぞれ出産する。また、承久の乱の原因となったのは、後鳥羽上皇の寵愛する白拍子亀菊の親族の荘園が原因だった。また、『公卿補任《くぎょうぶにん》』や『尊卑分脈《そんぴぶんみゃく》』をみると、白拍子や舞女を母と記される上層貴族が多い。もっとも、基本的には正妻にはなっていないが、妾、側室として遇されていたことがわかる。

源義経《よしつね》の愛妾静《しずか》は、捕らわれの身となり、鎌倉に連れてこられても、源頼朝、北条政子《まさこ》の前で、罪人義経を慕う歌を歌い舞って頼朝を怒らせたり、艶言《えんげん》で言い寄られると、義経の妾に無礼だ、ときっぱりと断ったりと、けっして卑下しない矜持《きょうじ》を持っていた。

静は、畠山重忠《はたけやましげただ》の銅拍子で歌い舞っている。白拍子は、新しいリズムで舞を見せる芸能者であった。世《ぜ》阿弥《あみ》は、能の女体の中に、白拍子の舞姿を残した、とされている。白拍子の舞こそが、日本の伝統芸能である能のスタートラインだったともいえる。

『吾妻鏡《あずまかがみ》』寛元《かんげん》二（一二四四）年五月十一日には次のように記されている。

将軍御方において御酒宴有り。大殿入御す。武州、北條《ほうじょう》左親衛《さしんえい》等座に候ぜらる。舞女（祇光《ぎこう》、今《いま》出河《でがわ》殿の白拍子、年二十二なり）妙曲を施す。大蔵権少輔朝広《おおくらごんのしょうともひろ》、能登《のと》前司光村《みつむら》、和泉《いずみ》前司行方《ゆきかた》、佐《さ》渡《ど》五郎左衛門尉基隆《もとたか》等、猿楽《さるがく》を荅弁すと云々。

将軍は、第五代九条頼嗣《よりつぐ》（一二三九〜一二五六）、同年四月二十八日、元服し、征夷大将軍に任じられたばかりの六歳である。大殿とは、将軍の父頼経《よりつね》、武州は北條経時《つねとき》、北條左親衛は時頼《ときより》である。そこに舞姫祇光が出て、妙曲を施したとある。今出河殿とは、西園寺公経《さいおんじきんつね》（一一七一〜一二四四）である。公経は、娘が産んだ九条頼経《よりつね》が鎌倉将軍に迎えられると一層鎌倉幕府と密着し、ついには太政大臣《だいじょうだいじん》に進む公卿である。自身も舞女との間に正二位権大納言になる実藤《さねふじ》をもうけている。

祇光は、「今出河殿の白拍子」とされており、西園寺公経は、先の八田知重と同様な白拍子を手配する位置にいた公卿とされている。実は、この祇光こそ、『平家物語』の祇王・祇女や仏御前のモデルではないか、とされている。西園寺公経は、承久《じょうきゅう》の乱（一二二一）で後鳥羽上皇方の天皇や貴族が朝廷から一掃された後、亡き平清盛を超越するような権威を獲得している。自分の孫に続き、曾孫が将軍に就任したので、祝いの宴を華やかにするために、最上級の白拍子を都から派遣し、長寿や将軍職安泰を言祝《ことほ》がせたのではないだろうか。

このように鎌倉にも白拍子・舞女は多かった。寛元元（一二四三）年九月五日には、頼経将軍が大倉にある佐渡前司基綱邸に行き、舞女両三輩の参入のもと、猿楽等の御遊で朝方まで楽しんでいる。同四年十月八日には、北條時頼が将軍に酒を勧めた際にも舞女が呼ばれている。すなわち、京の都では上皇や公卿層の遊宴に、鎌倉幕府では、将軍の遊宴に舞うことにより、興を添えているのである。

なお、平安時代末から鎌倉時代にかけて、白拍子・遊女・傀儡女をツマ（妾）にした貴族や武士・神職者が多いが、中でも特徴がある子どもの母親を調べてみると、上皇・貴族層では、二七例中遊女は六例のみで、二一例が、白拍子（舞女）なのである。一方、源為義《ためよし》の男子為朝《ためとも》と為仲《ためなか》が江口遊女、義朝《よしとも》の男子義《よし》平《ひら》は橋本遊女、範頼《のりより》は遠江《とおとおみ》池田宿遊女、のように武士層では九例全部が遊女である。また、石清水《いわしみず》神社の祠官では、五例中二例が神崎と江口の遊女、三例が白拍子である。貴族や上皇たちは、京に住む白拍子・舞女のパトロンとなることが多く、武士は、東海道を往復する関係から、宿駅の傀儡女（鎌倉時代には遊女と呼称される）を愛人としたのであろう。徳大寺実基《とくだいじさねもと》は、舞女夜叉女を母に持つが、父左大臣公継《きんつぐ》をしのぎ太政大臣になっている。公継の正妻には男子がいなかったゆえに舞女所生の公継が嫡男となり父を継承したのであろうが、それにしても、正妻にはなれないものの、嫡男の母になることができており、けっして蔑視されていなかったのである。

●『平家物語』「祇王」の白拍子たち

『平家物語』で語られる祇王・祇女・仏御前たちは、実際には平清盛の時代の舞女たちではなく、鎌倉時代初期の白拍子が表象されていることが判明した。それを承認した上で、祇王や仏御前たち白拍子は、自身の歌と舞いに対する大変強いプライドを持っていることが描写されている。だからこそ、栄枯盛衰を表象する清盛の強権を強調した場面で、天下人たる清盛の要請もつっぱねようとする祇王の矜持が、聴く者の共感をよぶのであろう。

西八条の清盛邸に推参した仏御前は、清盛を言祝ぐ今様《いまよう》を歌う。千代・姫小松・亀岡・鶴などすべて長寿をかけた歌である。容貌だけでなく当意即妙にその場にあった歌詞に替えつつ歌う賢さ、歌の巧みさ、さらに舞も上手だったゆえに清盛に気に入られたのである。

清盛から放逐された祇王は、「入道殿からお暇をいただいて邸から出たそうだ。さあ祇王に会って遊ぼう」と多くの男たちが誘っても一切対応しない。しかも、清盛から「仏御前を慰めるために来て今様を歌い舞え」と依頼されても、追放されようとも命を取られようとも嫌だ、と拒否する。しかし、母の懇願に負け出かけると、下座で舞うことしかできない。そこで、「仏も昔は人なりき」と、仏御前も自分も同じ白拍子なのに、分け隔てをするのは悲しいことである、と歌う。今様で、権力者に抵抗を示したのである。

清盛邸からの排除と隔てられた下座の二つの屈辱は、生きるよりも大きい。自殺しようとするがまた母に嘆かれ、出家する。出家した僧尼には権力者といえども、強権は振るえない。トップ権力者に抵抗するという、強い意志を示したのである。しかし、権力者への反抗には、出家という俗世間からの脱出をはからねばならない実態をも示している。

仏御前も、同じ白拍子として将来の自分の姿に重ね合わせ、同じく出家し、世間から遁世する。一七歳と設定されている。清盛から独立して、芸の道を突き進もう、との発想はない。白拍子は、男性の寵愛を受けることが必要不可欠な芸能者でしかない、との限界を見て取ることもできよう。後世の遊女のように、不特定多数の男性を相手に性を売る売春婦としての側面はさほど強くはないものの、パトロンの援助をまたねば生活できない芸能者であった。

一方、『平家物語』では、祇王が清盛の寵愛を受けたとき、母の生活が豊かになったことが描写され、さらに、清盛の要請も母の哀願で受け、自殺も母の説得で思いとどまる。芸能者でも、親の権限は強く、親への孝養が要請されている。まさに、家社会が浸透していることがうかがえる。家は、生活や扶養のために必要不可欠な基本的集団であると同時に、親権への従属が見て取れる。作り物であるがゆえに、白拍子の特徴や生活実態を鮮明に強調して造形されていることがうかがえる。

『平家物語』の祇王たち白拍子は、「嵯峨の奥なる山里に、柴の庵をひきむすび、念仏してこそいたりけれ」とあるのみであるが、そのゆかりの地であったとされるのが、嵯峨の祇王寺である。祇王寺は、現在は京都市右京区嵯峨鳥居本小坂町にある。法然《ほうねん》の門弟良鎮《りょうちん》によって始められたと伝えられる往生院の境内にあり、かつては広い地域を占めていたが荒廃してささやかな尼寺として残り、祇王寺と呼ばれるようになった。明治二十八（一八九五）年京都府知事が嵯峨にある別荘の一棟を寄付し、嵯峨の有志、冨岡鉄斎らによって、祇王ゆかりの寺として再建されたのが現在の祇王寺である。現在では真言宗大覚寺派。仏間の正面に大日如来像、左に清盛、祇王、刀自、右に祇女、仏御前と伝承される像が安置され、境内には、祇王、祇女、刀自の墓、清盛の供養塔とされる五輪塔があるが、いずれも鎌倉時代のものとされている。『平家物語』を耳で聞いた聴衆者たちは、白拍子たちに共感し、祇王寺を創設し（実際は小さな寺の名を替え）、今まで伝承してきたのである。

●仏御前のゆくえ

『平家物語』は、語り物と読み本の二系統があり、八〇数種類にものぼる異本が存在する。さらに、平家琵琶で語られ、全国に流布する。また、能や幸若舞《こうわかまい》、浄瑠璃《じょうるり》・歌舞伎などにも素材がとられ、中世以降の多くの人々に受容され、愛好されてきた。

世阿弥作とされる謡曲「仏原《ほとけのはら》」では、加賀《かが》国仏が原の草堂で、旅の僧が一夜を明かすと、女性が出てきて亡者の霊を弔《とむら》ってほしいと懇願する。女性は、白拍子仏御前の生前の事跡を語り、この地で亡くなり草堂はその跡だと言い草堂の中に消えた。僧が供養すると、仏御前の亡霊が現れ舞を舞って消えた、と展開する。

江戸時代の宝永《ほうえい》年間（一七〇四〜一一）仏原村の宗左衛門が記した『仏御前事蹟』（金沢市図書館加越能文庫蔵写本）では、まず、前半に『源平盛衰記《げんぺいせいすいき》』の原文を記す。その後、仏御前が故郷の加賀国の原に帰り、草庵に住み、そこで大往生するが、清盛が別離にのぞみ、仏御前に守り本尊の木像履行《くつはき》阿弥陀如来を与え、仏御前は故郷に持ち帰り、草庵に安置して日夜誦経にはげんだ、とする。

文化《ぶんか》十二（一八一五）年に金沢大円寺相誉が、仏御前六五〇回遠忌を祈念して書いたとされる『仏御前之影像略縁起』では、さらに、様々な出来事が追加される。仏御前は、永暦《えいりゃく》元（一一六〇）年正月十五日、京都から招かれた白河兵大夫の娘として産まれた。美人だったので、一四歳の時京都に出て、歌舞音曲を習い、白拍子となった。その後、一七歳で嵯峨往生院の湛空《たんくう》を戒師として出家し、報音《ほうおん》尼と称したが、安元《あんげん》二（一一七六）年、祇王・祇女たちと別れ故郷に帰るが、途中、白山の麓木滑《きなめ》の里に来たとき、清盛の子を死産した。五か月留まり供養し、秋に原村に帰って草庵を編み、治承《じしょう》四（一一八〇）年八月十八日に念仏往生した。履行阿弥陀如来は、正覚寺《しょうかくじ》に預けた。

このような伝承が、様々に内容を豊かにしつつ語り伝えられた要因は、庶民が謡曲に親しむことができるようになった時点で、「仏原」には、何一つ仏御前の遺跡がないことを憂え、そして作られたと想像される。それが遠忌《おんき》と結び付いたのではないだろうか。今でも大切にされている。

（服藤早苗）

【参考文献】

清水真澄「『平家物語』と歌謡～巻第一「祇王」から『仏御前事蹟記』へ」（『日本歌謡研究大系』下、二〇〇五年）
藤島秀隆「仏御前説話攷：加賀国の伝承」（金沢古典文学研究会編『説話・物語論集』一号一九七二年）
服藤早苗『古代中世の芸能と買売春』（明石書店、二〇一二年）
細川涼一『平家物語の女たち』（講談社現代新書、一九九八年）
山本清嗣・藤島秀隆『仏御前』（仏御前八百忌記念会、北国出版社、一九七九年）
脇田晴子『女性芸能の源流』（角川書店、二〇〇一年）

5 常盤《ときわ》――見直されつつある清盛の「妾」――

●常盤を考えるにあたって

現代の私たちが抱く「常盤《ときわ》のイメージ」とはいかなるものであろうか。多少の歴史好きならば、常盤は源義経《よしつね》の母であるほかに、「雑仕女《ぞうしめ》」という低い身分、絶世の「美女」、正妻がいる義朝《よしとも》の「愛妾」、夫を殺した平清盛《きよもり》の妾になった「貞操を守れなかった女」などの、「気の毒な常盤」を思い浮かべられる方が多いのではないだろうか。

確かに、常盤に対する「これほどの美女をば、目にも見ず、耳にも聞およばず」という描写が、常盤が生きた時代からさほど遠くない十三世紀半ばに成立した『平治物語《へいじものがたり》』にあり、伝承的な情報も含めると、源義朝・平清盛・藤原（一条）長成《ながなり》と相手を変えつつ生涯で産んだ子供が六人確認されるので、男性に好まれる容姿を持った健康な女性であったことは想定できる。

しかし常盤は、信用しうる歴史資料（史料）上にはほとんど現れない。では、現代の私たちが持ち、ドラマなどに期待する常盤という女性のイメージはというと、ほとんど『平治物語』という歴史物語から形成されている。物語はもちろん史実そのものではないが、常盤のような同時代史料に乏しい女性を研究する上では外すことができない。本稿でも、史実として確認できる部分を最大限重視しつつ、創作であることを踏まえた上で歴史物語を多用し、常盤を論じていく。

なお、常盤の表記は、常盤・常磐・常葉と数種類あるが、当時は人名の漢字表記に正確さを求めなかったこともあって、どれが正しいとは言えない。本稿では、本文では「常盤」の表記を使い、引用史料が他の字をあてている場合は従うこととする。

また、『平治物語』は新編古典文学全集（小学館）を利用したが、より古体を示すとされる新日本古典文学大系（岩波書店）も適宜参照した。

●史実としての常盤

常盤は信用しうる歴史資料（史料）上にはほとんど現れない、と先に述べたが、わずかにある同時代史料を確認してみよう。当時摂政であった九条兼実《かねざね》の日記『玉葉《ぎょくよう》』の文治《ぶんじ》二（一一八六）年六月六日条には、

伝え聞く、先に搦《から》め取る母ならびに妹等、義行《（義経）》の在所を問うのところ、石蔵にありと称すの由、武士を遣《つか》わすのところ、義行逐電《ちくでん》しおわんぬ、房主の僧を捕らえ得おわんぬと云々。

とあり、頼朝の圧力により朝敵となって敗走した義経（義行は、義経と読みが同じ九条良経をはばかっての朝廷による改名）の行方を捜す鎌倉方に、常盤は義経の妹（一条長成との間にできた娘）とともに捕らえられ、尋問され、義経は石蔵という所にいると答えた、という記事がある。また、ほぼ同時代史料といえる『公卿補任《くぎょうぶにん》』（朝廷の職員録）の、藤原能成《よしなり》の「尻付《しつけ》」（三位となり公卿補任に初登場するときに書かれる略歴）に、「故正四位下大蔵卿長成朝臣一男、母半物《はしたもの》と云々〈伊予守義顕《（義経）》が母なり〉」とあり、能成の

母は「半物」で義経の母でもあることが確定できる（本史料は『大日本史料』暦仁元〈一二三八〉年七月五日条所引。なお義顕はさらなる改名。義行＝よく行く、と改名したせいで義経が見つからないとされたため、「顕《あらわ》」れるようにと命名）。能成に関しては、『玉葉』文治元年十二月二十九日条に「九郎（義経）一腹の弟」ともあり、「腹」としてではあるが、常盤が史料上初めて登場するのはここであろう。同時代史料には「常盤」という個人名までは出てこないが、この時代、よほど地位が高い女性でなければ、名前が残らないのは普通のことである。

同時代史料ではないが、歴史資料（史料）上に常盤の存在が確認できるのは、鎌倉幕府が一三〇〇年頃に編纂した『吾妻鏡《あずまかがみ》』である。『吾妻鏡』には二か所、義経の母に関する史料がある。①文治二年六月十三日条に右の『玉葉』記事の内容が関東にもたらされたという「去んぬる六日、一条河崎観音堂辺りにおいて、与州（伊予守義経）の母ならびに妹等を尋ね出し、生け虜《ど》る。関東に召し進らすべきかの由と云々」と、②文治五年閏《うるう》四月三十日条の義経が平泉で死亡した記事の「母九条院《くじょういん》雑仕常盤」である。②で義経の母が「九条院」という女院の「雑仕《ぞうし》」であり「常盤」という名前であることが明記されるが、『吾妻鏡』の成立は『平治物語』より五〇年以上遅いので、物語で広まった「常盤」を『吾妻鏡』が採用したとも考えられる。よって、本当に義経の母が存命中に「常盤」と呼ばれていたのかは不明とするしかない。「常盤」という名前そのものが、物語の創作の可能性もある。

南北朝期に作成された系図『尊卑分脈《そんぴぶんみゃく》』にも、義朝の息子全成《ぜんじょう》・義円《ぎえん》の母として、また清盛の娘（廊御方《ろうのおんかた》）の母としてそれぞれ「母九条院雑仕常盤」、義経の伝記部分に「母堂常盤女」、藤原（一条）長成の男能成の母の説明として「母常盤　同母伊与守　源義経」とある。ただ、とくに清盛との間に娘がいたことについては、『尊卑分脈』編者が『平治物語』や『平家物語』などを参考に書き足した可能性もあるとして、史実ではないとの異論もある。

　このように、いわゆる歴史資料（史料）に限定すると、せいぜい九条院に仕えた「半物」「雑仕」という身分の女性で、義朝・清盛・長成との間に六人子供をもうけたこと以外、常盤の情報は得られず、それも要検討の内容を含むものである。

【常盤関係系図】
※保立二〇〇四著を参考に作成

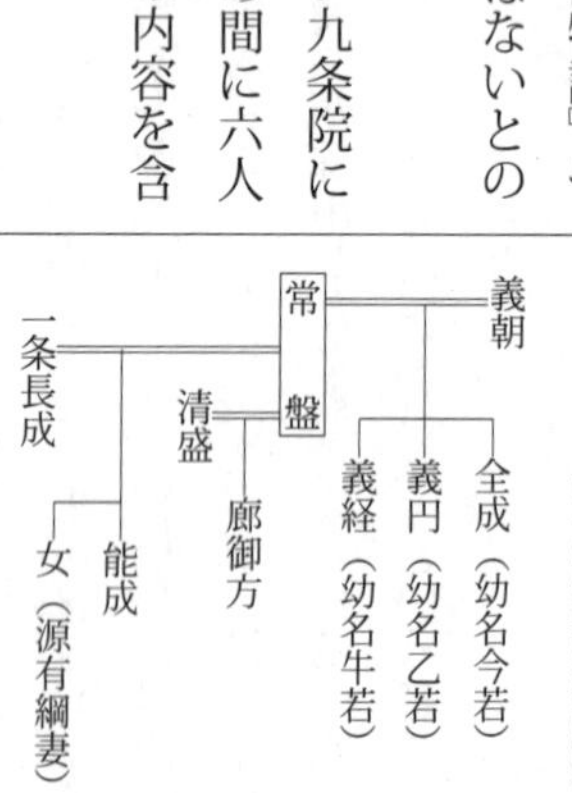

●常盤の人生

　同時代史料にほとんど現れない常盤は、以前は歴史研究において大きく取り上げられず、その歴史的主体性が論じられたことはほとんどなかった。しかし近年、保元・平治・治承寿永の内乱研究や鎌倉幕府研究が深化し、また大河ドラマ「義経」の影響で義経関連の研究が広く行われるようにもなり、母の常盤についても明らかになったことが多い。

　中でも、保立道久『義経の登場―王権論の視座から―』（二〇〇四）は、「九条院雑仕」という常盤の身分に注目し、宮廷社会における常盤の位置付けを再考することによって、息子である義経の歴史的意義を問い直した著作であり、また、細川涼一「常盤―源義経の母―」（『日本中世の社会と寺社』所収、二〇一三）

は安田元久「常盤御前」(『武士世界の序幕』所収、一九七三)以来なかった歴史学における常盤の専論である。本稿においても、これらの著作に多く依拠しながら、常盤の人生を確認していきたい。

①常盤の身分　前項(史実としての常盤)で確認した『公卿補任』『吾妻鏡』『尊卑分脈』から、常盤が九条院の「雑仕」「半物」という身分であったことがわかる。実際に常盤が仕えたのは、九条院という女院になる以前の中宮時代の呈子《ていし》なのだが、彼女については後述することにして、さて「雑仕」「半物」とはどのような身分なのであろうか。

女院や后に仕えた女性としては、まず「女房」という身分があるが、これは高貴な家柄と教養を持った貴族女性が就《つ》くものであった。それに対して「雑仕」「半物」とは、「端女《はしため》」と同様の、奥向きの雑役に従う下級の身分であった。

しかし、常盤は単なる雑仕・半物ではなかったことが『平治物語』からうかがえる。女御呈子が立后(后になること)する場面に、このような記述がある。

九条女院の后だちの御時、都の中より、みめよき女を千人そろへて、その中より百人、又百人が中より十人すぐりいだされける。其中にも常葉一とぞきこえける。千人が中の一なれば、さこそはうつくしかりけめ。

今の九条院がその昔、立后するというときのこと。都の中で見た目が良い女を千人揃えて、その中から百人選び、さらにその百人から十人を選んだ。その中でも常盤が一番の美女であったということだ。千人の中での一位なのだから、さぞかし美しかったことだろう。

呈子立后の準備として、身の回りの世話をする女性を集めることになった。そこで、都の千人の女性の中から、美女コンテストのようなものが開催されたが、その中でもっとも美しかったのが常盤だった、というものである。宮廷社会における中宮呈子の華やかさを強調するため、また、常盤の悲劇を際立たせるための物語的な誇張はあろうが、常盤が美しかったことは事実であろう。

当時、「美女」とは単に女性の容姿の良さを指すだけの言葉ではなかったようである。江戸後期の書物ではあるが『武家名目抄』（職名部、付録二四）では、女房と半物との境界に「美女」を独立させている。保立氏はここから、常盤が単なる雑仕女ではなく「美女」という身分で呈子に仕えていたとする。

平安時代の女房にもやはり、美しさや教養でもって宮廷社会の男性を引き寄せ、主である后の周辺を盛りたてるという機能があった。常盤も、雑仕女とはいえ、「中宮御所に美女・常盤あり」として、呈子への注目を集めるような機能を果たしていたのであろう。

②呈子（のちの九条院）との関係　さて、常盤が仕えた中宮呈子との関係が、常盤の人生に大きく関係するので、少々詳しく説明しよう。

九条院とは、近衛《このえ》天皇の中宮呈子が院号宣下（天皇から院としての名前をもらうこと）を受けて女院となった後の名前である。呈子は天承《てんしょう》元（一一三一）年、太政大臣藤原伊通《これみち》と、白河院《しらかわいん》の近臣として「夜の関白」と恐れられた藤原顕隆《あきたか》の娘の間に生まれた。伊通の血筋は、道長《みちなが》の息子で嫡流の頼通《よりみち》の異母弟にあたる頼宗《よりむね》の流れを汲んでおり、摂関家に近接した家柄といえる。伊通の父は白河院の近臣宗通《むねみち》であり、娘の宗子《むねこ》は摂関忠通《ただみち》の正妻となっている。呈子は久安《きゅうあん》四（一一四八）年、父の従兄である美福門院《びふくもんいん》得子《なりこ》の養女となった。この時点で、得子と鳥羽院《とばいん》の間に生まれた近衛天皇への入内《じゅだい》が内定しており、それはすでに養女多子《まさるこ》を近衛に入内させることが決まっていた摂関家の頼長《よりなが》への対抗策であった。それは、入内直前に、頼長の異母兄で敵対関係にあった忠通の養女となったことからもうかがえる。

久安六（一一五〇）年、呈子は立后し（『平治物語』によれば、ここで常盤が雑仕として雇用される）、九歳年下の近衛の中宮となったわけだが、養母の得子サイドの期待には沿えず、皇子女の誕生をみなかった。厳密には、一度想像妊娠事件を起こしていることが、『兵範記《ひょうはんき》』などの日記史料からわかる。懐妊の兆候があったのか、得子の肝煎りで、夫である近衛天皇に腹帯を締めてもらうという着帯の儀式まで行われたのだが、一五か月経っても出産にならず、懐妊自体が間違いだったらしい。もう一人の后であった皇后多子も出産しなかったので、もし呈子に皇子の誕生があったならば、鳥羽院と得子の血統を継ぐ次世代天皇となったのだろうが、実現しなかった。周囲の懐妊への過剰な期待の中でこのような事態が起きてしまって、呈子はずいぶんと肩身の狭い思いをしたことだろう。

【呈子関係系図】※保立二〇〇四著を参考に作成（……は養子関係）

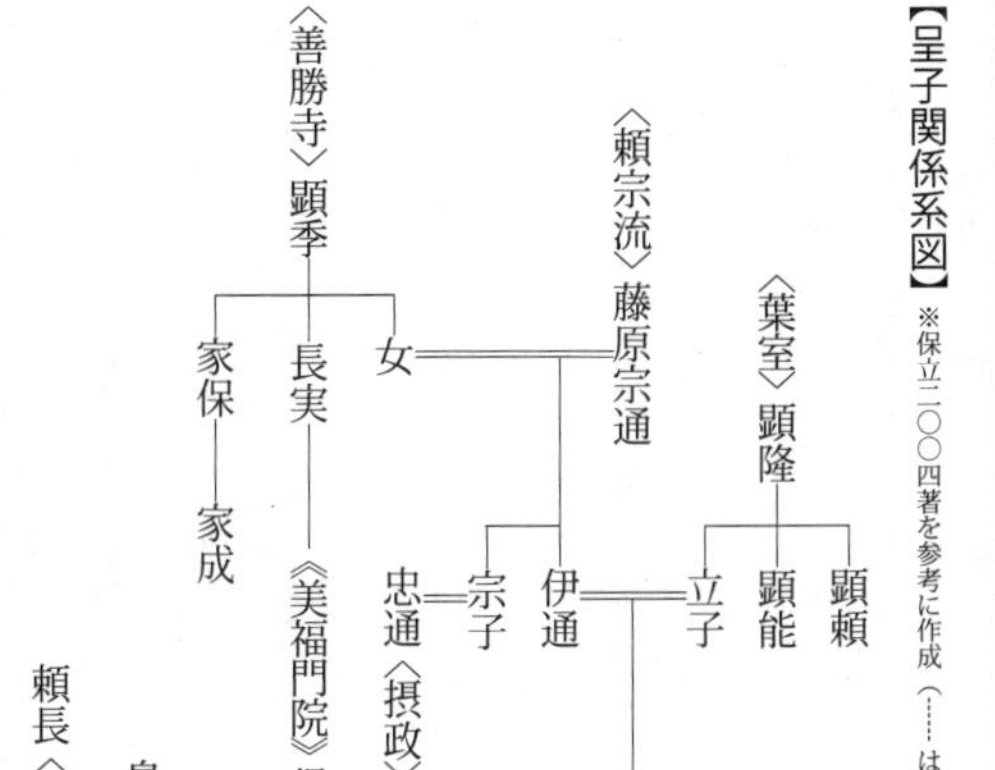

近衛は久寿《きゅうじゅ》二（一一五五）年に早世し、呈子は翌月出家する。その後、皇后・皇太后へと転上し、仁安《にんあん》三（一一六八）年、女院・九条院となった。父から譲られた住まいが九条にあったがゆえの院号である。中宮呈子に仕えた常盤が「九条院雑仕」と言われるのは、それを記す史料や物語が、呈子が九条院になって以降、もしくは死去後に作成・編纂されたものだからであり、「常盤」という名前同様、後世になって広まった名称といえよう。

③義朝との「結婚」　『平治物語』は、常盤と、夫となった義朝との出会いに関して、六波羅に出頭し清盛に対峙した場面でこのように説明している。

常葉、十六歳より、義朝に取り置かれて、八年の契りなれば、言ひ捨つる言の葉までも、誤りなること一つもなし。常葉、生年廿三。

常盤は一六歳のときから義朝の寵愛を受け、八年もの間契りを結んでいるので、このような場面においても、言葉一つにも粗相がない。このとき、常盤は二三歳であった。

なお、この場面は平治二（一一六〇）年にあたるため、二三歳の常盤は、保延《ほうえん》四（一一三八）年生まれということになる。保立氏によると、中世の女性が宮仕えを始めるのはだいたい一三歳頃ということであるから、常盤が雑仕女として仕えて三年ほどで、源氏の義朝と知り合い、男女関係を持ったようである。義朝にはすでに正妻の熱田大宮司《あつただいぐうじ》藤原季範女《すえのりのむすめ》がおり、坊門姫《ぼうもんひめ》・頼朝・希義《まれよし》の三子を設けていた。ここから、常盤は通常、義朝の「愛妾」のように語られる。ただ、季範女が末子希義を産んだのは久安六（一一五〇）年でその後の出産はなく、一方常盤は仁平《にんぴょう》三（一一五三）年以降三人の男児を産んでいる。そして、義経が生まれた、平治《へいじ》の乱が勃発した平治元（一一五九）年に、季範女は死去している。このような時系列から、保立氏は、平治の乱の段階で常盤は義朝の妾ではなく、唯一の正妻「北《きた》の方《かた》」であったと主張している。

確かに、『平治物語』にも常盤は義朝の「北の方」としてうやうやしくもてなされていたとする記述がある。保立氏によると、この経験から頼朝は、自身の血統の正統性を主張するため実母である季範女こそが唯一の義朝正妻と位置付ける必要があり、幕府成立後に熱田大宮司家を厚遇する一方、義経を含む肉親に冷酷な処遇をする、とのことである。

貴族身分であった季範女と、「美女」として有名人だった中宮雑仕常盤。単純な比較はできないが、季範女と義朝の関係が切れていたら（当時は夫が訪れなくなると「離婚」であった）、その間子どもを産み続けた常盤を単なる妾と位置付けることは再考しなければならない。確定は難しい問題であるが、常盤を義朝の正妻と考えることで、平治の乱以降の常盤の人生もまた、異なる様相を見せることになるのである。

④母としての常盤　ここからは、『平治物語』を中心に説明していく。なお、『平治物語』の「常葉落ちらるる事」「常葉六波羅《ろくはら》に参る事」は、常盤物語として別に成立していたものを挿入したのではないかとされるほど、物語としての完成度を誇り、『平治物語』全体においても山場の一つとされている。清水観音信仰譚の一つとして、また、清水寺《きよみずでら》に集った盲目の女たちによって語られた物語として、清水寺の周辺で成立したともされる。語り物ゆえに、史実と相当乖離《かいり》していることも想定されるが、この分野の研究成果によって理解できるようになった部分も多く、常盤がいかに語られていたかということも確認できよう。

常盤は、義朝と関係を結んでいた八年間に三人の男子をもうけた。今若《いまわか》（のち阿野全成《あのぜんじょう》）・乙若《おとわか》（のち義《ぎ》円《えん》）・牛若《うしわか》（のち義経《よしつね》）の三人である。牛若つまり義経が生まれた平治元（一一五九）年に、平治の乱が勃発し、義朝は敗れて東国に敗走、身を寄せた尾張国野間内海荘《おわりのくにのまうつみのしょう》で、信頼していた重代の家臣長田忠致《おさだただむね》に裏切られ殺害された。

敗軍の将の男児は殺されるだろう、と耳にした常盤は、三人の息子を連れて京都から逃れる。誰も信じられず、母にも告げずに夜更けに家を出て、清水寺に参詣し、夜通し観音に子供の命が助かるよう祈った。朝になって雪の降る道中を進む四人。「寒や、冷たや、母御前」と泣き悲しむ今若・乙若を励まし、牛若を懐に抱いて、やっとのことで辿り着いた伏見《ふしみ》の伯母に、居留守を使われてしまう。常盤は泣きながら伯母宅を離れるが、思い切って声をかけた貧しい小屋に住む夫婦に受け入れられ、一泊させてもらい、木津《きづ》まで送ってもらって、そこから「大和国宇多郡龍門牧岸岡《やまとのくにうたぐんりゅうもんまききしおか》」（現在の奈良県吉野町付近）にいる伯父のもとへ辿り着いたのである。

ちなみにこの地名は有名な義経の「腰越状《こしごえじょう》」にも出てくるし、また、義経の妹婿が源有綱《ありつな》（以仁王《もちひとおう》と共に挙兵した頼政《よりまさ》の孫）であることが保立氏によって明らかとなったが、その有綱が潜伏し捕らえられた地でもある。なお、保立氏は、常盤をこの地の領主の家系の出身と推定するが、細川氏は義朝の親類縁者が住まう地と判断している。

さて、常盤が大和国宇多郡龍門牧にたどりついたところ、実母が平家によって捕らえられ拷問を受けている旨を知らされる。我が子可愛さのあまり逃亡していたが、老母が自分のために拷問を受けていることを知って（『平治物語』には「命を限りに問へ〈命の続く限り尋問せよ〉」とある）、京に帰る決意をするというものである。

常盤は三人の幼子を抱え、大和から京へ戻る。ここでポイントとなるのが、常盤が呈子（当時は皇太后）の元に「暇申し《いとまもう》」に行ったという点である。常盤のような身分のものにとって、主に出処進退の許可を得るのは当時の常識であった。常盤は、主である呈子に、これから六波羅《ろくはら》の平家のもとへと出頭するので、今後はお仕えできない旨を伝えるのである。逃亡の挙句、子どもを連れて呈子の御所を訪れた常盤に、呈子も女房たちもいたく同情し、呈子は「最後の出で立ち、自らせん」とまで申し出て、彩華やかな衣装を常盤に着させ、男児たちの身なりも立派に整えて、御車まで貸し与え、六波羅に送り出したという。

物語上の脚色である可能性も高いが、史実に近いとすれば、皇太后自ら盛装、それも常盤の身分より高い女房クラスの身なりにさせたということは、皇太后の庇護を受けていることを可視的に象徴するものである。常盤母子を軽んずるべからず、という呈子のメッセージが、その行為に込められていたと言えよう。

⑤清盛との対面　呈子御所から出立した常盤は、母の「尼上」が拷問を受けている伊藤景綱《かげつな》のもとへ向かう。尼上は、娘と孫を助けたいがために命を投げ出そうとしていたのに、なぜ戻ってきたのか、と嘆く。
その後、清盛の召しによって景綱は常盤と尼上を清盛の元に連れていく。清盛の詰問に対し、常盤は、

「義朝の幼い人々の候ふを、捕り出だされて、失はれ候ふべしと承り、傍らに忍び候ひつれども、科なもなき母の命を失はるべしと承り、助けんために、参りて候ふ。幼い者どもを失はせたまはば、先づ、わらはを失はせたまへ」とて泣き居たり。

義朝の幼い子供は、捕らえられて殺されると聞いておりましたので、京から離れて隠れていました

が、罪もない私の母が殺されかけていると耳にし、助けるために参上しました。子供たちを殺すのであれば、先に私を殺してください。

と泣きながら申し立てた。この様子を見た今若は、「泣きながらお話しても、何を言っているのかわかりませんよ。泣かずにおっしゃってください」と母を励まし、「さすが義朝の子よ」と常盤見たさに集まっていた平家方を驚愕させている。

続いて、常盤が千人から選ばれた美女であったという先に掲げた記述を挟み、

大宰大弐清盛は、常葉が姿を見たまひてより、由なき心ぞ移られける。

清盛は、美しい常盤の姿を見て、我がものにしたいと思うようになった。

と、清盛の邪心を記す。そして、その場では処分せず、景綱のもとに母子を返し、あらためて「御文」を常盤に送ったが、常盤から返事はなかった。清盛はさらに、「三人の子供を助けてやろう。ただし、お前が私になびくのが条件である。なびかなかったら目の前で殺すだろう」と通告するが、やはり常盤は返事をしなかった。そこで尼君が、「子どもと私の命を助けようと思うなら清盛の仰せのままになりなさい」と意見し、清盛を受け入れることになった、という。

平家の侍は清盛に対し、「男子を三人とも助命するのはいかがなものか」と申し述べたが、清盛は「義母の池禅尼《いけのぜんに》に泣きつかれて頼朝を助けることにしたのに、それより幼い子供を殺すわけにはいかない」としたり顔で反論した。ちなみに、前段で清盛は、頼朝を助命したのが不本意で、せめて常盤の子を探して殺せ、と命じているので、ここは常盤の美しさに翻意した清盛が冷ややかに描かれている。そして本段は、

三人の子供の命を助けしは、清水寺観音の御利生といひ、日本一の美人たりし故なり。眉目は幸の花とは、かやうのことをや申すべき。

三人の子供の命が助かったのは、清水寺観音の御利生であり、また、常盤が日本一の美人だったからである。まさに、美貌が優れているのは幸いをもたらすというものである。

と締めくくられている。

ここでの常盤は、長男に「泣いてはなりませんよ」と諭されるような弱々しさも見せるが、主張すべきことは主張し、清盛に相対した。常盤は、男の子は殺されるであろう、との覚悟で臨んだし、一切の助命嘆願はせず、殺すなら自分を先に、と述べただけである。清盛からの誘いと恫喝にも、二度は屈しなかった。本来の出頭の理由である、「無実の老母を助ける」という筋を通すために、仕方なく清盛を受け入れる羽目にはなったが、本段を読む限り、常盤はいさぎよい女性である。

なお、より古体を示す鎌倉期成立の『平治物語』(学習院大学図書館蔵本。「新日本古典文学大系」〈岩波書店〉が中・下巻を底本とする)では、清盛が常盤に懸想《けそう》し恫喝する場面はなく、清盛はただ「年長の頼朝を助けて、それより幼いものを斬るわけにはいかない」という判断をしたのみである。この方が、史実に近いと思われる。清盛が子供の命を盾にとって常盤を我がものにしたというのは、これ以後の諸本で追加された脚色であるが、常盤イメージの形成にとっては、この脚色後の物語の影響が強かったといえよう。清盛にとってはいい迷惑だが、『平治物語』に限らず、平家滅亡後の言説世界では、清盛をより悪人に描くことで、読み手の満足を得られることになっていくのである。

また、敵方の男児はもれなく殺害する、というルールは当時存在しなかったことや、平治の乱に関しては、義朝は藤原信頼《のぶより》に巻き込まれただけという認識が貴族社会にあったとして、常盤の男児たちが助命されたのは当然、頼朝の助命さえ既定路線という見方が有力である。ただ、義経の「腰越状《こしごえじょう》」が真実ならば、実際に常盤母子は大和国宇多郡龍門牧まで逃げているので、常盤が子供らの命を守るため、思いつめて京を脱出したのは事実ということになる。

⑥清盛の妾から長成の正妻へ　『平治物語』ではこの後、常盤は清盛の館の一室をあてがわれ、清盛を通わせることとなった。そして、「常葉は、大弐（清盛）に思はれて、女子一人まうけてけり」とある。この女子については『平家物語』に、清盛の八人の娘の最後に「九条院雑仕、常盤が腹に一人、是は花山院殿（兼雅）に、上臈女房にて、廊《ろう》の御方《おんかた》とぞ申しける」と紹介され、壇《だん》ノ浦《のうら》まで平家とともに落ちた女性たちの一人に挙げられている。また『尊卑分脈』にも清盛の八女として常盤を母とする「廊御方」と呼ばれる女性が生まれていたことが記されている。ただし、廊御方は同時代史料には見えない存在である。『尊卑分脈』自体が南北朝の成立で、物語に取材して書き足した可能性があることから、このことが史実だったという確証はなく、常盤と清盛に男女関係があったということも含めて、疑問視する向きもある。

清盛との関係は創作の可能性もあるが、史実としては、常盤はいつまでも清盛の管理下にいたわけではなかった。『平治物語』では、

大弐にすさめられて後、一条大蔵卿長成に相具して、子供あまた有けるとかや。

常盤は、清盛にもてあそばれたあと、一条長成の伴侶となり、子供がたくさん生まれたということだ。

と描かれている。「すさめられて」の解釈は、もてあそばれて、もしくは、飽きられて、というもので、どちらも女性にとっては嬉しくないものではあるが、とにかく清盛の管理下から、藤原（一条）長成の正妻格に迎えられることになったのは、すでに見たように男子能成に関する史料から事実である。

この常盤の転身は、保立氏によると、清盛の皇太后宮権大夫《ごんのたいふ》への就任（応保《おうほ》二〈一一六二〉年）が関係しているという。常盤と長成の間に男子能成が誕生したのは長寛《ちょうかん》元（一一六三）年であることから、清盛は皇太后宮権大夫への就任の前後に、常盤を長成と再婚させていることになるからである。また、この皇太后は呈子であり、常盤の主人であった。清盛にとっては、後宮世界の要人と言えるこの官位は魅力的であったろう。常盤との間に男女関係があったのか、本当に女子が生まれていたのかは不明だが、清盛としては常盤の支配を放棄すべき事態となったのである。

清盛を呈子皇太后の権大夫にすることが、誰の意思だったのかはわからない。しかし、呈子自身にその気がなければ、叶わない話である。権力者清盛を抱えると同時に、常盤を自由にしたこの措置に、呈子の意思を見たいと思う。

この時代、正妻とそれ以外には、まさに天と地の違いがあった。貴族社会においては、正妻以外の妾の女性は「召人」という従者の扱いであった。かなり年上の、再婚の長成とはいえ、常盤にとっては安息の場所であったのではなかろうか。

長成は、最終的には公卿にはなれなかったが、姉もしくは妹が徳大寺家に嫁ぎ、オバは院近臣として辣腕をふるった藤原家成《いえなり》の妻（この夫婦の子は後白河の近臣かつ男色相手として著名な成親《なりちか》）という、貴族社会において注目すべき一族の構成員ではあった。常盤と再婚したときには大蔵卿であったとともに、忻子《きんし》（徳《とく》大寺公能《だいじきんよし》の娘）の皇后宮亮《こうごうぐうすけ》もつとめていたので、十五歳ほどの年齢差があったとはいえ、常盤のような貴族身分にない女性が正妻では不釣り合いともとれる男性である。ここにも、清盛が呈子を意識して常盤を盛りたてたことがうかがえよう。なぜ清盛が長成を常盤の再婚相手に選んだのかは不明だが、保立氏によれば義朝と繋がる筋も見い出せるとのことであり、常盤にとっての不安材料はなかった縁談であったようだ。

【藤原（一条）長成関係系図】

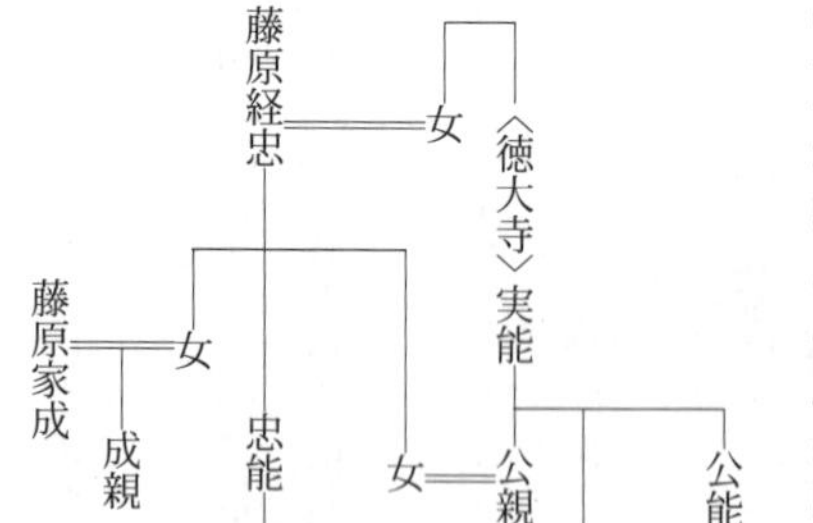

※保立二〇〇四著を参考に作成

　長成との縁は、義経の人生にも影響した。義経は長成の「扶持《ぶち》」＝援助によって鞍馬寺《くらまでら》に預けられ、さらに長成の縁によって奥州平泉《おうしゅうひらいずみ》に向かい、かの地で受け入れられることになったのである。のちの義経の活躍は、母の常盤が長成と縁付いたことに因るところが大きい。

　さて、『平治物語』には、長成と常盤に「子共あまた有ける」とあったが、一男一女は史料上確認できる。男子の能成は異父兄の義経によくなつき、一緒に武者姿で行動していたらしく（『平家物語』巻十二）、義経が頼朝に反旗を翻した折には、「九郎一腹の弟」（『玉葉』文治元年十二月二十九日条）として、武士を引き連れて同行している。また女子は、先述したように保立氏によって源有綱の妻であることが確認されている。有綱は、以仁王と共に蜂起した源頼政の孫である。

結果的に、常盤が長成との間にもうけた子供は、先の夫であった義朝の敵清盛を討つべく行動し、配置されている。常盤は、清盛に人生の一時期を差配されたとしても、子供たちにはそれなりの「教育」をほどこしたとみるべきであろう。

●常盤の虚像と実像

以上、常盤の実像と創作を含めた描写を可能な限り紹介した。このように見てくると、現代における常盤イメージのほぼすべてが、物語資料による後世の創作によるものであることは疑いなく、確実な史料や研究成果からは、異なる側面が見い出せることがわかる。

しかし、なぜ我々日本人は、このような常盤イメージを好んで創作してきたのか、が残された課題となる。

子供を救うために夫を殺した清盛に身を捧げる母。これが一つのキーワードなのではなかろうか。しかし、ちょうど常盤が生きた時代に編纂された『今昔物語集』には、強姦《ごうかん》から逃れるために、赤子を置いて逃げた母が、子供は殺されたというのに、逃げたその行為への賞賛を込めて語られる説話がある。仏教説話であり、強姦未遂犯が乞食（接触が忌まれた）という事情もあるが、この時期、女性に対して性的犠牲を伴ってまでの「子供への忠心」が望まれた訳ではないことを示す話である。

そして、史料や物語で語られる常盤は、けっして「子供への忠心」だけに生きた女性ではない。同時代史料の『玉葉』では、常盤は鎌倉方に捕縛された際、いきさつは不明だが、義経の行方について知っている情報を暴露している。また、『平治物語』においては、常盤が出頭したのは実母を助けるためであり、子の助命をせず、自分を先に殺せとだけ清盛に懇願していた。さらに、古体を示す『平治物語』においては、子供の命を助けるために常盤が清盛と関係を持つようになったという記述はなく、結果として清盛との間に女子をもうけたと記されるだけである。『平治物語』の改作にあたって、この間の常盤にどんな主体性があったかは想像を放棄され、「子を守る母」という口当たりのよい物語が挿入されたといえる。中世という時代を通じ、女性の地位が低下し、男性への従属性が求められていったことと、常盤をめぐる言説の変容には、強い結び付きがあるのだろう。

さらに、義経の妾静御前《しずかごぜん》も、吉野山《よしのやま》で捕縛されたとき、義経の行方を暴露している（『吾妻鏡』文治元年十一月十七日条）ことを思い合わせると、彼女たちに「悲劇のヒロイン」とばかりは言えない一面を見い出せる。創作かもしれないが、常盤は義朝の敵である清盛の妾になったとすれば、それは生き抜くためのたくましい判断であった。そして、史実として長成との間にもうけた一男一女の動向を見れば、常盤は義朝を殺し実母を拷問した清盛（死後の平家）に、きっちり仕返しをしたともいえる。常盤は実に、強靭な女性である。

常盤の晩年や、いつどこで死去したのかなどは、史料がなく不明である。しかし、このような常盤の実像に触れると、常盤にまつわる「義経を追って奥州に向かった」という類の伝説は、まったくの虚構と私には思える。「判官びいき」の日本人の心性が、常盤に求めた伝承だろうが、常盤はおそらく、運命が尽きようとしている義経より、生きていく見込みのある子供たちを守るために全力を傾ける女性と考えられるからである。

とはいえ、「語られた常盤」の魅力もまた、清盛をめぐる女たちの中でも輝くものがある。常盤物語における清盛は、常盤の性を搾取する憎まれ役であるが、一方で清盛の判断によって常盤母子はもちろん頼朝も助命され保護されたことも確かである。常盤の存在が、清盛の多面性を作り上げ、清盛像の豊富化に寄与したことは間違いない。ただ、それが史実とは乖離した、「作られた常盤」であることには、留意したいものである。

（高松百香）

【参考文献】

日下力『平治物語の成立と展開』（汲古書院、一九九七年）
五味文彦『増補　吾妻鏡の方法―事実と神話にみる中世―』（吉川弘文館、二〇〇〇年）
五味文彦『源義経』（岩波新書、二〇〇四年）
野口実『源氏と坂東武士』（吉川弘文館、二〇〇七年）
樋口大祐『変貌する清盛―『平家物語』を書きかえる―』（吉川弘文館、二〇一一年）
細川涼一「常盤―源義経の母―」（『日本中世の社会と寺社』思文閣出版、二〇一三年）
保立道久『中世の女の一生』（洋泉社、一九九九年）

保立道久『義経の登場―王権論の視座から―』(日本放送出版協会、二〇〇四年)
元木泰雄『保元・平治の乱を読みなおす』(日本放送出版協会、二〇〇四年)
元木泰雄『源義経』(吉川弘文館、二〇〇七年)
元木泰雄『河内源氏―頼朝を生んだ武士本流―』(中央公論新社、二〇一一年)
安田元久「常盤御前」(『武士世界の序幕』吉川弘文館、一九七三年)

6　高階基章女《たかしなのもとあきのむすめ》——長男重盛《しげもり》の母——

●重盛の母

平重盛《もり》は保延《ほうえん》四（一一三八）年、清盛の長男として誕生した。重盛が清盛の後継者であったことは改めて述べるまでもないだろう。彼は保元《ほうげん》・平治《へいじ》の乱での活躍が認められて応保《おうほう》三（一一六三）年、公卿《くぎょう》に列し、安元《あんげん》三（一一七七）年には内大臣《ないだいじん》にまで至った。清盛の福原引退後は、京都における平氏一門の表の顔となり、一門や従者を統率して治安維持活動に当たるなど、国家の軍事・警察権を担当した。

だが、重盛の母は清盛の正妻時子ではない。『公卿補任《くぎょうぶにん》』という当時の公卿の職員録には、彼の母は右《う》近将監《こんしょうげん》高階基章女と記されている。この基章女は、清盛の最初の妻で、清盛との間に重盛・基盛《もともり》の二人の子息をもうけ、時子との結婚以前に没したと考えられている。だが、早く亡くなってしまったが故に、彼女については詳しいことがよくわからない。母が早く亡くなり、その経歴もよくわからないという点では、重盛も清盛もよく似た境遇にあったといえるだろう。そこで、ここでは父である高階基章など、周辺に焦点を当てることで、彼女の実像を探り、彼女と清盛の結婚の持つ意味について考えてみることにしよう。

●父・高階基章

重盛の母の父である右近将監高階基章とはどんな人物だったのだろう。

まず右近将監というのは、右近衛府《うこのえふ》の三等官で、六位相当の官職である。基章は堀河《ほりかわ》天皇のときには、六位の蔵人《くろうど》として天皇の側近くに仕えていた。六位蔵人の極﨟《ごくろう》（最上席。就職の順によって席次が決まっていた）は六年間勤務すると、五位に叙せられることになっていた。だが、右近将監の官職は六位相当であることから、基章は五位には昇れず、近衛府の下級官人へと転じたものと考えられている。

康治《こうじ》元（一一四二）年十二月二十一日、基章は右近将監の職を息子の為泰《ためやす》に譲っている（『本朝世紀《ほんちょうせいき》』）。これ以降、彼の名前は確認できないので、彼は職を息子に譲り官を退いたものと考えられる。当時の貴族社会では五位以上が貴族に当たり、侍《さむらい》といわれる六位と五位の間には大きな溝があった。基章の場合、この溝を乗り越えることはできず、一生を侍身分の下級官人として終えたのである。

彼は下級官人として近衛府や蔵人所に勤務する一方、貴族諸家の頂点にあった摂関家にも家人《けにん》として仕えていた。基章が官を退いたのと同じ康治元年、摂政《せっしょう》藤原忠通《ただみち》の弟にして後継者である内大臣頼長《よりなが》は、彼について「先年余《よ》の許《もと》に在り」と述べている（『台記《たいき》』同年六月七日条）。頼長の日記『台記』を見ると、保延二（一一三七）年十一月には、二度ほど頼長の先駈《さきがけ》をつとめている（十一月十日・十三日条）。だが、康治元年には「先年」自分に仕えていたというのだから、この間に頼長から離れたのだろう。

このように、基章という人物は、官人として五位にも昇進できず、摂関家の家人としてもとくに目立った活動も確認できない、かなり地味な人物であったといえる。高橋昌明氏は彼の娘と清盛が結婚したことについて、「右近将監は六位相当の官で、その娘なら鳥羽《とば》院政下でめきめき頭角を現しつつあった伊勢平氏の未来の棟梁には釣りあわない。召人というべきところである」と評しているが、まさにその通りだろう。

では、なぜ清盛はこのような釣り合わない結婚をしたのだろう。これに対する一つの解答として、高橋氏は重盛母の実父が基章ではなかったという興味深い説を提唱している。だが、これについては次節で詳しく検討する。その前に、ここでは角田文衞氏が注目した基章の一族について見ておこう。高階氏は院政期、多くの大国受領を輩出し、平氏や末茂流《すえしげりゅう》藤原氏などとともに院近臣として大発展を遂げた一族であった。とりわけ、彼の祖父にあたる為家《ためいえ》は四〇年以上の長きにわたって大国の受領《ずりょう》をつとめ、初期の白河《しらかわ》院政を支えた有名人で、承保《じょうほう》二（一〇七五）年には播磨守《はりまのかみ》として法勝寺《ほっしょうじ》の造営を任されている。また、父為《ため》章《あき》も白河院側近の一人で、因幡《いなば》守藤原隆時《たかとき》と並んで「世に寵臣《ちょうしん》というのは、この二人を称するのみ」といわれた（『本朝世紀』康和《こうわ》五（一一〇三）年十二月二十日条）。角田氏は、こうした事実から、清盛が基章女と結婚したのも、院近臣勢力である高階氏への接近を意図したものと評したのである。

ただ、康和五年に為章が、嘉承《かじょう》二（一一〇七）年には為章の後継者と目された仲章《なかあき》が相次いで亡くなると、高階氏一族は勢いを失ってしまう。基章が右近将監でしかなかったという事実は、何よりも基章の時代には一族が衰退していたことを物語る。重盛が誕生した保延四年は、為章の没後三〇年以上経っているのであり、彼らの勢いはすでに過去のものとなっていたと考えられる。このような零落した一族と、飛ぶ鳥を落とす勢いの平氏が関係を結ぼうとしたというのは、やはりどうにも腑に落ちない。

したがって、こうなると、やはり基章女の実父は別人か、ということになるのだが、その前に注意しておきたいのが、角田氏が基章について為章の実子ではなかったと指摘していることである。この時期、醍《だい》醐《ご》源氏源家実《いえざね》の息子に基章という同名の人物がいた。先述の通り高階基章には為泰という子息がいたが、室町時代初期に成立した系図集『尊卑分脈《そんぴぶんみゃく》』によれば、源基章の息子も「為安」という名で、この親子は文字は異なるものの基章——「ためやす」という名前が一致する。しかも、源家実は高階為家の娘を妻としており、彼女との間に為忠という子をもうけていた。ここから角田氏は、基章が為家女と家実の間の子で、為家女の没後、母方である高階氏に引き取られて伯父に当たる為章の養子となったものと推測したのである。

そして、この一族も実は政権中枢と密接な関係を持つ一族であった。実父とされる家実については目立った活動は認められないが、彼の兄清実《きよざね》の妻は摂関藤原忠実《ただざね》の乳母《めのと》で（『殿暦《でんりゃく》』天永《てんえい》二（一一〇九）年九月十三日条）、清実自身も忠実の信頼が篤く、側近が任じられることが多い御厩別当《みうまやべっとう》に任命されている（『殿暦』康和《こうわ》三年十一月八日条）。清実の息子の雅職《まさもと》も乳母子《めのとご》として忠実に重用され、父に引き続き御厩別当をつとめている（『殿暦』元永《げんえい》元（一一一八）年閏《うるう》九月二十八日条）。基章が頼長に

【重盛の母関係系図】（一部角田文衞氏の推定に基づいて作成）

仕えていたことは前述した通りだが、頼長は忠実の次男であり、このことにはおそらく彼が忠実乳母の一族に連なる存在であったことが背景にあったに違いない。

そして、ここから考えれば、清盛と基章女との結婚についても、院近臣勢力との接近をはかったものというより、摂関家勢力への接近をはかったものとみなすのがより現実的といえる。清盛が忠実乳母を一族に持つ基章女と結婚することで、平氏は摂関家との間に縁を持つことになったのである。とはいえ、基章が摂関家の中でもとくに目立つ存在でなかったのは事実である。忠実乳母の一族とは言っても、その中でなぜあえて彼の娘が清盛の妻になったのかは、依然として疑問が残る。そこで、この疑問を解くためにも、次節では重盛母の実父が別にいたとする高橋説について見ていくことにしよう。

●大殿忠実落胤説

藤原頼長の日記『台記』の康治元年六月七日条には、こんな記事がある。

恒例のことであるので、北斗を拝しようとしたが、何となく気が進まず、止めにした。そうしたところ、あとで私の姉妹が去る三日に死去したと聞いた。（私が拝をとり止めたのは）霊験《れいげん》が現れたのである。そもそも、この姉妹というのは同父異母の姉妹である。（姉妹の母は）天皇の得選《とくせん》（御厨子所《みずしどころ》の女官）で、名を況《きょう》、字《あざな》を不劣《おとらぬ》といい、往年、禅閤《ぜんこう》が密通をしたとき、（彼女には）夫があった。名を基章といい、字を高蔵人《こうくろうど》という（先年、私の許にあった）。況は女の子を産み、禅閤《ぜんこう》の子と称した。禅閤はこれを否定せず養うことにしたが、なお我が子ではないと疑っていた。この翌日、（私は）宇治に参り、北斗を拝するのを止めたという話をしたところ、禅閤は涙を流して「年来我が子ではないと疑っていたが、今我が子だと知った」と語った。

頼長の関心は、北斗拝をとり止めたところ、あとで異母姉妹が亡くなっていたことを知ったという、自身の霊感にあるようだが、ここで重要なのは、この姉妹が高階基章の妻である况と禅閤との不倫の末に生まれた子であったことが赤裸々に記されていることである。禅閤とは出家した摂政・関白のことで、頼長の父である大殿《おおとの》忠実のことにほかならない（大殿とは摂関の父で摂関家の実権者のこと）。髙橋氏は、ここで亡くなった頼長の姉妹こそ、基章女その人であり、つまり清盛の妻とは忠実の落胤であったとしたのである。

ここで問題になるのは况が忠実と密通をして娘を産んだ時期だが、髙橋氏は保安元（一一二〇）年以前と指摘している。というのも、右の日記によれば、况は宮中の御厨子所《みずしどころ》の女官であったが、忠実は保安元年十一月十二日、白河院によって文書内覧《ないらん》の特権を停止され、事実上関白の職を罷免されている。そして、彼はこれ以降、京都を引き払って宇治《うじ》に籠居《ろうきょ》したと考えられるからである。彼女が保安元年以前の生まれであれば、没したのは二三歳以上という年齢で、重盛が生まれた保延四（一一三八）年には一九歳以上となる。このことから、髙橋氏は両者の結び付きには年齢的な無理がないとし、「この女性が重盛の母親だという推定には、相当以上の可能性がある」と主張するのである。

しかし、このような髙橋説には異論も出されている。况の娘を保安元年以前の生まれで、成人してから没したとする髙橋説に対して、元木泰雄氏は、右の『台記』の記事の中には「彼女の宮仕えや夫のことには触れられておらず、その筆致は幼女の死去を示唆するように思われる」と指摘する。况が女官であったため、密通は保安元年以前のことであったとする点についても、「況が一貫して女官であったか否かも不明確で、娘を二〇歳以上とする説にはにわかには賛同できない」と論じているのである。

娘が幼女であったか成人していたかという点はともあれ、右の元木氏の指摘は概ね納得できるものと思われる。況の娘が没したとき、清盛は従四位下肥後守《じゅしいのげひごのかみ》の地位にあった。彼女が清盛の妻で、重盛の母であるのであれば、『台記』がこのことについて何も触れていないのは、不自然と言わざるを得ない。彼女が清盛の妻であるというのが秘密であったという可能性もないことではないが、普通に考えれば、それよりも彼女が忠実の落胤であったという方が秘密にしてしかるべきである。

加えて、『台記』の記事で気になるのは、彼女が忠実によって自分の子として認知され、忠実によって育てられたと記されている点である。忠実の子と認知され、彼によって育てられたならば、彼女は公的にも忠実の娘とされるはずである。だが、冒頭でもふれたように『公卿補任』には、重盛の母は忠実女ではなく、基章女と記されているのである。

このように考えると、やはり忠実の落胤を重盛の母と理解するのには、慎重にならざるを得ない。高橋氏は清盛と忠実落胤が結婚したことについて、「最高の権門勢家の秘密を胸にたたんで、その尻拭い」をしたものとしているが、密通の事実は頼長も日記に記しているように、とくに秘密とされていたわけではなさそうである。清盛の妻が基章女である以上、況とその密通一件にも清盛が何らかのかたちで関わっていた可能性はある。そして、この一件が清盛の結婚自体にも何らかの影響を与えた可能性も否定できないが、やはり清盛が結婚したのは忠実の落胤とは別人と考えるのが適切と見られるのである。

●清盛結婚の政治的背景

以上のように、重盛の母については、大殿忠実の落胤とする説も出されているが、本稿では改めてその可能性が低いことを指摘した。不釣り合いではあるが、やはり重盛の母は高階基章の娘とせざるを得ないのである。しかも、高階基章は院近臣高階氏の一族であるが、この結婚を院近臣勢力への接近を意図してなされたものと見るわけにもいかない。清盛が結婚した時期には高階氏は零落していて、右近将監止まりの基章の娘と結婚しても清盛には何のメリットもないのである。

それでもあえてこの結婚に政治的な背景を求めるならば、あり得るのは、前述したように基章が忠実の乳母の一族であり、この結婚を通して平氏が摂関家に接近しようとしたという可能性であろう。先に見たように、基章は摂関家の家人の中でもとくに目立つ存在ではなかった。しかし、彼の妻が摂関家の家長である大殿忠実と密通関係にあり、しかもその間に娘まで生まれているとすれば、基章は単なる家人ではあるまい。清盛の妻が忠実の落胤そのものでなかったとしても、忠実に愛された況の娘である可能性は高い。彼女や況を通して忠実へとつながりを持つのは確実なのである。

では、なぜ平氏はこの時期、摂関家やその家長である忠実との関係を結ぼうとしたのだろう。常識的には、伊勢平氏は院と結び、これとは対照的に河内《かわち》源氏が摂関家と密接な関係を持っていたと理解されている。だが、実際には鳥羽院政期、平氏は摂関家・王家の双方で重用されていた。高橋昌明氏は清盛の結婚について、「白河法皇死後鳥羽院による忠実の政界復帰、院と摂関家の関係修復、あるいは院による摂関家の取りこみが行われているが、この件は小さいながらその延長に位置するものであり、両者の合体が含意された結婚だったのではないか」と指摘している。もちろん高橋氏は清盛の妻が忠実の落胤であったことを前提に述べているので、結婚の意義については割り引いて理解する必要があるが、清盛が結婚した鳥羽院政期、摂関家と王家が協調的な関係にあったということは重要である。王家と摂関家との協調的な関係の下、平氏はその双方と関係を結ぼうとしていたのである。

すでに元木泰雄氏も清盛結婚の背景に摂関家との関係があったとし、忠盛《ただもり》が頼長の妾で師長《もろなが》母の姉妹との間に経盛《つねもり》、忠実の弟家隆《いえたか》の娘である待賢門院《たいけんもんいん》女房との間に教盛《のりもり》をもうけている事実を指摘している。だが、それより重要なのは忠盛の弟忠正《ただまさ》（忠貞《たださだ》）の存在である。兄忠盛が院政の武力的支柱となるだけでなく、院近臣としての実務も執り行い、院庁の中枢を占める存在となっていったことはよく知られるが、忠正の場合も、摂関家の忠実・頼長に家司《けいし》として仕え、仁平《にんぴょう》四（一一五四）年には法成寺《ほうじょうじ》塔の造仏行事を命じられるなど（『台記』同年七月三十日条）、家政の実務に携わっていた。忠正と忠盛は保元の乱で敵味方に分かれたことから、対立関係にあったように思われがちだが、王家と摂関家の関係が協調関係にあったとするなら、その中で王家・摂関家の双方に近侍し、両者は補い合っていたと見るべきではないだろうか。平氏は王家・摂関家の双方と結んで足場を固めていたのである。

これらを踏まえるならば、清盛の結婚についても、元木氏の言う通り、このような平氏と摂関家との良好な関係の上に理解するのが妥当だろう。仁平元（一一五一）年、清盛は安芸《あき》守に任じられたが、五味文彦氏によれば、もともと安芸国は忠実の知行国《ちぎょうこく》で、摂関家と平氏の間で知行国の交換がなされたのだという。五味氏はこの背景に平氏と摂関家との結び付きがあったことを示唆しているが、だとすれば清盛と忠実の接点として、彼が忠実の愛した況の娘を妻とし、その間に子をもうけていたという事実は大きいように思われる。よく知られるように、安芸国にはのち清盛が深く信仰し、造営を行った厳島《いつくしま》神社がある。清盛が基章女との結婚を背景として、安芸守に任じられたのだとすれば、清盛にとって基章女は重盛という跡継ぎをもうけるだけでなく、清盛と厳島神社とを引き合わせる役割を果たしたと言えるのかもしれない。

（樋口健太郎）

【参考文献】

五味文彦『平清盛』（人物叢書、吉川弘文館、一九九九年）
髙橋昌明『清盛以前—伊勢平氏の興隆—増補・改訂版』（平凡社ライブラリー、二〇一一年）
角田文衞「平重盛の生母」（『王朝の映像』東京堂出版、一九七〇年）
角田文衞「高階氏二代—為家と為章—」（『王朝の明暗』東京堂出版、一九七七年）
元木泰雄『藤原忠実』（人物叢書、吉川弘文館、二〇〇〇年）
元木泰雄「平重盛論」（朧谷壽・山中章編『平安京とその時代』思文閣出版、二〇〇九年）

平氏の家と家人《けにん》制

覚一本《かくいちぼん》『平家物語』の描く平氏像　治承《じしょう》・寿永《じゅえい》内乱において、源氏を内紛の多い一族、平氏を結束の固い一族、と見る見方がある。このイメージは、覚一本『平家物語』の描く平氏像によるところが大きい。たとえば寿永二（一一八三）年七月の平氏都落ちに際して、当初清盛の弟頼盛《よりもり》と清盛の子重盛《しげもり》の遺児《いじ》たちが都落ちに加わらなかったことについて、知盛《とももり》が「都を出て、いまだ一日だにも過ざるに、いつしか人の心共の変りゆくうたてさよ」（都を出てまだ一日も経たないのに、早くも人の心が変わってしまうとは情けないことよ）と涙を流す場面がある（巻第七「一門都落《いちもんのみやこおち》」）。ここでは両者の行為を心がわりによるものとすることで、平氏一門がもともとは結束力の高い集団であったとイメージさせる構成になっている。

しかし近年、平氏の家の内部構造が詳細に解明され、この覚一本『平家物語』の描き方も虚構であることが明らかにされてきている。そこで本コラムでは、平氏の家の構造とそこにはらまれた問題について紹介してみよう。

頼盛の立場　清盛の父忠盛《ただもり》には、六人の男子がいた。長男清盛は白河院《しらかわいん》の身辺に仕えた女性の子であり、次男家盛《いえもり》と五男頼盛《よりもり》は藤原宗兼《むねかね》の娘である正妻宗子《むねこ》の所《しょ》生《せい》であった。頼盛は清盛より一五歳下であったが、兄家盛が早世したため、唯一の正妻の子として、清盛を除く兄弟の中ではもっとも早い昇進を遂げた。三男経《つね》盛《もり》の母は源信雅《のぶまさ》の娘、四男教盛《のりもり》の母は藤原家隆《いえたか》の娘であり、母の実家の地位のためか経盛は昇進が遅く、弟の教盛のほうが先行して昇進した。六男忠度《ただのり》は清盛と二六歳違いの末弟であり、早世した家盛を除いてみな公卿にまで昇った兄弟の中で、彼のみ公卿になっていない。一人だけ大きく年が離れていたことに加え、母については伝えられていないが身分の高い家の出身ではなかったのだろう。当時は、母の家柄が昇進や兄弟間の勢力関係に大きく影響したのである。

兄弟の中で、清盛と頼盛の関係は、つねに対抗・緊張をはらんだものであったらしい。頼盛は家盛亡きあとの正妻宗子の長男＝「母太郎《ははたろう》」であり、父にとっての長男＝「父太郎《ちちたろう》」の清盛と並んで、一家を継承しうる立場にあった。さらに宗子は、鳥羽院《とばいん》の近臣《きんしん》として「天下の事一向家成《いっこういえなり》に帰《き》す」（『長秋記《ちょうしゅうき》』大治《だいじ》四年八月四日条）といわれるほど威勢をふるった藤原家成の従兄弟《いとこ》にあたり、家成の家と平氏を結ぶ媒介《ばいかい》として一家の中で重要な位置にあった。清盛にとって、自身に対抗しうる立場とバックボーンを持つ頼盛の存在は脅威《きょうい》であったに違いなく、頼盛にとっても清盛は目の上のたん瘤《こぶ》であったろう。両者の関係は、治承三（一一七九）年のクーデターの際に両者が合戦するとの噂が流れるなど、周囲から良好なものとは思われていなかったらしい。

しかし一方で、清盛やのちに平氏主流となった宗盛《むねもり》は、頼盛を重視する対応をとっていたことが指摘されている。延暦寺《えんりゃくじ》の強訴《ごうそ》などの重要事にあたっては、頼盛が福原《ふくはら》に呼ばれて清盛・重盛とともに対応を協議しており、福原遷都《せんと》時には福原の頼盛邸が清盛邸と交替で安徳《あんとく》天皇や高倉院《たかくらいん》の御所《ごしょ》とされ、還都《かんと》後も高倉院・建礼門院《けんれいもんいん》・安徳天皇を守護する役割を任されており、また清盛死後も宗盛からしばしば諮問《しもん》を受けるなど、頼盛はつねに一門の中枢で重要なポジションを占め続けた。この要因として、当時鳥羽院の正当な後継者として大きな権威を持っていた八条院《はちじょういん》（鳥羽院と美福門院《びふくもんいん》の間の娘）との関係

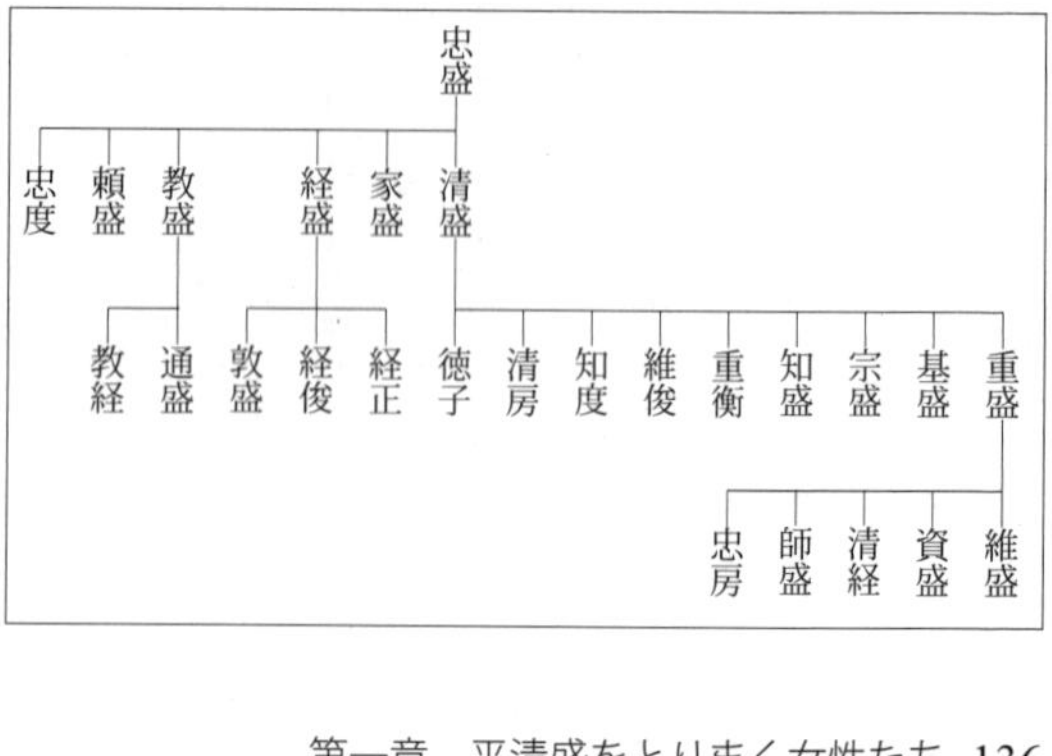

が指摘されている。頼盛は、妻の母が八条院の乳母《めのと》であった縁で八条院の後見をつとめており、平氏一門と八条院とを結ぶ位置にあった。平氏主流にとっては、一族内で大きな勢力を持つ頼盛との分裂を回避《かいひ》しようとする意図が働いていたのだろう。

しかし、微妙なバランスで成り立っていた両者の関係は、都落ちを機に破綻《はたん》する。平氏主流とは常に一線を画し、自立した立場をとっていた頼盛は、一門の都落ちに際して、同行せずに京にとどまったのである。

重盛の立場　こうした「父太郎」と「母太郎」の関係は、清盛の子どもたちの間にも存在した。清盛は最初の妻である高階基章女《たかしなのもとあきのむすめ》との間に長男重盛と次男基《もと》盛《もり》（早世）が、後妻として正妻となった平時信《ときのぶ》の娘時《とき》子《こ》との間に三男宗盛・四男知盛・五男重衡《しげひら》、さらにのちに高倉天皇に入内《じゅだい》する徳子《とくこ》（建礼門院《けんれいもんいん》）らがいたほか、母の名は伝えられていないが六男維俊《これとし》・七男知度《とものり》・八男清房《きよふさ》といった弟たちもいた。

重盛は、当初清盛の後継者として清盛に次ぐ政治的地位を占め、諸国の賊徒追討権《ぞくとついとうけん》を継承して、平氏一門の次代を担うことを期待されていた。しかし「母太郎」である宗盛が成長し、重盛をはるかにしのぐスピードで昇進していくと、重盛の立場は動揺し、確執《かくしつ》が生じていったものと思われる。また時子の妹である滋子《しげこ》（建《けん》春門院《しゅんもんいん》）が後白河院《ごしらかわいん》の寵愛を受けて高倉天皇を産み、時子所生の徳子が高倉天皇に入内して安徳《あんとく》天皇を産むなど、一門内で時子の系統が大きな影響力を示すようになると、重盛はますます苦しい立場に立たされることとなった。また重盛は後白河院近臣であり、同じ院近臣として勢力をふるった藤原成親《なりちか》（前述の家成の子）の妹を妻とし、成親の娘を子維盛《これもり》の妻に迎えるなど、成親の家と密接な関係を築いていた。しかし清盛と後白河院の対立が深まり、また安元《あんげん》三（一一七七）年の政変（いわゆる鹿ケ谷《ししがたに》事件）で成親が清盛に捕らえられ、配流先で殺害されると、一門内での重盛の孤立はいっそう深まった。

こうした状況の中、治承三（一一七九）年に重盛が没し、嫡流《ちゃくりゅう》が宗盛の系統に移ると、もと嫡流であった重盛の子どもたちの立場はますます難しいものとなっていくのである。

都落ちと平氏の分裂　寿永二（一一八三）年七月二十五日、源義仲《よしなか》を中心とする反乱軍の入京を前に平氏一門は都落ちするが、一門の矛盾はここから顕在化する。

直前の二十一日、重盛の子資盛《すけもり》は一〇八〇騎（三〇〇〇騎とも）を率いて宇治田原《うじたわら》に向かい、翌二十二日に知盛・重衡らの軍二〇〇〇騎が勢多《せた》に、頼盛の軍勢が山科《やましな》に向かい、反乱軍に対する防御《ぼうぎょ》態勢を整えた。このうち、資盛が出陣したのは後白河の命によるものであり、それ以外は宗盛の指示によるものであったという。資盛は、父重盛の院近臣としての立場を継承し、これ以前から院に近く祗候して親衛軍的な役割を果たしていたため、直接指示を受けたものと思われる。ここに明らかなように、平氏軍は棟梁である宗盛のもとに一元的に把握されていたわけではなかったのである。二十四日、都落ちの方針が定まり、院から帰京命令を受けた資盛らは二十五日に京に戻ったが、すでに平氏主流は京を出たあとであった。資盛らは、同じく宗盛から都落ちについて知らされていなかった頼盛の軍と合流して蓮華王院《れんげおういん》に入り、比叡山《ひえいざん》に逃れた後白河の指示を待ったが、頼盛に対しては八条院のもとに逃れるようにという後白河の指示があったものの、資盛についてはたまたま意思が伝達されず、指示がなかった。このため資盛ら兄弟はやむを得ず一門を追って都落ちすることとなり、頼盛は京に留まったのである。重盛の子たちと頼盛の都落ちへの対応の差は、偶然の産物であり、両者は平氏一門の中で似た立場にあった。彼らと一門主流との間には、これ以前から溝ができていたのである。

なお、都落ち後の資盛ら兄弟は、平氏が安徳天皇とともに持ち出した神器《じんぎ》の返還を求める京都側との和平を主張して、抗戦を主張する主流派と対立したらしい。その結果、兄弟のうち師盛《もろもり》が一ノ谷合戦で戦死したほかは、維盛・資盛・忠房《ただふさ》が戦線から離脱し、清経《きよつね》は入《じゅ》水《すい》自殺したと言われている。彼らの一門内での立場は、修復されることはなかったのである。

平氏一門は、清盛存命中はいわば清盛のカリスマ性によってその指示に従い、分裂の可能性を内包《ないほう》しながらも一門として協同していたものの、清盛が没すると内部矛盾が顕在化し、分裂していったのである。

平氏の家人制　このように家内部の矛盾が内乱の過程で顕在化したのは、平氏の家人所有のあり方とも密接な関係がある。

平氏の家人は、棟梁である清盛や重盛、のちには宗盛に一元的に統率されていたのではなく、一門のメンバーそれぞれと個別に主従関係を結んでいた。近年の研究では、重盛の家人には、古くから平氏の家人であった藤原忠清《ただきよ》や平家貞《いえさだ》の子孫など、平氏の本拠地である伊勢《いせ》・伊賀《いが》に拠点を持つ重代相伝《じゅうだいそうでん》の武士が多く、宗盛・知盛・重衡らの家人には、重盛の家人となった人物の兄弟や、平氏の台頭《たいとう》が顕著となったのちに主従関係を結んだ者が多かったことが明らかにされている。当初平氏嫡流であった重盛のもとには、清盛の家人のうちの中核部分があてられたのであろう。また清盛の弟である頼盛や経盛・教盛らには、父の忠盛から相伝の家人が譲られていたと言う。

各家と家人との関係は個々に独立したものであったから、他の家が干渉することは基本的になかった。たとえば、のちに棟梁となった宗盛が、内乱の中で重盛の子どもたちの家人や頼盛の家人を直接指揮・統率することはなかったのである。こうした各家の集合体としての平氏軍のあり方を、髙橋昌明氏は「連合艦隊」と表現している。これは当時の一般的な家の相続のあり方を踏襲したものだろうが、それゆえに知盛・重衡の軍と資盛の軍が、それぞれ宗盛と院という別の命令系統に従う状況が起こりえたのであり、分裂もより容易になったものと思われる。

こうしたあり方は、頼朝が各御家人《ごけにん》と主従関係を結び、範頼《のりより》や義経《よしつね》が頼朝の家人を一時的に預かって戦闘に赴く形態を基本とした、内乱期の河内《かわち》源氏とは大きく異なるものであった。河内源氏は、義朝《よしとも》が平治《へいじ》の乱で戦死し、次代への継承を行えなかったために、特殊な家人制を生みだしたのである。

内乱への対応にみる平氏一門構造　さらに内乱下の平氏軍制には、もう一つの特徴が指摘されている。

一門の中でつねに前線に派遣されたのは、維盛（重盛長男）・重衡（清盛五男）・通盛《みちもり》（教盛長男）、経正《つねまさ》（経盛長男）、忠度（忠盛六男）、知度（清盛七男）らであった。重盛の死により傍流となった維盛や、時子の三男にあたる重衡をはじめとして、すべて傍流に位置付けられた人々であり、嫡流を中心とする同心円的な構造の中で周縁部に位置する人が多く追討使として派遣されたのである。とりわけ忠度・知度らは、比較的小規模な武士団（家人）しか持たなかったにも関わらず、つねに前線に送られた。前述した都落ち直前の平氏軍の出兵において、資盛の軍が一〇八〇騎（三〇〇〇騎とも）、知盛・重衡の軍が二〇〇〇騎であったのに比べ、十六日に丹波《たんば》に向かった忠度の軍が一〇〇騎ほどであったことは、平氏の家人所有と軍制のあり方をよく示している。

もちろん、一門の中枢にある宗盛や知盛が、遠征に赴きたくないから出陣しなかったとは言えないであろう。彼らは朝廷内で内乱鎮圧の期待を背負い、清盛死後の一門全体を支えるという大きな責任を負っており、簡単に出陣することは叶わなかった。そのため、代わりに重衡が宗盛・知盛の家人を預かって出陣していたものと思われる。また維盛が多く大将軍となったのは、前述したように父重盛が平氏の主力たる重代相伝の家人（武士団）を継承していたためであろう。とはいえ、この構造の中で平氏はつねに一門周縁部を前線に送り、そこから戦死者を出していくことになっていたのである。

分裂と統合の契機　以上、平氏の家の構造をめぐる問題について見てきた。平氏の家は本来的に分裂の要素を内包しており、決して覚一本『平家物語』に描かれるような一枚岩のものではなかった。内乱という外からの圧力が、むしろ内包されていたそれまでの一族内の溝を決定的に浮かび上がらせたのである。ただ、それでも平氏は比較的よく分裂を回避しながら一門で協力していたといえるかもしれない。もし内乱が起こっていなければ、もしくは清盛が没しなければ、頼盛や重盛の子どもたちも、溝を内包しつつも緩やかな協調を保っていた可能性があろう。

なお、こうした家と家人制のあり方は平氏に限ったことではなく、この時期の武士に共通するものであった。自立的な個々の家がそれぞれに親から譲られた家人（武士団）と主従関係を結ぶ構造は、分割相続を基本とする当時の武士社会では一般的であり、その点で武士の家は、つねに分裂の契機と、協力しあうことで一族全体の発展を目指す統合の契機を含んでいたといえる。平氏の家のあり方は、そうした当該期の典型的な武士の家の構造を表しているのである。

（伊藤瑠美）

【参考文献】

上横手雅敬『平家物語の虚構と真実　上・下』（塙書房、一九八五年、初出一九七三年）

上横手雅敬「小松殿の公達について」（安藤精一先生退官記念会編『和歌山地方史の研究』宇治書房、一九八七年）

川合康『鎌倉幕府成立史の研究』（校倉書房、二〇〇四年）

川合康『日本中世の歴史3　源平の内乱と公武政権』（吉川弘文館、二〇〇九年）

髙橋昌明「平氏家人と源平合戦―譜代相伝の家人を中心として―」（『軍記と語り物』38号、二〇〇二年）

髙橋昌明『平家の群像―物語から史実へ―』（岩波書店、二〇〇九年）

田中大喜『中世武士団構造の研究』（校倉書房、二〇一一年）

元木泰雄『平清盛と後白河院』（角川学芸出版、二〇一二年）

安田元久『平家の群像』（塙書房、一九六七年）

第二章

源平の時代を生きた女性たち

1　平盛子《みつこ》と完子《さだこ》――摂関家に嫁いだ清盛の娘たち――

●清盛と摂関家

伊勢平氏は、清盛の父忠盛の代まで、諸大夫《しょだいぶ》と称される四、五位程度の中下級貴族で、その武力をもって院や天皇に奉仕する貴族社会の末端の存在に過ぎなかった。ところが、清盛は平治の乱後、一門から初の公卿《くぎょう》に昇進しただけでなく、それまで上流貴族しかなり得なかった大臣にまで昇任し、平氏一門は家格上昇を遂げていった。この背景としてよく指摘されるのが、婚姻関係などを通した王家（天皇家）との深いつながりである。清盛は平時信《ときのぶ》の娘時子《ときこ》を正妻としていたが、時子の妹は後白河院《ごしらかわいん》の寵姫《ちょうき》である建春門院《けんしゅんもんいん》滋子《しげこ》であった。滋子が後白河の正妻として、高倉《たかくら》天皇の生母として王家の中で存在感を高めていくとともに、彼女につらなる平氏一門も引き立てられ、清盛はさらに自分の娘である徳子《とくこ》を高倉天皇の後宮に入れて、王家との二重三重の関係を築き上げたのである。

だが、それとともに見落としてはならないのが、清盛が当時、王家と並んで貴族社会の最上層に位置していた摂関家との間にも、婚姻関係を通して深い関係を築いていたことである。ここで要《かなめ》の役割を果たしたのが、清盛の娘である盛子と完子である。彼女たちについては、『平家物語』でもほとんど触れられておらず、一般には馴染みが薄いかも知れない。だが、一介の諸大夫の娘が摂関家の正妻になるということ自体、当時は異例中の異例で、清盛はこうしたチャンスを背景にして、政権中枢に食い込んでいった。

しかも、彼女たちは単に平氏と摂関家をつないだというだけではない。二人のうち、関白藤原基実《もとざね》の正妻となった盛子は夫の没後、後家として摂関家内で重要な位置を占め、平氏の権力基盤の形成にきわめて大きな役割を果たした。平氏と摂関家との関係は、清盛の政権運営にも大きな影響を与え、やがては清盛が後白河院や興福寺と衝突する原因にもつながっていくのである。そこで、ここでは、盛子・完子という二人の女性に焦点をあてながら、摂関家を介した平氏の貴族社会支配について見ていくことにしよう。

●平安時代末期の貴族社会と摂関家

本題に入る前に、そもそも摂関家とは何であり、平氏が摂関家と結ぶことのメリットとは何だったのか、述べておく必要があるだろう。

摂関家とは、摂政・関白（摂関）を家職として世襲した一族のことである。中世の貴族社会では、貴族の昇進は生まれた家柄によって、最初からある程度決まっていた。これを家格といい、摂関家はこの頂点に位置する家格であったとされる。だが、摂関家とは、単なる家格の一つではなかった。摂関家が家職とする摂政とは、天皇が幼少のとき、天皇の権限を代行する役職であり、関白とは、天皇が成人したあと、天皇の政務を補佐する役職であった。とりわけ摂政は「摂政は即ち天皇なり」ともいわれるように（『台《たい》記《き》』仁平《にんぴょう》元〈一一五一〉年三月一日条）、場合によっては、天皇そのものとして機能した。摂政は天皇に代わって儀式に臨んだり、天皇と同様の命令を発することが可能だったのである。

一般には院政が開始されると、摂関は力を失ってしまったかのように思われがちだが、実際はそうではない。院政とは、天皇の父や祖父である院（上皇）が天皇の後見として、政務を行うものだが、院は退位後は原則として天皇の住まいである内裏《だいり》から出なければならないなど、実はその後見には限界があった。院が日常的に天皇の側にいることができない一方で、摂関はつねに天皇の側にあって儀式や政務を補佐・代行したから、実際には院は摂関を介して天皇を後見するかたちになっていた。当時は天皇であっても儀式における所作に厳しい作法が定められていたが、そうした作法も院が摂関を院御所に呼んで教え、儀式の現場では摂関が院から教えられた通り、天皇の手を取って作法を伝授していた。院政であっても摂関の重要性は変わらなかったのである。

院政期になると、それまで寺院や貴族を経済的に支えてきた律令的俸禄《ほうろく》制が崩壊し、それにかわる財源として荘園《しょうえん》が全国に立てられた。近年の研究によれば、こうした荘園の立荘を命じることができたのも、貴族社会では王家と摂関家のみであったことが明らかになっている。摂関家以外の貴族たちは、王家・摂関家への奉仕を行って、荘園の知行権を与えられることで、初めてその収益を得たのであり、彼らはこれを通して王家・摂関家の下に編成しなおされていった。院政期以降も摂関家は王家と並び、諸貴族の上に立つ別格な存在だったのである。

このように見てくると、清盛が娘を摂関と結婚させ、それと結び付いたことの意義はもはや明らかだろう。摂関とは天皇の権限を補佐・代行する存在であり、荘園支配を通して諸貴族を編成するなど、貴族社会の最上層に位置していた。しかし、一方で摂関の地位は、この時期、藤原道長子孫の御堂流《みどうりゅう》に独占されており、清盛がいくら出世を遂げたところで摂関になることはできなかった。ここにおいて、清盛は娘を摂関に嫁がせ、摂関家とのつながりをつくることで、摂関を介して貴族社会に影響力を持とうとしたものと考えられるのである。清盛は上流貴族の花山院《かざんいん》家、中級貴族の四条《しじょう》家などとも姻戚関係を築いたが、そのことと摂関家との結合とでは意味合いが決定的に違っていた。しかも、それはこの後、清盛の当初の意図を超えて、ますます重要な意味を持つようになっていくのである。

●盛子と基実の結婚

前置きが長くなったが、ここからはようやく本題に入ることにしよう。ここでの主役の一人である平盛子は、清盛の娘として保元《ほうげん》元（一一五六）年、誕生した。母は不明だが、彼女は幼少期、建春門院滋子によって養育されていたらしく、このことから考えると、滋子の姉である時子《ときこ》の所生であった可能性がきわめて高い。建礼門院《けんれいもんいん》徳子も時子の所生で、彼女は久寿《きゅうじゅ》二（一一五五）年の生まれだから、これに従えば、時子と盛子は母を同じくする年子ということになる。

盛子は長寛《ちょうかん》二（一一六四）年四月十日、わずか九歳で摂関家の藤原基実と結婚し、その正妻となった。基実は当時二二歳だが、保元三（一一五八）年八月十日、一六歳にして父忠通《ただみち》から関白の地位を譲られており、結婚の時点でも現職の関白だった。彼はこれより以前、白河院の側近として知られる藤原忠隆《ただたか》の娘と結婚し、永暦《えいりゃく》元（一一六〇）年には彼女との間に長男の基通《もとみち》をもうけていた。しかし、この前年、彼女の兄である信頼《のぶより》は源義朝《よしとも》と結んで二条《にじょう》天皇・後白河院を幽閉するクーデター（平治《へいじ》の乱）を起こし、謀反《むほん》人として処刑されており、これを機に基実は忠隆の娘と離婚したものと考えられている。そして、その代わりとして彼が選んだのは、清盛の娘である盛子だったのである。

摂関家に娘を嫁がせることが、清盛にとって非常に重要な意味を持つものだったことは先に見た通りだが、それでは逆に基実にとって清盛の娘と結婚することのメリットとは一体何だったのだろう。この点について、これまで指摘されてきたのは、摂関家は荘園支配において、諸勢力の侵略から荘園を守ったり、年貢を強制的に納めさせるために、一定の武力を必要としており、そのために軍事貴族としての平氏一門に目を付けた、というものだった。摂関家は基実の叔父頼長《よりなが》が保元《ほうげん》の乱で謀反人として敗北したことで、それまで編成してきた武士たちを失っており、それに代わる荘園支配の武力が必要だったとされるのである。だが、最近の研究では、平氏一門が家司《けいし》（家政機関の職員）などとして摂関家の家産支配に関与するようになるのは、盛子と基実が結婚してからだったことが明らかになっており、それより八年も以前の保元の乱との直接的な関係は否定されるようになっている。

そこで、改めて別の観点から見直すと、注目されるのは基実の結婚した時期である。実は基実が結婚したのは父忠通の没した直後であった。忠通はこの年の二月十九日、六八歳で没していたのである。忠通は前関白で出家していたが、この当時、摂関家では現職摂関の父親である前摂関が「大殿《おおとの》」と称して実権を持つことが多かった。忠通の場合も、関白となった基実はまだ若く、忠通は大殿として摂関家の実権を保持していたと考えられる。つまり、忠通が没したということは、ここで初めて基実が摂関家の実権を継承したことを意味している。基実は名実ともに家長となり、その直後に盛子と結婚したのである。

では、基実は摂関家家長となった直後に、なぜ平氏との婚姻関係を結ぶ必要があったのだろうか。これについて指摘したいのは、基実の権力基盤が意外に弱かったという事実である。基実は前述のように一六歳で忠通から関白の地位を譲られた。だが、この時期、忠通は基実の異母弟である基房《もとふさ》・兼実《かねざね》の二人にも基実以上のスピード昇進を許し、五位中将、中納言中将《ちゅうなごん》、近衛《このえ》大将という摂関家嫡流に特有な地位への就任を認めていたのである。その一方で基実は元服したのが、忠通が祖父の忠実《ただざね》によって義絶されていた時期であったこともあり、実はこれらの地位に就いていなかった。つまり、基実は関白に任じられながらも、摂関家の後継者として就くべき地位に就かず、正当性に欠ける存在だったのである。

私見では、忠通が基房に摂関としての役職や儀式の遂行に不可欠な日記を譲っていること、政権の中心人物で、家格も高い三条公教《きんのり》の娘と基房を結婚させていることから、忠通は将来的には正当性に欠ける基実にかえて、基房を後継者の本命としようとしていたのではないかと考える。ところが、彼はそれを実行に移す前に没してしまったのである。これが正しければ、基実は忠通の死によって家長となったものの、その正当性に不安を抱えるから、それを補うために平氏との結び付きを持ったのだと考えられる。当時、清盛は平治の乱で源義朝を破って国家における軍事警察権を掌握するとともに、二条天皇の乳父《めのと》として政権内の実力者でもあった。基実はその娘を迎えることで、基房というライバルを抑えて、自分の摂関家内部における位置を確固なものにしようとつとめたのである。

●摂関家家長としての盛子

基実と盛子の結婚以降、摂関家の家産支配には、盛子の兄弟にあたる宗盛《むねもり》・重衡《しげひら》が基実の家司になるなど、平氏一門が進出していった。基実は忠通から一六〇か所にも及ぶ荘園を受け継いでおり、平氏一門の力を借りることで、こうした家産支配の再編に乗り出したと見ていいだろう。だが、その矢先、不測の事態が起きる。永万《えいまん》二（一一六六）年七月二十六日、基実が二五歳という若さで急死し、弟の基房が後任の摂政となったのである。

基実の異母弟である慈円《じえん》が書いた『愚管抄《ぐかんしょう》』によれば、清盛は基実を聟《むこ》にとって政務に関与しようとしていたのに、基実が急死してしまい、ひどく嘆いたという。ところが、ここに忠通・基実の側近であった藤原邦綱《くにつな》がやって来て、「摂関家の家産は、基実の祖父忠実の時代に初めて一つにまとめられたもので、それ以前はあちこちに分かれていたのだから、必ずしもすべてが現職の摂関に伝えられるべきものではない。基実には妻の盛子や、基通という若君もいるのだから、彼らが家産を受け継いでも何ら非難されるようなことはない」とアドバイスした。これを聞いた清盛は非常に喜び、それに任せて藤原氏の氏長者《うじのちょうじゃ》でもある摂政の基房には、藤原氏の氏寺である興福寺や、それを統制する機関である勧学院《かんがくいん》、氏長者の儀式の財源となる殿下渡領などだけを与え、それ以外の摂関家領と代々の日記や宝物、東三条殿《ひがしさんじょうどの》などの邸宅はすべて盛子に相続させることにしたのである。

盛子による基実遺産の相続は、のちに彼女が若くして亡くなったことを、基実の異母弟兼実が藤原氏の氏神である春日社の神罰によるものだと述べているように（『玉葉《ぎょくよう》』治承《じしょう》三〈一一七九〉年六月十八日条）、後世非常に評判が悪く、これまでの研究でも、平氏が盛子を利用して摂関家から荘園を無理矢理奪ったものとして論じられてきた。

だが、盛子という存在に注目して史料を見直してみると、これとは違った実態が浮かび上がってくる。基実が亡くなった後、摂関家では基実を供養するために様々な追善仏事が執り行われた。そこには基実の母である源信子《さねこ》、異母姉である皇嘉門院聖子《こうかもんいんきよこ》なども参列していたが、盛子は仏事の経営を執り行っており、ここでは「女弟子平氏」と盛子が署名した願文が読まれていた（『兵範記《ひょうはんき》』仁安《にんあん》元年九月七日条）。翌年、盛子は基実の一周忌に合わせ、かつて基実が忠通のために建立した法性寺《ほっしょうじ》新御堂（浄光明院《じょうこうみょういん》）の南東に檜皮葺《ひわだぶき》の御堂を建立し、その落慶供養を行ったが、ここでは聖子や信子のほか、盛子に批判的な兼実までもが布施を送っていた（『兵範記』仁安二年七月二日条）。盛子は単なるお飾りではなく、基実の妻として仏事を主催する立場にあったのである。

しかも、盛子が行っていたのは、夫である基実の仏事だけではなかった。右に述べたように、基実は父忠通の追善のため、法性寺新御堂という寺院を建立し、忠通の命日に行われる仏事はここで行われることになっていたが、基実の没後、この法性寺新御堂も盛子によって管理され、そこでの仏事も、盛子が主催して行われていた。そしてきわめつけは、治承二年、盛子が金泥一切経《きんでいいっさいきょう》を書写し、春日社に奉納したことである（『百錬抄《ひゃくれんしょう》』治承二年七月十五日条）。すべての教典を意味する一切経の書写事業は膨大な時間と労力を要する国家的事業で、これを発願したのは基実の祖父忠実であったという。盛子は忠実が始めた一切経書写事業を受け継ぐ立場にあったのである。

こうしてみると、この時期、盛子は単に摂関家領を相続したというにとどまらず、摂関家の仏事や、代々継承されてきた事業までを受け継いでおり、当時の摂関家においては彼女が中心的な位置にあったと言えるだろう。これまでは基実が没した後、摂関家は基房が継いだのに、平氏が強引に摂関家領を盛子に継承させたと理解されてきたが、実際には、むしろ摂関家そのものが盛子に継承されていたのである。盛子は基実の遺児で将来の後継者である基通の後見となっており、基通へのつなぎとして家長の役割を担ったものと理解される。そもそも、これまでの理解は摂関がイコール家長ということが前提になっていたが、よく考えてみると、前述のように、摂関家では現職摂関の父である大殿が家長である場合が多かった。摂関と家長とはつねにイコールだったわけではないのである。

前述のように、基実は有力な対抗馬としての基房に対して、摂関家内部における地位の強化につとめており、基実の後、盛子が基通の後見として家長の地位を継いだのは、基房の排除を狙ったためだったとみることも可能だろう。基房は摂政になったものの、これでは基房は本命である基通への中継ぎに過ぎなくなる。こうして基実の遺志は岳父《がくふ》である清盛へと受け継がれていったのである。

●盛子と清盛

仁安二（一一六七）年十一月十八日、盛子は高倉天皇の准母《じゅんぼ》として准三后《じゅさんごう》に宣下された。准三后とは、太皇太后《たいこうたいごう》・皇太后・皇后と同様の待遇を与えられることで、関白忠通の妻である藤原宗子《むねこ》などの先例にならったものとは思われるが、これによって盛子は天皇の母代わりとして后妃に準じられる特別な身分を得ることになった。このとき盛子は一二歳、高倉は七歳で、天皇准母も准三后も実態としては意味をなしたとは思えない。だが、当時の清盛はまだ自分の娘を天皇に入内させていないから、盛子が天皇の准母となり、准三后となったということは、清盛や平氏一門にとっては大きな意味を持つものだったと考えていいだろう。盛子は同じ月、白川押小路殿《しらかわおしこうじどの》という邸宅を構えており、以後、彼女は白川殿（白河殿）と呼ばれるようになる。

清盛は聟《むこ》である基実の没後、娘の盛子が摂関家の家長となったことで、思いがけず、摂関家そのものを支配下に置くことになった。後白河院は摂関家を清盛の管理下に置くよう命じる院宣を下しており（『玉葉』治承三年六月十八日条）、基実の子である基通・忠良《ただよし》の元服は、清盛の指示によって行われていた。盛子は家長とはいえ、十歳余りの少女に過ぎなかったから、清盛は事実上の大殿の地位を占めることになったのである。

このことは清盛の貴族社会支配にも大きな影響を与えたと考えられる。先に摂関家は荘園の知行権を介して諸貴族を編成したと述べたが、盛子が荘園を相続したことで、荘園知行を介して摂関家に仕えてきた貴族たちは、そのまま平氏によって編成され、親平氏公卿となっていった。清盛は荘園を介して諸貴族の上に立つ存在となったのである。

そして、注目されるのは、ちょうどこの頃から、清盛の破格な昇進が始まっていることである。基実が没したのと同じ年の十一月十一日、清盛は内大臣に任じられ、翌年二月十一日、太政大臣《だいじょうだいじん》となっているのである。諸大夫出身者が大臣まで昇進したのは前代未聞であった。清盛は太政大臣の職を三か月で辞職し、以後「前大相国《だいしょうこく》」「入道相国」と称されたが、実は藤原道長《みちなが》・頼通《よりみち》・師実《もろざね》・忠実・忠通といった歴代の摂関家大殿たちも同様の称号で呼ばれていた。清盛は嘉応《かおう》二（一一七〇）年、鳥羽院と大殿忠実の例にならって、後白河院と東大寺に下向して受戒《じゅかい》したが、このことは清盛が大殿忠実を自分の先例として認識していたことを物語るものだろう。すでに清盛の大納言任官については、基実と盛子が結婚し、その後見となったこととの関係が指摘されているが、盛子没後は事実上の大殿として摂関家そのものを支配していたのである。清盛の破格な昇進の原因については、現在もなお白河院皇胤説が有力だが、以上から考えると、大殿の立場に相当する地位として太政大臣への任官がなされた可能性も高いのではないだろうか。

このように考えると、清盛にとって盛子や彼女を介した摂関家支配とは、これまで考えられてきた以上に大きなものであったと言わなければなるまい。だが、清盛にとってはまたもや不測の事態が発生する。治承三年六月十七日、盛子が白河押小路殿で没したのである。二四歳という若さであった。

清盛は盛子を通して摂関家を支配していたから、彼女の死は清盛と摂関家との関係を不安定なものにした。盛子が没すると、後白河院は彼女の所領を基通に与えず、高倉天皇の沙汰とし、「白川殿倉預」を交替させた（『玉葉』治承三年十一月十五日条）。また、同じ年の十月九日、関白基房の嫡子でわずか八歳の師家《もろいえ》が二〇歳の右中将《うちゅうじょう》基通を飛び越して権中納言に任じられた。これらはすべて関白基房が後白河院と結んで行ったことで、摂関家領もゆくゆくは基房に継承されることになっていたらしい。基通への中継ぎの摂関とみられていた基房は、盛子の死という間隙を突いて、摂関家嫡流の地位を狙って動き出したのである。

だが、摂関家支配がきわめて重要なものであった以上、清盛もこのような事態を黙って見過ごすわけにはいかなかった。同年十一月十五日、清盛は福原から数千の軍勢を率いて上洛し、後白河院を鳥羽殿に幽閉して、十七日には関白基房を解官《げかん》したのである。基房は翌日には大宰権帥《だざいごんのそち》に任じられ、大宰府《だざいふ》への配流《はいる》が決まったが、二十二日には出家して福原に送られ、改めて備前国《びぜんのくに》へ配流されることとなった。

●完子と基通

基房が更迭された後、後任の関白に任じられたのは二〇歳の基通であった。清盛はかたち上、若い基通に摂関家を継承させ、引き続き事実上の大殿として実権を掌握したのである。基通は盛子の実子ではなかったが、盛子とは養子縁組を結んでおり、さらに盛子の妹を正妻として迎えていた。この正妻というのが完子である。彼女は『源平盛衰記《げんぺいじょうすいき》』巻第二（清盛息女事）によれば、清盛の五女とされ、大変な美人で、水晶の玉を薄衣に包んだように衣服が透き通って見えたため、清盛からも基通からも「衣通姫《そとおりひめ》」と呼ばれていたという。完子と基通が結婚した時期は不明だが、基通が関白になる二年ほど前の治承元（一一七七）年六月九日、彼女は基通との間に男子（不明）をもうけており（『玉葉』同日条）、結婚はこれ以前に行われていたものと思われる。基通が関白になると、彼女も家政を行う政所が設置され、兄の重衡や従兄の経正《つねまさ》ら平氏一門が家司に任じられて、北政所《きたのまんどころ》と称されるようになったのである（『山槐記《さんかいき》』治承三年十二月十七日条）。

ちなみに彼女の実名について、室町時代初期に編纂された系図集である『尊卑分脈《そんぴぶんみゃく》』には「〆子」とあるのみである。一方、『続群書類従《ぞくぐんしょるいじゅう》』巻第一〇八の「平氏系図」には「寛子」とあり、これを採用している研究も多いようである。だが、寿永《じゅえい》二（一一八三）年二月二十一日、安徳《あんとく》天皇が後白河院の法住寺殿《ほうじゅうじどの》に朝覲行幸《ちょうきんぎょうこう》を行ったときの行幸の賞として、彼女は従三位《じゅさんみ》に叙されており、このことについて記した記録には「完子」とあるから（『玉葉』『吉記』同日条）、「完子」というのが正確なようである。「寛」の草書体は「完」と似ているから、「寛子」は「完子」の写し間違いなのではないだろうか。

治承四年二月、清盛は娘徳子の産んだ安徳天皇をわずか三歳で即位させ、天皇の外祖父となった。このとき幼帝の権限を代行する摂政となったのは、清盛が後見する基通であり、これによって清盛は完全に王権を掌握したと言ってよい。しかし、この体制は、一見完全のように見えながら、実は致命的な欠陥を持っていた。基通は基実の嫡子であるが、幼くして父を失ったため、父から儀式故実を伝えられておらず、右中将から突然関白に任じられたので、経験も明らかに不足していた。本来ならば、ここで父である大殿が関白の職務を後見するところなのだが、当然ながら清盛は摂関家の出身ではない。彼は摂関家の故実・先例を知らないから、基通に対して摂関としての経験や儀式作法を伝えたり、職務を後見したりできず、本当の意味での大殿の代わりになり得なかったのである。基通は貴族たちから「和漢の事を知らず」と罵られる始末で（『玉葉』治承五年三月二十日条）、摂関としての正当性には終始疑問符が付いてまわることになった。

そして、このことは清盛の政権自体にも、よくない影響を与えていく。治承四年五月、以仁王《もちひとおう》の謀反が発覚し、彼は園城寺《おんじょうじ》へ逃げ込んで挙兵したが、これに興福寺が呼応する構えをみせたのである。藤原氏の氏寺である興福寺は藤氏長者である基房の流罪を受け、清盛への反発を強めていたというが、現職の藤氏長者は基通である。このことは基通が本来興福寺を藤氏長者として統制すべきなのに、まったくそれができていなかったことを露呈したといえるだろう。摂関・藤氏長者としての正当性に問題のある基通は興福寺の寺僧たちの支持を得ることができなかったのである。

以仁王の乱は平氏の官軍によってすぐさま鎮圧されたが、その後も清盛は藤原氏の氏寺である興福寺には手が付けられず、興福寺は入洛の構えをみせて政権を脅かしつづけた。これに対し、清盛は治承四年十二月、ついに五男重衡の軍勢を南都へ派遣して興福寺を攻撃し、軍事力をもって興福寺を屈服させた。だが、このとき、興福寺・東大寺の堂舎・伽藍《がらん》のほか、東大寺大仏までが焼失し、多くの人々の非難を買ってしまう。清盛は翌年閏《うるう》二月、八条河原の平盛国《もりくに》邸で死去したが、その死因となった熱病は東大寺大仏を焼いた仏罰と言われた。興福寺との対立は清盛を最期まで苦しめることになったのである。

では、その後、基通と完子はどうなったのだろう。寿永二（一一八三）年五月、北陸で平氏の官軍に大勝した木曾義仲《きそよしなか》の軍勢は七月、近江《おうみ》の反平氏勢力と結んで京都に迫り、宗盛を棟梁《とうりょう》とする平氏一門は安徳天皇を奉じて西国に下った。このとき、基通も完子も平氏一門に同道したのだが、この直後、二人の運命は大きく分かれていく。基通は最初平氏に従っていたのだが、途中で向きを変えて京都へ戻ってしまった。この直前から、基通は盛子の女房であった冷泉局を仲介者として後白河院と連絡を取り合っており、後白河院は平氏都落ちの情報も基通から前もって知らされていたという。平氏都落ち後、基房や弟の兼実は基通の次の関白に名乗りを上げ始めていたが、基通のおかげで平氏に連行されることを免れた後白河院は基通を寵愛し、彼を関白の任に留めたのである。

一方、完子は一門に従って西国へと下っていった。『源平盛衰記』巻第三十二（福原管絃《かんげん》講事《こう》）によれば、平氏一門は途中福原に立ち寄り、御所にて管弦講を催したが、そこで完子は琵琶の役をつとめたとされる。彼女は摂関家の一員であり、時期は不明ながら准三后の待遇も得ていたというから、安徳天皇を擁する平氏の政権内部では、安徳を補佐し、一門の権威を高める重要な役割を担ったものと考えていいだろう。だが、元暦《げんりゃく》二（一一八五）年三月二十四日、平氏軍は源義経《よしつね》率いる追討軍との最後の一戦である壇ノ浦《だんのうら》合戦で敗北を喫し、安徳や平氏一門の多くが入水した。このとき、完子も入水をはかったものの、周囲の者に取り押さえられ、結局、安徳生母である姉徳子らとともに捕らえられ、都に送られたらしい（『延慶本《えんきょうぼん》平家物語』）。その後の消息は不明だが、夫基通は建久《けんきゅう》二（一一九一）年、完子の産んだ男子ではなく、源顕信《あきのぶ》の娘の産んだ家実《いえざね》を嫡子として元服させているから、彼女が基通のもとに帰っても居場所はなかったと思われる。彼女の存在は平氏の栄華とともにひっそりと忘れ去られていったのである。

（樋口健太郎）

【参考文献】
岩田慎平『平清盛―乱世に挑戦した男』（新人物往来社、二〇一一年）
川合康『日本中世の歴史3 源平の内乱と公武政権』（吉川弘文館、二〇〇九年）
川端新『荘園制成立史の研究』（思文閣出版、二〇〇〇年）
河内祥輔『日本中世の朝廷・幕府体制』（吉川弘文館、二〇〇七年）
五味文彦『平清盛』（人物叢書、吉川弘文館、一九九九年）

髙橋昌明『平清盛 福原の夢』(講談社選書メチエ、二〇〇七年)
髙橋昌明「平家都落ちの諸相」(『文化史学』六五号、二〇一〇年)
佐々木宗雄『平安時代国制史研究』(校倉書房、二〇〇一年)
田中文英『平氏政権の研究』(思文閣出版、一九九四年)
角田文衞『平家後抄(上・下)』(朝日新聞社、一九七八年)
樋口健太郎『中世摂関家の家と権力』(校倉書房、二〇一一年)
樋口健太郎「白河院政期の王家と摂関家—王家の「自立」再考—」(『歴史評論』七三六号、二〇一一年)
樋口健太郎「藤原忠通と基実—院政期摂関家のアンカー—」(元木泰雄編『中世の人物第一巻保元・平治の乱と平氏の栄華』清文堂出版、二〇一三年)
元木泰雄『院政期政治史研究』(思文閣出版、一九九六年)
元木泰雄『平清盛の闘い——幻の中世国家』(角川書店、二〇〇一年)
元木泰雄『保元・平治の乱を読みなおす』(日本放送出版協会、二〇〇四年)

2 平重盛《しげもり》の妻・重衡《しげひら》の妻——平氏一門と結婚した女性たち——

●平家一門の女性たち

平清盛の娘たちは天皇や摂政・関白、公卿クラスの男性の正室になっている。建礼門院《けんれいもんいん》を除くほとんどの姉妹は都落ちに同行せず、一門の滅亡後も公卿の妻としての暮らしを続けた。無論平家の滅亡が彼女達の生活に影響を与えなかったはずはないが、貴族の妻・母としての地位が激変することはなく、帰京後の建礼門院の生活を支えるゆとりもあった。鎌倉時代、西園寺《さいおんじ》実氏《さねうじ》と結婚して娘二人を後深草《ごふかくさ》・亀山《かめやま》両天皇の中宮とし、百歳の長寿を保った北山《きたやまの》准后《じゅんこう》藤原貞子《さだこ》の祖母も清盛の娘である。角田文衞氏が指摘したように（『平家後抄』）、平家の男系は滅びたが、女系を通してその血は宮廷社会に生き延びたのである。滅亡したのは清盛とその一門のイエであった。では平家という一門の男性と結婚しイエの一員となった女性はどのような生涯を送り、平家の滅亡は彼女達にどのような影響を及ぼしたのだろうか。彼女たちについては断片的な史料しか残されていないが、ここでは清盛の長男平重盛（一一三八〜一一七九）と、二〇歳近く年下の異母弟重衡《しげひら》（一一五七〜一一八五）の妻の二人について見ていきたい。

●平重盛の妻―藤原家成女《いえなりのむすめ》経子《つねこ》

嘉応《かおう》元（一一六九年）年十一月二十五日、冬晴れの日に、京都・東山の麓――六波羅にある前大納言平重盛邸から、八十島祭《やそしままつり》に向かう華やかな行列が難波津《なにわ》に向け出発した。この行列の主は藤原経子、重盛の妻で時の天皇（高倉《たかくら》天皇）の乳母《めのと》、十月二十五日には典侍《ないしのすけ》となった人である。行列は経子の車を中心に、紫匂い（濃淡のぼかし、グラデーション）の衣装を御簾《みす》の裾から出した女房の車や童女の車、車脇には蘇《す》芳色《おういろ》の袴に黄色の上着の従者たち、前後には晴れの衣装に身を包んだ平家一門や親しい貴族たちが騎馬で従い、検非違使《けびいし》や平家の従者の武士がそれに続くという、主要なメンバーだけでも総勢七〇人余りに及ぶものである。六波羅から南下した行列は後白河《ごしらかわ》法皇とその后建春門院《けんしゅんもんいん》が見物する七条殿（現在の三十三間堂付近）の桟敷の前を通り、鴨川を渡って七条大路を緩やかに進み、沿道には現代の葵祭や時代祭を見る人々のように、多くの人々が群がって見物していた。後の左大臣三条実房《さんじょうさねふさ》も、六条東洞院《ひがしのとういん》付近で日暮れまで見物していたらしい。

八十島祭は天皇即位の翌年に天皇の衣を持った使が難波津に出向き、そこで国土再生の力を移して持ち帰った衣を新天皇が身につける儀式とされる。この祭はすでに七世紀以前に成立していたと考えられているが、記録に見える最初は文徳《もんとく》天皇の嘉祥《かしょう》三（八五〇）年である。十世紀以後この祭に関する記録が多くなり、それらによると使に宛てられるのは天皇側近の女官――主に典侍であった。十二世紀には新天皇の乳母でもある典侍が選ばれている。経子も高倉天皇が誕生したときからの乳母であった。のちに述べるように、当時の社会では乳母の一族とその養い子（養君）の結び付きが非常に強く、養君が天皇になることは乳母一族にとって自らの昇進・権力拡大を意味していた。この行列は重盛・経子夫婦、その父清盛を中心とした平家一門が、新天皇のもとで権力を強化していくことを社会に示す華麗なデモンストレーションであったのである。

　では藤原経子は、この頃何歳くらいで、どのような生涯を送っていたのだろうか。残念ながら彼女がいつ生まれいつ亡くなったのか，それを直接知ることはできない。断片的な情報から推測するだけである。

　彼女の父は中納言藤原家成（一一〇七～一一五四）である。家成の一族は、摂関期には各地の受領《ずりょう》を歴任する中下級貴族であった。しかし十一世紀半ば、彼の曾祖母にあたる藤原親子《ちかこ》が白河院《しらかわいん》の乳母となったことで子孫の地位は飛躍的に上昇する。親子の子顕季《あきすえ》は院の乳母子として初めて正三位にまで昇り、上級貴族である公卿に仲間入りした。家成自身も鳥羽院《とばいん》の近臣となり、受領を歴任して院に財政的な奉仕を行い、鳥羽院の寵愛を受けて近衛《このえ》天皇を産んだ美福門院《びふくもんいん》が従姉妹《いとこ》にあたることもあって、参議から中納言まで昇っている。一方清盛の父忠盛《ただもり》は、かつて家成に仕えていた。『平家物語』では鹿ケ谷《ししがたに》の陰謀事件で清盛の前に引き出された西光《さいこう》法師が、「（清盛は）一四、五歳まで出仕もせず故中御門《なかみかど》中納言家成卿の家に出入りしていたのを，京童たちが（高足駄《たかあしだ》を履いた）高平太と呼んで（笑って）いたではないか」と嘲っている（巻二「西光被斬」）。家成は仁平《にんぴょう》四（一一五四）年五月、病のため出家し、同月二十九日に四八歳で亡くなった。平信範《のぶのり》は日記『兵範記《ひょうはんき》』の中で、彼を「所帯第一の中納言」と記している。家成の一門は院の近臣として、十一世紀に確立した摂関家を頂点とする貴族社会の秩序を破壊する形で台頭してきた。この点で一世代後の清盛一門と共通する側面を持っている。

彼女の母については、まったく情報がない。ただし彼女の兄弟、一一二七年生まれの隆季《たかすえ》と二八年生まれの家明の母が高階宗章《たかしなのむねあき》の娘、重盛と同じ一一三八年に生まれた成親《なりちか》（鹿ケ谷事件で配流された人物である）とその弟家政《いえまさ》、盛頼《もりより》らの母が中納言藤原経忠《つねただ》の娘であることはわかっている。彼女の母がこの二人の女性のどちらかなのか、または別の人であるかははっきりしない。ただ、家成の最初の妻が高階宗章の娘であることは興味深い。彼女の夫平重盛の母も高階氏（高階基章《もとあき》の娘）であり、宗章と基章は兄弟（または義兄弟）だからである。角田文衞氏は「平重盛の生母」の中で、この時代の高階氏が院の近臣として隠然たる勢力を持ち、清盛は高階氏との婚姻で院近臣との連携をはかったと見ている。重盛と経子の婚姻も、家成と忠盛・清盛父子、高階氏を介しての院近臣グループなど、重層的な関係の中で、結ばれたのであろう。

彼女はいつ頃結婚したのだろうか。彼女の名が最初に見えるのは仁安《にんあん》元（一一六六）年十月、六歳の憲《のり》仁《ひと》親王（高倉天皇）の立太子にともなう人事記録である。この時彼女はすでに重盛卿室（妻）皇太子の乳母（東宮大夫は清盛）と記されている。彼女は儀式に向かう皇太子の車に乳母として同乗しており、幼時から世話をしてきたことをうかがわせる。通常乳母は子どもの誕生とともに付けられるから、彼女の場合も応保《おうほ》元（一一六一）年九月の憲仁誕生時に乳母になった可能性が強い。また当時の乳母は必ずしも自ら授乳する必要はなかったが、未婚の少女が乳母になることは考えられない。乳母の役割はあくまでも養育であり、乳母本人だけではなく乳母の夫（乳母夫《めのと》）と一体になって行うものであったからである。いわば養君の、一家への取り込みである。とすると一一六一年頃彼女はすでに結婚しており、平家と関係が深い親王誕生に期待した一門の期待を背負って、乳母となったのではないだろうか。

『尊卑分脈《そんぴぶんみゃく》』によると、重盛には長男惟盛《これもり》、次男資盛《すけもり》以下一一人の男子と二人の女子がいた。このうち一一五八年生まれの長男惟盛《これもり》、一一六一年生まれの次男資盛の母は経子ではない。それに対して一一六三年生まれの三男清経《きよつね》以下四人の母は経子とされている。彼女の結婚は、一一六一年の憲仁親王誕生の直前頃と考えたらよいのではないだろうか。

その後の経子は、私生活では四人以上の子を産み育てるとともに、憲仁親王の即位後は天皇の乳母として従五位上典侍《ないしのすけ》（女房名、大納言）の地位についた。最初に見た天皇即位に伴う八十島祭の使の頃は、彼女の生涯の中でももっとも華やかで幸せな時期だったのではないだろうか。

彼女の夫重盛は、清盛の嫡子として内大臣左大将にまで昇ったが体が弱かった。高倉天皇の母建春門院が亡くなって半年後の治承《じしょう》元（一一七七）年五月、清盛に反感を持つ院の近臣たちによる「陰謀」が発覚した。女院の死後、清盛と親しい天台座主《てんだいざす》明雲《みょううん》と後白河院の対立、山門内部での座主と大衆の対立に対処する過程で、清盛と院の関係にも微妙な変化が生まれていた。こうした時期に起こったこの事件の参加者に対して、清盛は死刑を含む厳しい態度で臨んだが、経子の兄弟成親《なりちか》も首謀者の一人として厳罰に処せられた。成親は以前にも様々な事件に関与した経歴の持ち主で、重盛の力で厳しい措置を免れていた。このときも重盛は成親父子の処分を軽減しようとしたが、かえって院と父清盛の板ばさみとなり、成親は流刑先で殺害された。その後、平家をとりまく状況が次第に厳しくなる中で重盛の体調は次第に悪化し、治承三

（一一七九）年二月頃からは病勢が進み、三月十一日には内大臣の辞表を提出、五月二十五日に出家、七月二十九日に亡くなった。彼女も夫の死に伴って典侍の職を解かれたはずである。高倉天皇の中宮建礼門院に仕えた右京大夫《うきょうのたいふ》の『建礼門院右京大夫集』には、右京大夫が彼女と交わした弔問歌が見える。

彼女が喪に服している間にも世の中は移る。治承四（一一八〇）年には高倉天皇が二歳の安徳《あんとく》天皇に譲位し、内裏には安徳天皇の女房が入った。しかし各地で反平氏の暴動が起こる中で、翌年初頭には高倉院、次いで清盛が亡くなり、寿永《じゅえい》二（一一八三）年七月には木曽義仲《きそよしなか》軍に追われた平家一門が天皇を擁して都落ちをするという事態にまで発展した。重盛の男子たち（小松殿一門）も行動をともにしたが、安徳天皇を擁し平家の中枢を占める二位尼時子《にいのあまときこ》の子どもたちからは孤立しがちであったらしい。彼女の最初の子清経は前途に絶望し、同年平家が大宰府《だざいふ》に着いて間もなく、豊前《ぶぜん》国柳が浦で入水自殺した。『平家物語』には月の夜に船を浮かべて笛を吹き、念仏して入水した二一歳の公達《きんだち》の最後が、哀悼をこめて描かれている。これをはじめとして一の谷合戦では一四歳（『平家物語』）の師盛《もろもり》が討たれて首を都でさらされ、惟盛は熊野で入水、有盛《ありもり》は壇ノ浦《だんのうら》で異母兄資盛と手を取り合って入水するなど、彼女の子どもたちも次々に亡くなっていった。平家の都落ちのとき、彼女が八十島祭に出発した重盛の六波羅第も、一門の手で焼き払われた。彼女の子とされる四人目の忠房《ただふさ》も、この年十二月に六波羅に出頭し捕らえられた（『吾妻鏡《あづまかがみ》』同年十二月十七日）。彼女はおそらく夫や高倉院の死を契機に出家し、都のどこかにいたのではないかと思われるが、その消息は不明である。ただ初めに触れた北山准后の祖母（清盛の娘）の結婚相手が、ほかでもない彼女の甥（長兄隆季の子）であり、こうした親族の支えの中で生きたのではないか。

最後に、重盛が亡くなった秋、右京大夫の弔問に答えて彼女が詠んだ歌を紹介しよう。

おとづる、しぐれは袖にあらそひてなくなくあかす夜半《よは》ぞかなしき

みがきこしたまの夜床《よどこ》に塵《ちり》つみて古き枕をみるぞかなしき

●平重衡の妻―藤原輔子《すけこ》

京都山科《やましな》盆地の東の山裾に沿って、近江《おうみ》から奈良に向かう街道が走っている。街道沿いには醍醐《だいご》天皇ゆかりの広大な醍醐寺があり、その南二キロメートルの所には平安後期の阿弥陀如来で有名な日野法界寺《ひのほうかいじ》がある。現在、この法界寺から北に向かって数百メートルの所に小さな公園があり、低い石段の上に元の場所から移された五輪塔が立っている。これが南都焼き討ちの責めを負わされ、木津川の辺で処刑された平重衡の供養塔と伝えられているものである。重衡の処刑後、その遺体を引き取ってこの地で荼毘《だび》に付したのは、重衡の妻藤原輔子であった。

藤原輔子は二歳の安徳天皇の乳母として華々しく登場し、わずか五年後には平家滅亡の悲劇を身をもって味わった人物である。彼女は権大納言藤原邦綱《くにつな》（一一二二～一一八一）の娘として誕生した。『尊卑分脈』によると、母は二人の姉と同じ壱岐守公俊《いきのかみきみとし》女《のむすめ》である。

藤原（九条）兼実《かねざね》はその日記『玉葉《ぎょくよう》』の治承五（一一八一）年閏《うるう》二月二十三日条に邦綱が没したことを記した上で、おおよそ次のような評を加えている。

邦綱卿は卑賤《ひせん》の出身ではあったが広い心を持ち、人々は彼の身の処し方に倣《なら》って生きてきた。だか

ら彼の死を惜しまない人はいない。しかし清盛が藤原氏を滅ぼしたことにはこの人の関与が大きかったから、神罰が下ったのであろう。

いかにも摂関家出身の右大臣らしい感想である。

邦綱は紫式部の兄弟惟規《これのり》の玄孫（ひ孫の子）であり、兼実の言うように父の代までは受領クラスの下級貴族に過ぎなかった。彼も蔵人所《くろうどどころ》の雑色《ぞうしき》から出発するが、保元《ほうげん》の乱後関白忠通《ただみち》や後白河院に奉仕することで力を伸ばし、幼少の六条《ろくじょう》天皇の下で参議になった。その後憲仁親王が皇太子となると、大夫清盛の下で東宮権大夫《ごんのたいふ》となって清盛との結び付きを強め、高倉天皇の即位後は権中納言から正二位権大納言にまで到達した。また、彼は非常な財産家で正親町《おおぎまち》や五条東洞院など京の各地に邸宅を持ち、高倉天皇は皇太子時代からしばしば彼の邸宅に滞在している。こうした彼と天皇の親密な関係の陰には、天皇の乳母をつとめた娘たちの力があった。『尊卑分脈』には彼の娘四人が実名で記されているが、これはきわめて稀《まれ》な例である。普通この時代の女性は通称しかもたず、皇女やキサキ・高位の女官になって天皇から位を与えられたときに、初めて実名が付けられた。彼の娘全員が実名で記されていることは、全員が高位の女官――とくに乳母だったからである。

四人の娘のうち成子《なりこ》は女房名を大夫典侍と言い、参議藤原（葉室）成頼《なりより》と結婚し、六条天皇の乳母・従三位典侍となった。六条天皇の八十島祭の使は彼女がつとめている。次の邦子《くにこ》は女房名別当三位、高倉天皇の乳母・従三位典侍である。彼女は先に見た藤原経子の同僚で、高倉天皇の即位時には経子とともに禁《きん》色《じき》（身分に応じて禁止された衣服の色や模様、天皇の許可がないと着られなかった）を許されている。三女が重衡の妻の輔子、四女の綱子《つなこ》は清盛の娘建礼門院の乳母であった。邦綱は歴代天皇の乳母に送り込んだ娘たちを通じて、権力の永続的な保証を得ようとしていたのである。

輔子の夫重衡は一一五七年（『公卿補任《くぎょうぶにん》』からの逆算）、清盛の五男として誕生した。母は二位尼時子、同母兄に宗盛《むねもり》と知盛《とももり》がいる。彼の少年期は、清盛の権力が急速に拡大する時期である。彼自身もわずか六歳で従五位下の位を与えられ、承安《しょうあん》二（一一七二）年姉妹の徳子《とくこ》が中宮になると一六歳で中宮亮《ちゅうぐうのすけ》となった。治承二（一一七八）年十一月十二日待望の皇子（安徳天皇）が誕生したときも、中宮の側近くで奉仕している。建礼門院の女房の右京大夫が記すこの時代の重衡は、中宮の兄弟らしく女房を笑わせたり脅かしたりする冗談好きな屈託のない青年であった。重衡と輔子の結婚時期はわからないが、皇子誕生頃にはすでに結婚していた。また輔子がどこで暮らしていたかも不明であるが、女房名五条から考えると、父邦綱の屋敷の一つで、高倉天皇が中宮・皇太子とともに行幸しそこで安徳天皇に譲位した五条東洞院邸の可能性もある。

中宮の皇子誕生は、建春門院の死後、後白河院及びその近臣たちとの関係に亀裂が入り始めた平家一門にとって、権力強化のための絶好の機会であり、皇子の周辺を一門で独占する体制をとった。皇子誕生に関する様々な祈りは二位尼の主導で行われ、乳母には宗盛の妻（平時忠《ときただ》・時子の妹）が予定されていた。しかし彼女は難産のため七月になくなってしまったので、時忠の妻洞院局《とういんのつぼね》（藤原領子《むねこ》、後の帥局《そちのつぼね》）が乳母の役割を果たし、授乳には時子の女房があたった。輔子は姉たちが乳母の役割を果たすのを見て育っていたであろうがおそらくまだ若く、生涯子どもを産まなかったから、乳母見習い程度の役割であったのではないか。誕生した皇子はすぐに皇太子に立てられ、治承四（一一八〇）年三月に三歳（満一歳四か月）で即位した。安徳天皇が即位すると重衡は新天皇の蔵人頭となり、妻の輔子は天皇の乳母となって、文字通り二人で天皇を支える体制が出来上がった。輔子は位こそ従五位上であったが典侍となり、女房名もそれまでの五条から大納言局という重みのある名に変わった。

このように宮廷の人々にとっては一見従来と変わらず機能しているように見えた社会も、そこを一歩でると地震や大火事、飢饉によって疲弊し、河原には大量の餓死者があふれている地獄絵の世界であり、さらに五月に起こった以仁王《もちひとおう》の反乱以後は、各地で反平家の武装蜂起が頻発するようになった。重衡は将軍として各地へ派遣され、年末には南都の僧兵との戦いで東大寺・興福寺の炎上をまねき、大仏も焼け落ちた。輔子も安徳天皇とともに清盛の新都福原と京を行き来する生活が始まった。しかし状況は悪化の一途をたどり、平氏は各地で戦いに敗れた。当時の日記には様々な噂《うわさ》が飛び交う中で京の戦場化を恐れ、家族や財産の避難に走り回る人々の姿が記されている。

寿永《じゅえい》二（一一八三）年七月二十五日、木曽義仲の軍勢が都に迫る中で、平家一門は安徳天皇を擁し都を棄てて西へ奔《はし》った。『山槐記《さんかいき》』によると、天皇の車には天皇のシンボルである剣璽《けんじ》のほか、乳母二人と按察局《あぜちのつぼね》それに御乳人《おちのひと》が同乗した。平時忠は内侍所《ないしどころ》（鏡）その他代々の天皇が伝えてきた宝物を携え、建礼門院と母二位尼、奉仕する女房達も加わっての旅である。以後二年間、後白河院によって朝敵とされた平氏は瀬戸内の各地を転々としながら戦い、遂に元暦《げんりゃく》二（文治元、一一八五）年三月二十四日、長門《ながと》国壇ノ浦で最後のときを迎えた。

輔子の夫重衡は寿永三（一一八四）年二月、一の谷の戦いで生け捕りになり、都に護送された。都ではすでに後白河院の主導で安徳天皇の異母弟後鳥羽《ごとば》天皇が即位していたが、シンボルをもたないまま即位した天皇には正統性への疑問が付きまとった。神器を取り戻そうとする後白河院は、重衡に手紙を書かせ和睦の交渉を行ったが、後白河院と関白、平家、関東を制圧した頼朝それぞれの思惑の違いから決裂し、重衡は鎌倉へ護送された。こうした動きは安徳天皇の傍らにいる輔子にも伝えられたであろう。鎌倉での重衡は囚人とはいえ、丁重に扱われていた様子が『吾妻鏡』から窺える。

壇ノ浦で平家が敗北したとき、安徳天皇を抱いた二位尼や建礼門院、宗盛や資盛ら多くの武将は海に身を投げた。『平家物語』によると、輔子は内侍所の唐櫃《からびつ》を抱えて海に飛び込もうとしたところを、源氏の武士の矢で袴の裾を船端《ふなばた》に射付けられ手間取るうちに捕らえられた。『吾妻鏡』四月十一日条に見える西海からの飛脚の情報にも、生き残った女房として彼女の名が見える。その後彼女は建礼門院とともに京へ護送され、四月末に都に到着した。このとき都に送られた女性は『平家物語』によると女院以下四三人、その中には輔子のほか、時忠の妻で安徳天皇の乳母であった帥佐や知盛の妻治部《じぶ》卿局《きょうのつぼね》が含まれている。『玉葉』によると、貴族たちは建礼門院を武士に渡し罪に問うか検討したらしい。しかし「古来女房の罪科は聞かざること」だから、片山里にでも住まわせればよいと結論した（四月二十二日条）。敗者の女性たちに対する冷たさ・無関心がうかがえる。都に帰った建礼門院は五月二日に出家、輔子はとりあえず姉大夫三位（成子）の日野の宅に身を寄せていた。六月二十二日には生け捕り後近江の篠原《しのはら》で処刑された前内大臣宗盛の首が京に届けられ、都大路を渡された。吉田経房《よしだつねふさ》はその日記『吉記《きっき》』の中で、「希代の珍事」という言葉で、大臣の首が渡される世の中への感慨を記している。

平家敗北の処理が進む中で、頼朝のもとにいた重衡は南都炎上の責任者として、身柄を南都の僧（大衆）に引き渡されることになった。『平家物語』には大津から奈良に向かった重衡が警固の武士に頼み、密かに妻輔子と会う場面がある。久しぶりに輔子が見た重衡は痩せて色が黒くなり、粗末な衣装に身を包んでいた。輔子は用意した衣装に着替えさせて積もる話をし、形見となる歌を詠み交わした。

〈重衡の歌〉　せきかねて涙のかかるからころも後のかたみにぬぎぞかへぬる

〈輔子の歌〉　ぬぎかへる衣もいまはなにかせんけふをかぎりのかたみとおもへば

六月二十三日重衡は奈良に送られ、南都の僧たちの詮議を受けた後、一説によると木津川のあたりで処刑された。『平家物語』によれば、首を除く遺体は輔子が引き取り日野で火葬、骨を高野に送り、日野には供養の墓を作った。それが最初に触れた供養塔である。その後出家した輔子は、建礼門院が大原に入ると、彼女に従って大原に移り住んだらしい。『平家物語』は建礼門院に仕える尼僧の一人を大納言佐と記し、後白河法皇の「大原御幸《おおはらごこう》」のときにも、女院に付き添っていたと書いている。彼女がいつ亡くなったかは定かではない。

最初に記したように、建礼門院を除いて、公卿と結婚した清盛の娘たちのほとんどは平家の都落ちにも同行しなかった。イエの枠からは一歩離れていたのである。これに対して、平家の男性と結婚した女性は、生まれは文人貴族であるが軍事貴族である夫のイエ（平家）に取り込まれ、一門が擁立する帝に仕え、そのため都落ちにも同行することになった。敗北による犠牲も比較にならないほど大きかったのである。経子と輔子は、平家というイエの中で生きた女性の姿を示している。

（西野悠紀子）

【参考文献】
角田文衞『王朝の残影』（東京堂出版一九九二年）
角田文衞『平家後抄―落日後の平家』（朝日新聞社、一九七八年〈講談社学術文庫所収〉）
総合女性史研究会『時代を生きた女たち―新・日本女性通史』（朝日新聞社、二〇一〇年）

3　祇園女御《ぎおんのにょうご》とその妹——清盛の実母は誰か——

●清盛出生の謎

清盛の母については、確実な史料が残っていない。同時代の貴族の日記はもちろん、公卿《くぎょう》の職員録である『公卿補任《ぶにん》』、室町時代初期に成立した系図集『尊卑分脈《そんぴぶんみゃく》』に至っても、彼女に関する記述は何もないのである。

とはいえ、一般的には、清盛の実母として祇園女御の名が知られている。流布本の『平家物語』によれば、祇園女御は白河院《しらかわいん》の寵愛《ちょうあい》する女性の一人であったが、平忠盛《ただもり》に与えられて妻となった。しかし、彼女はこのときすでに院の子を身ごもっており、院は生まれた子が女の子ならば自分の子に、男の子ならば忠盛の子にして弓矢を取らせるようにと命じた。すると、生まれたのは男の子で、白河院の命に従って忠盛の子として育てられたが、この子こそ清盛であったというのである。

だが、本当にこのような事実はあったのだろうか。清盛が白河院の落胤《らくいん》であったという話は同時代の記録にはまったく見えず、このことから虚説に過ぎないとする説もある。だが、一方で清盛の異常な昇進などを根拠に事実とみる説も有力で、真相は依然藪の中である。しかし、いずれにしても祇園女御という女性が実在したことは事実で、確かに彼女は平氏一門とも深い関係を持っていた。そこで、ここでは祇園女御を中心に、清盛の実母と出生の謎について考えてみたい。

●祇園女御とは何者か

祇園女御の名が初めて記録に登場するのは、長治《ちょうじ》二（一一〇五）年十月二十六日のことである。藤原宗《むね》忠《ただ》という貴族の日記『中右記《ちゅうゆうき》』は、この日、「院の女御」と称する女が祇園社の辰巳《たつみ》の角に仏堂を建立したと伝えている。この仏堂の中には本尊として丈六《じょうろく》の阿弥陀仏が安置されたほか、堂内は一面に金銀や珠玉で飾られるなど、大変豪華なものであったという。また、落慶供養として行われた真言供養は、天下の耳目を驚かせるビッグイベントであった。東寺《とうじ》のトップである長者範俊《はんしゅん》が導師《どうし》（儀式を執り行う僧）をつとめ、讃衆《さんしゅ》（讃偈《さんげ》と呼ばれる仏を褒め称える詩を唱える僧）が二〇名集められたほか、公卿が五人、院殿上《てんじょう》人《びと》は全員が参列したのである。この主催者について宗忠は「院の女御」と記すのみだが、実は関白藤原忠《ただ》実《ざね》の同じ日の日記には「世間では彼女のことを祇園女御と言っている」とある（『殿暦《でんりゃく》』）。おそらく「祇園女御」という名は、この仏堂にちなむのであろう。だとすれば、彼女はこのとき「祇園女御」として初めて世間に姿を現したことになる。

祇園女御が公卿や院殿上人までを動かし、盛大なイベントを執り行うことができたのは、もちろん彼女個人の実力ではあり得ない。彼女がこのようなことができたのは、彼女が「院の女御」と呼ばれる存在だったからであり、祇園堂供養の有様は、院の彼女に対する寵愛の大きさを物語るものといっていい。祇園堂供養について、宗忠は「過差《かさ》」として批判的に記しているが、「過差」とは本来的には禁制の対象であり、そのような「過差」を行い得たこと自体、彼女が禁制から超越した特別な女性であったことを示している。

では、彼女がこのような院の寵愛を得るようになったのはいつ頃であり、それはなぜなのだろう。その具体的な時期は不明とせざるを得ないが、『今鏡《いまかがみ》』によれば、彼女は藤原公実《きんざね》の娘である璋子《たまこ》（のちの鳥羽《とば》天皇中宮、待賢門院《たいけんもんいん》）を養女に迎え育てていたという。璋子は康和《こうわ》三（一一〇一）年の出生であるが、公実は白河の外戚《がいせき》一族で、女御が公実の娘を養女としたというのは、院との関係なしには考えにくいから、彼女が院の寵愛を得るようになった時期も璋子誕生以前ということになる。

白河院は、もともと源顕房《あきふさ》の娘で関白藤原師実《もろざね》の養女であった賢子《けんし》を皇后として、彼女との間に堀河《ほりかわ》天皇・媞子《ていし》内親王ほか三人の皇子女をもうけていた。だが、賢子は応徳《おうとく》元（一〇八四）年、二八歳という若さで亡くなってしまう。このとき、白河はショックの余り、数日間にわたって食事もとらず、ついには気を失って「天下騒動」となったという（『扶桑略記《ふそうりゃくき》』同年九月二十二日・二十四日条）。白河の賢子への愛情はそれほど深いものだったのである。

その後、白河は媞子内親王を賢子の忘れ形見として可愛がった。白河は彼女が不婚であったにもかかわらず、先例を破って后妃の地位を与え、寛治《かんじ》七（一〇六九）年には郁芳門院《いくほうもんいん》という院号を与えて女院《にょいん》にした。しかし、彼女も嘉保《かほう》三（一〇九六）年、二一歳で亡くなってしまう。白河はまたもや「心神迷乱」となり（『中右記』同年八月七日条）、直後に出家を遂げている。

璋子が生まれたのはこの五年後だから、祇園女御が院の寵愛を得るようになったのは、ちょうどこの頃なのだろう。『今鏡』にも、彼女が白河院の寵愛を一身に集めるようになったのは、「きさき・宮す所（御《み》息所《やすどころ》)」が相次いで亡くなり、院に奉仕する女性がいなくなった頃だったとみえる。彼女は最愛のキサキと愛娘を失った孤独な権力者にとって心の空白を埋める存在となったのだろう。

では、そもそも祇園女御とは、どのような出自の女性だったのだろう。のちに成立した軍記物語である『源平盛衰記《げんぺいじょうすいき》』によれば、彼女はもともと祇園社の西大門の門前に住んでいた水汲《く》み女で、たまたま御幸《ごこう》の際、これを目にした院が気に入って宮中に召したということになっている。だが、先のように「祇園女御」という名前は、彼女が祇園に仏堂を建立したことにちなむものと思われるので、この話は「祇園女御」という名前に引き付けて創作されたフィクションと理解するのが妥当だろう。樋口州男氏は、この話が祇園社西大門近辺に生活する神人《じにん》(神社に奉仕し、自由通行などの特権を認められた職能民)たちによって創作されたもので、祇園に隣り合う六波羅《ろくはら》を拠点とする清盛と祇園女御は彼らによって結びつけられ、祇園女御＝清盛生母とする説が生まれたという。

一方、貴族の日記では、先ほども触れた藤原宗忠の日記『中右記』の嘉承《かしょう》元(一一〇六)年七月五日条に、気になる記述がある。この日、祇園女御は院の離宮・鳥羽殿の中にある御堂で五部大乗経《ごぶだいじょうきょう》の講説を行った。これには院が船に乗ってやって来たほか、公卿・殿上人や院北面《ほくめん》たちも参入した。宗忠はその中の一人である修理大夫《しゅりだいぶ》藤原顕季《あきすえ》という人物について、「講説のためではなく、別にお召しがあって参入した。かの方(祇園女御)に親しい人のためであるそうだ」と説明しているのである。この顕季と祇園女御との関係については、二年後の嘉承三年二月十六日、顕季の仏堂で女御が逆修《ぎやくしゅ》(生前に自分のための仏事を行い、死後の冥福を祈ること)を行ったことも知られている(『中右記』同日条)。このことから、現在のところ、祇園女御とは、白河院がたまたま見初めた身分の低い女性ではなく、藤原顕季という貴族の縁者であったというのが有力となっているのである。

この顕季という人物は、もともと貴族といっても、底辺ランクの出身で、実父師隆《もろたか》は無位無官であった。だが、顕季は母の藤原親子《ちかこ》が白河院の乳母《めのと》をつとめたことから、白河が即位するや、その乳兄弟《ちきょうだい》として重んじられ、院近臣の筆頭的存在として大躍進を遂げた。彼は讃岐《さぬき》・丹波《たんば》・尾張《おわり》・伊予《いよ》・播磨《はりま》・美作《みまさか》といった大国の受領《ずりょう》を歴任し、ついに康和《こうわ》六（一一〇四）年正月には従三位《じゅさんみ》の位階を与えられ、散位《さんに》の公卿にまで昇進したのである。おそらく祇園女御も、顕季と同様、底辺ランクの貴族の出身で、顕季に見い出されて、院に仕えるようになったのであろう。

ところで、彼女の出自に関しては、鎌倉幕府の編纂した歴史書である『吾妻鏡《あずまかがみ》』の中にも、京都の官人出身で幕府宿老であった大江広元《ひろもと》の語った話として、興味深い話が紹介されている（正治《しょうじ》元〈一一九九〉年八月十九日条）。祇園女御は源仲宗《なかむね》という人物の妻で、彼女が院に召された後、仲宗は隠岐《おき》国に流罪になったというのである。

この仲宗は、祖父が平忠常《ただつね》の乱を平定した頼信《よりのぶ》、伯父が前九年合戦に勝利を収めた頼義《よりよし》という武門の家系につらなる人物で、彼が流罪になったというのも事実である。だが、仲宗が寛治《かんじ》八（一〇九四）年八月、流罪になったのは、息子惟清《これきよ》が白河院を呪詛《じゅそ》した事件に縁座したもので（仲宗の実際の配所は隠岐国ではなく周防《すおう》国。惟清は伊豆《いず》国）、角田文衞氏は、祇園女御は仲宗の妻ではなく、惟清の妻だったのではないかと指摘している。氏によれば、祇園女御は惟清の妻で、白河院の御所に仕えていたが、院の寵愛を受けるようになり、惟清は次第に院を恨むようになった。これを察した院は彼女を独占するため、惟清とその一族を、院を呪詛した科《とが》で配流したというのである（角田氏はこのことから、女御が院に仕えるようになったのは寛治七年頃としている）。

これが事実とすれば、祇園女御とは、まさしく一国を揺るがす傾城《けいせい》の美女だったといえる。元木泰雄氏によれば、仲宗の一流は一時期、河内《かわち》源氏の中で伯父頼義を凌ぐ勢力を誇っていたが、これをきっかけに没落していったという。だとすれば、彼女はこの後見るように平氏を躍進に導いただけでなく、平氏のライバルである源義朝《よしとも》や頼朝の先祖の台頭にも手を貸したことになる。クレオパトラではないが、彼女の魅力は、のちの歴史に大きな影響を与えることになったのである。

●祇園女御と平正盛《まさもり》・忠盛《ただもり》

冒頭に述べたように、祇園女御と平氏との関係がうかがえるのは、何も清盛の母にまつわる伝説だけでない。彼女は清盛の祖父正盛《まさもり》や父忠盛と密接な関係を持ち、伊勢平氏の台頭に重要な役割を果たしていた。まず、『今鏡《いまかがみ》』「ふじなみの上」には、正盛が祇園女御に仕えていたとはっきり記されている。もともと正盛の官職は小国の受領程度であったが、女御に仕えていたので、彼女が院の寵愛を得るにつれ、「しかるべき国々のつかさなど」へ昇進を遂げていったというのである。これが事実とすれば、正盛は女御に仕えることで、躍進のチャンスをつかんだのだと言えるだろう。

『今鏡』は後世に書かれた歴史物語で、フィクションの部分も多い。だが、永久元《えいきゅう》（一一一三）年十月一日、女御は正盛が六波羅に建立した持仏堂で一切経の供養を行っており、このことからも両者の密接な関係は確かと考えられている。この一切経供養は、事実上院のプロデュースのもとに行われ、公卿や殿上人も多数参加した。院の命を受け、摂政藤原忠実も自分の職事《しきじ》（侍所に所属する家人）を派遣したり、誦《ず》経物《きょうぶつ》（僧侶への布施）を送ったりしている（『殿暦』『長秋記《ちょうしゅうき》』同日条）。正盛自身も女御に堂を貸しただけでなく、仏堂の敷地を拡張したり、堂舎を整備していたらしい。多くの貴顕を自分の堂に集結させて盛大に執り行われたこの一切経供養は、正盛にとっても栄誉なことであり、貴族社会に自分の存在を強くアピールする機会になったに違いない。

正盛は永長《えいちょう》二（一〇九七）年、伊賀国にあった私領を白河院の愛娘郁芳門院の菩提所に寄進し、院近臣として中央政界への華々しい進出を果たしたとされているが、この時期はちょうど祇園女御が白河院の寵愛を得はじめた頃で、『今鏡』の話を信じれば、正盛の私領寄進についても祇園女御が仲介者であった可能性が高い。女御は、正盛と院を結び付け、正盛の持仏堂での一切経会などを通して、さらに彼の貴族社会での栄達をバックアップしていたのである。

そして、正盛と女御との関係は、息子の忠盛にも受け継がれていった。忠盛が祇園女御に奉仕を行っていた様子を物語る説話が『古事談《こじだん》』（巻第一）にある。白河院は殺生禁断令を発し、動物の殺生を厳しく取り締まっていたが、加藤大夫成家《たいふなりいえ》という者が、禁制にもかかわらず鷹狩りをしているという噂を聞き、検《け》非違使《びいし》に命じて成家を院御所に連行させ、成家の言い分を問いただした。すると、成家は院に対してこのように述べた。「自分は刑部卿《ぎょうぶきょう》忠盛の相伝の家人《けにん》で、祇園女御のお食事として、毎日鳥を獲ってくるよう命じられており、もしこれを怠ることがあれば、重科に処すといわれています。源氏・平氏の習いでは、重科に処すとは首を切るということです。一方、院の勅勘《ちょっかん》はたとえ禁獄流罪といっても命を取られることはありませんので、悦んで馳せ参じた次第です」。これを聞いた院は「そのような馬鹿者はとっとと追放しろ」と命じ、彼は御所から追い出されたというのである。この話は武士と貴族・朝廷の法慣習の違いを示す事例としても知られるが、ここでは成家が忠盛から獲ってくるように命じられた鳥が、祇園女御の食事のためのものと言われていたことに注意したい。これは毎日というのだから、単なる忠盛から女御への贈り物ではないだろう。忠盛は女御に毎日鳥を供することを課されていたのであり、普段から女御への奉仕を行っていたことがうかがえるのである。

このほか、実は平氏の所領の中にも、本来祇園女御の所領だったものがある。鎌倉時代の安貞《あんてい》三（一二二九）年、清盛の異母弟で、後白河院に仕えて平氏都落ち後も身分を保障された池大納言頼盛《いけのだいなごんよりもり》の息子光盛《みつもり》は、娘たちに所領の譲与を行った。その譲状には、尾張国一宮真清田《ますみだ》社について、「祇園女御と申した人が知行したのが最初で、この家が知行して六〇余年になる」と記されている（『久我《こが》家文書』二八―一二号）。このような所領の伝領から考えれば、祇園女御を忠盛が賜ったり、のちにみる仏舎利《ぶっしゃり》を祇園女御から清盛が渡されたという伝承にも裏付けとなる何らかの背景があったと見ていいだろう。

では、そもそも正盛と祇園女御にはどのような接点があったのだろう。流布本『平家物語』によれば、正盛はもともと受領に仕えて各地を転々とする存在で、修理大夫顕季が播磨守だったとき、厩《うまや》の別当《べっとう》に任じられていた、とされている。顕季は前述のように祇園女御の縁者であったとされる人物であるから、これに従うなら、正盛と祇園女御との関係も顕季を通して形成されたと考えるのが妥当だろう。顕季は自身、貴族社会の底辺から立身して権勢を極めた人物であるだけに、身分の低さによって世に出る機会に恵まれなかった人材を見いだす才能に長じていたのであろう。顕季は、祇園女御や正盛といった時代の寵児たちを世に送り込むプロデューサーとしての役割を担ったのである。

●「仏舎利相承系図」の世界

ここまで祇園女御と平氏一門に深い関係があったことを見てきたが、それでは彼女と清盛の関係はどうだったのだろう。冒頭でも述べたように、これまで一般には彼女が清盛の実母であったとする説が知られてきた。だが、以上に見てきたことを踏まえると、これはやはり成り立ちそうにない。というのも、祇園女御が深く関わったのは、清盛の祖父正盛であり、彼女が院に仕えはじめたのは清盛が生まれるより二五年以上も前だった。彼女は永長《えいちょう》元（一〇九六）年の生まれである忠盛よりはるかに年長であり、白河が忠盛に女御を与えたというのは、時期的にどうも合いそうにないからである（すでに明治時代、田口卯吉氏も同様の考証を行っている）。しかも、そもそも祇園女御は正盛や忠盛にとって主人であった。いくら白河院の命とは言え、自分が奉仕を行っている主人を妻として与えられる、というのは違和感を感じざるを得ない。

一方、清盛の実母については、祇園女御本人ではなく、その妹であったとする説がある。明治時代の歴史家である星野恒氏は、滋賀県犬神郡多賀町の胡宮《このみや》神社で、鎌倉時代の文暦《ぶんりゃく》二（一二三五）年の年記を持つ「仏舎利相承系図」（以下「系図」と表記）という史料を発見し、そこに祇園女御の妹が清盛の母と記されている事実を明らかにしたのである。祇園女御本人ならば、時期的に合わないが、妹ならば、あり得ない話ではなくなってくる。そこで、ここでもこの「系図」について見てみることにしよう。

下に掲載した系図のようなものが、問題の「系図」の全文である。もっともここでは読みやすいように読み下しにしているが、原文は漢文で記されている。仏舎利とは釈迦の遺骨とされる宝石などで、ここでは中国の育王山《いくおうざん》・雁塔山《がんとうさん》から伝わった計二〇〇〇粒の仏舎利を白河院が死ぬ間際に祇園女御に渡し、それが清盛や彼の重臣平盛国《もりくに》の息子観音房に伝えられ、最終的にはこの一部が胡宮神社の場所にあった敏満寺《びんまんじ》（戦国時代に廃絶した）に施入されたことが記されている。

ここで星野氏以来、注目されてきたのは、「祇園女御」の左隣に書かれた「女房」である。これによれば、「祇園女御殿」と「女房」との関係は姉と妹の関係で、妹の「女房」は院に召されて懐妊した後、忠盛に与え

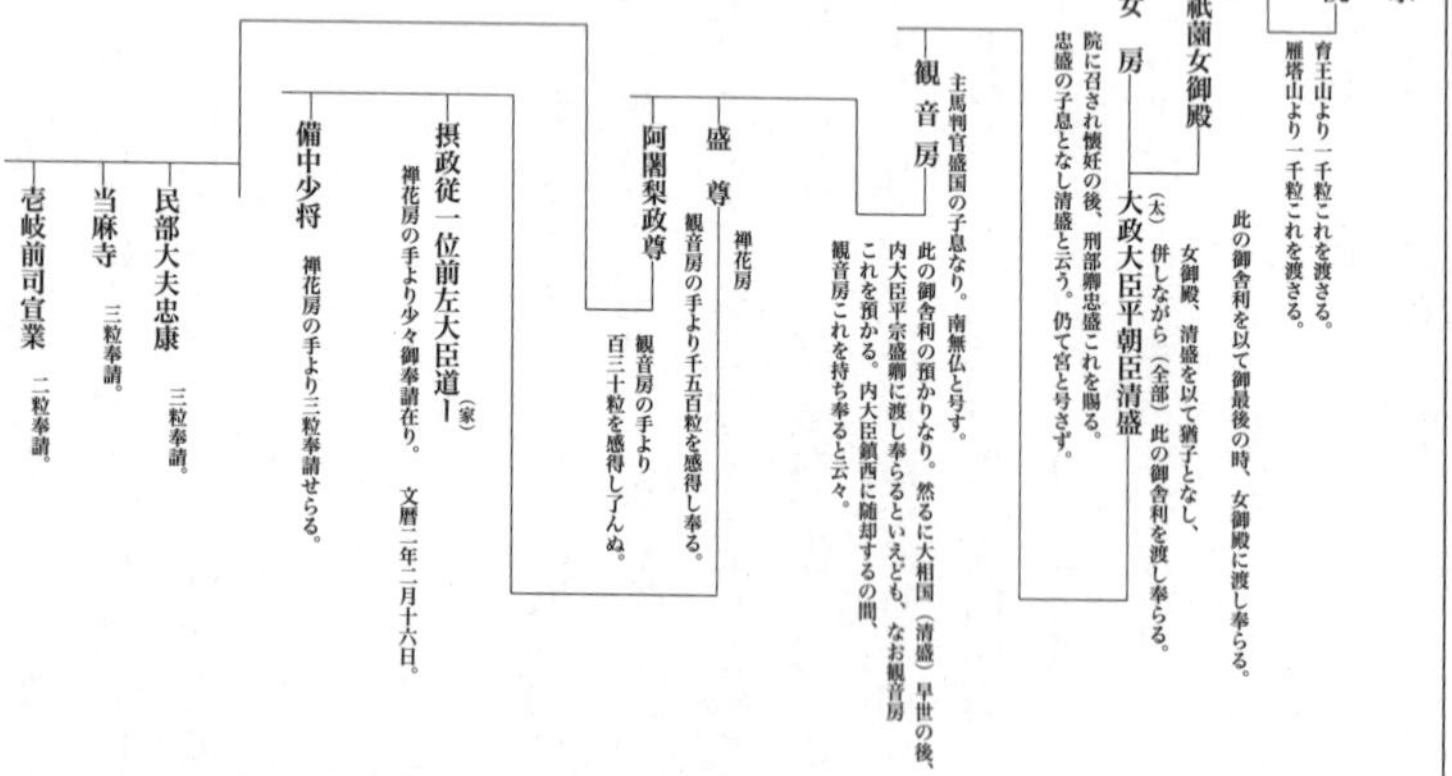

胡宮神社所蔵『仏舎利相承系図』
（赤松俊秀『平家物語の研究』に掲載の翻刻をもとに読み下した）

薩摩公能真　三粒奉請。
大膳権亮安倍為親　一粒奉請。
敏満寺　三粒奉納。仏舎利五粒奉納。比丘尼如理、
　舎利講式一巻二品　文永元年三月廿日これを安置す。
　（一二六四）
敏満寺に施入し奉る。阿久野玉一粒。　沙弥玄祐
此の功徳を以て、一切皆等しく衆生と同じく一仏土に生けるものに普く及ばんと願ふ。
　文永元年三月廿四日
文暦二年七月　日
（一二三五）

られ、生まれた子どもは忠盛の子となって清盛と名付けられたという。このことは、祇園女御本人ではないものの、まさに『平家物語』に記された清盛皇胤説を裏付ける証拠と見られてきたのである。

また、清盛の注記も注目される。ここには祇園女御が清盛を猶子《ゆうし》（養子）とし、すべての舎利を清盛に渡したと見えている。星野氏は、前出の藤原宗忠の日記『中右記』に、忠盛の妻が保安元《ほうあん》（一一二〇）年七月十二日に急死したという事実が記されていることに注目し、この妻こそが清盛の実母であったが、彼女が急死したため、姉である女御が清盛を猶子とし、引き取って養育していたのではないかと指摘したのである。

しかし、その後、この記述については、その信憑性《しんぴょうせい》に問題があることが明らかになる。改めて「系図」の原本を調査した赤松俊秀氏は、「祇園女御」「女房」の右肩に注記されている「姉」「妹」の書き込みが後世の加筆であったことを明らかにした。また、赤松氏は、観音房の父とされる平盛国の極官《きょっかん》（経歴上の官職の最高位）が実際には「伊勢守」であったにもかかわらず、『平家物語』に記されているのと同じ「主馬《しゅめ》判官《ほうがん》」と記されていることなどから、「系図」が『平家物語』の影響を受けていたと指摘した。この結果、『平家物語』の記述を裏付けるとみられてきた「系図」も、実際には『平家物語』を受けて書かれた可能性が高まり、清盛実母が祇園女御の妹であったという説も決定的とは言えなくなってしまったのである。

それでは、清盛の実母とは一体誰なのか。そして皇胤説は本当なのか。それは次節で検討することにし

て、ここではもう少し「系図」について触れておきたい。清盛皇胤説を裏付ける唯一の証拠でなくなったからといって、「系図」はまったく価値を失ってしまったわけではない。仏舎利自体のあり方に注目し、ここに記された相承について再評価する研究もあらわれている。田中貴子氏は、院政期、仏舎利が王権にとってのシンボルとして院の権威付けに利用されていたとし、白河院↓祇園女御↓清盛という仏舎利相承の流れは、王権の継承を意味していたと指摘している。田中氏によれば、祇園女御の妹が白河院の子を身ごもったまま忠盛の妻となって、清盛を産み、のち祇園女御がこれを引き取って養育したという構図は、『古事記』『日本書紀』の神話に見られる、海神の娘である豊玉姫が産んだウガヤフキアエズ（神武《じんむ》天皇の父）を妹の玉依姫《たまよりひめ》が育てるという構図とも重なっており、「系図」は古代における王権生成神話を中世に再構築したものだったというのである（なお、田中氏は祇園女御と女房が並記されるのはやはり姉妹関係を表すものであり、「姉」「妹」の書き込みは、こうした関係性を強調するために書き込まれたものであったとする）。

そもそも、田中氏によれば、祇園女御が白河院から仏舎利を預かったという話は、すでに清盛と同時代の貴族社会においてよく知られた話であったらしい。田中氏のいうように仏舎利が王権にとってのシンボルであったとすれば、この事実は、祇園女御が単なる寵姫《ちょうき》という以上の特別な存在として認識されていたことを物語っている。

●清盛の実母と皇胤説

藤原宗忠は、保安元（一一二〇）年七月十二日の日記（『中右記』）にこんな記事を残している。

夕方、伯耆《ほうき》守忠盛の妻がにわかに死去したそうだ。この女性は仙院《せんいん》のあたりに仕える者であった。

近日、京都では、身分の低い者があちこちで若くして亡くなっているとの噂が立っている。

この記事に出てくる忠盛の妻について、星野恒氏が清盛の実母であり、「仏舎利相承系図」に見える祇園女御の妹に比定したことは前述した。その後、赤松俊秀氏の研究により、彼女を祇園女御の妹とみる説は説得力を失ってしまったが、現在でもこの女性が清盛の実母であるという点については、研究者の意見が一致している。清盛が誕生したのは元永《げんえい》元（一一一八）年だから、清盛は数え三歳という年齢で母を失ったことになる。「近日――」の記述から、清盛の母も非常に若い年齢で亡くなったことが推察されよう。

では、彼女は一体何者なのだろう。『源平盛衰記』は、清盛の母について、流布本の『平家物語』と違い、忠盛が内昇殿《うちのしょうでん》を許され、殿上の番をつとめたときに歌をやりとりした「兵衛佐の局《ひょうえのすけつぼね》」という「上﨟《じょうろう》女」だったとする。宗忠は忠盛の妻について「仙院（上皇）のあたりに仕える者」と記していたが、『源平盛衰記』は「兵衛佐の局」について、白河院に類《たぐ》いなく思《おぼ》し召された女性だったというから、『源平盛衰記』の記事を史実ととらえる説もある。だが、これについては、明治時代、田中卯吉氏がすでに指摘しているように、忠盛が内昇殿を許されたのは、清盛が生まれた後のことであって、忠盛が殿上で清盛の母に出会ったのでは、時代が合わなくなってしまう。

一方、『延慶本《えんぎょうぼん》平家物語』は、清盛の母を祇園女御本人ではなく、女御に仕える中﨟《ちゅうろう》女房であったとする。延慶本は『平家物語』諸本の中でも古態を残すものとされており、樋口州男氏は、清盛の母に関する話についても、延慶本の女御に仕える女房というのが原型であったと指摘している。これについては赤松俊秀氏も、祇園女御妹説を否定した上で、延慶本の記述を妥当なものとしているのだが、そうだとしても、裏付ける史料がないので、これも決定打に欠けると言わざるを得ない。

　こうした中、彼女について、従来の研究とは別の観点から具体的な見解を示したのが髙橋昌明氏である。髙橋氏は、忠盛が正妻である藤原宗兼《むねかね》の娘宗子（のちの池《いけの》禅尼《ぜんに》）のほか、藤原為忠女《ためただのむすめ》との間に娘をもうけていた事実に注目し、為忠女と清盛母が同一人物であった可能性があると指摘したのである。藤原為忠は平安時代前期、枇杷中納言《びわちゅうなごん》と称された藤原長良《ながら》の子孫で、丹後守《たんご》・三河守《みかわ》・安芸守《あき》を歴任して、内昇殿を許された人物である。ただし、髙橋氏によれば、為忠と忠盛はほぼ同世代で、忠盛女の母は為忠養女であったかもしれないという。

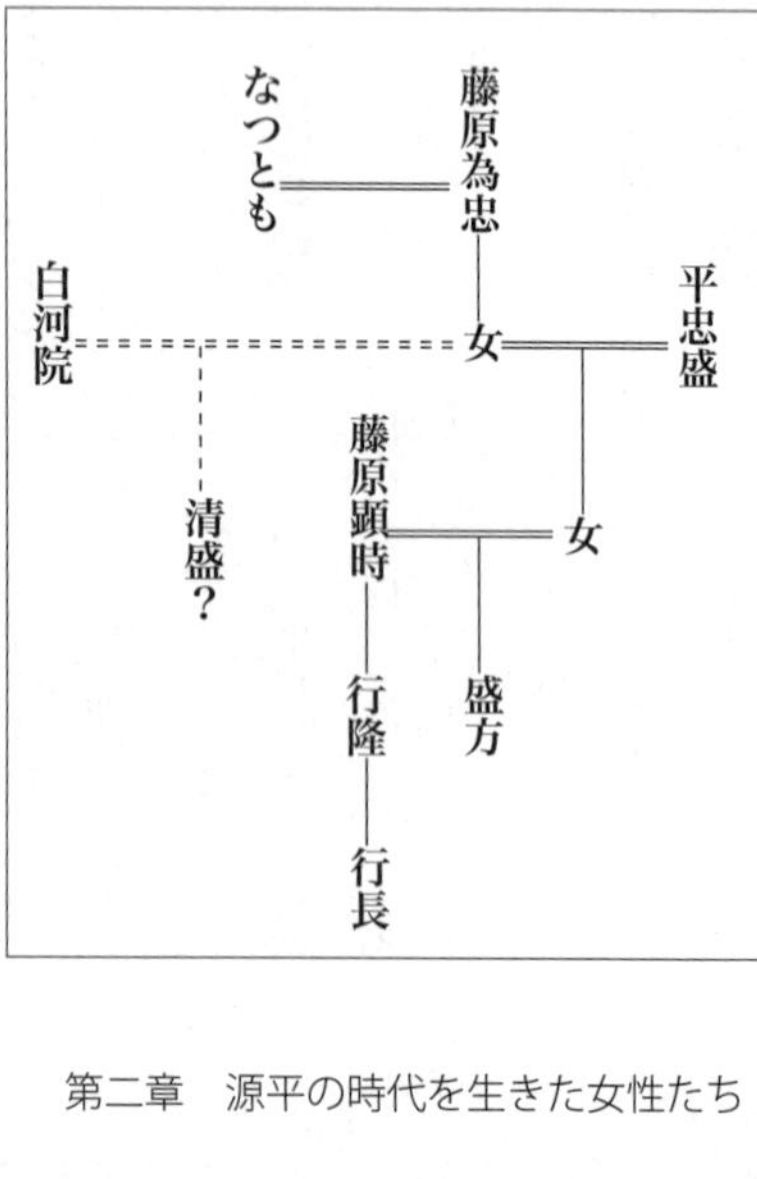

【清盛の母関係系図】

　系図集『尊卑分脈』によれば、為忠女の産んだ忠盛女は歌人で、権中納言《ごんのちゅうなごん》藤原顕時《あきとき》の妻となって盛方《もりかた》という息子をもうけている（ちなみに盛方の異母兄行隆《ゆきたか》は『平家物語』の作者とされる信濃前司行長《しなのぜんじゆきなが》の父である)。そして、同じく『尊卑分脈』によれば、盛方は治承《じしょう》二(一一七八)年、四二歳で没しているので、逆算すると保延《ほうえん》二(一一三七)年の生まれとなる。為忠女が清盛母であったとすれば、娘である盛方母は清盛母の死んだ保安元年より前に生まれている必要があるが、仮に保安元年に生まれていたとすれば、彼女は一七歳で盛方を産んだことになる。当時の女性の結婚・出産年齢から考えて、一六、七歳で出産するのはよくあることだが、これより年齢が下となれば、若ければ若いほど難しいだろう。髙橋氏はこの点に触れていないが、ここから考えると、忠盛が為忠女との間に娘をもうけた時期も、保安元年の前後三年程度と考えるのが適切で、やはり清盛母と同じであった可能性が高くなる。

それでは、清盛母が為忠女であったなら、清盛が白河院の落胤だったというのはどうなるのだろう。実は為忠の妻なつともは、院の臨終に際し、枕元に侍した側近女房の一人であった。角田文衞氏は、祇園女御が養子とした安芸阿闍梨禅寛《あきのあじゃりぜんかん》が、なつともと院の間に生まれた子であった可能性があることを指摘している。清盛が為忠女と院との子であったなら、院は為忠の妻とも娘とも関係を持っていたことになるのである。異常な関係ではあるが、そうであるだけにあり得るようにも思われる。院は為忠女に若い頃のなつともの面影を見いだし、彼女が院に仕えるうち、次第に関係を持つようになったのではないかと考えるのである。髙橋氏も、なつともと清盛母が「思わぬ近しい関係にあるかもしれないということは、院の荒淫のすさまじさと、院近習相互間に取り結ばれている人間関係のただならぬ濃密さを物語るものである」と述べている。

ただ、清盛が皇胤だったとしても、彼の出世をそれだけに起因するものとして説明するのは難しい。『平家物語』には、清盛が皇胤だったことを物語るエピソードとして次のような話がある。清盛は一二歳で兵《ひょう》衛佐《えのすけ》に任じられ、一八歳で四位に叙されて四位の兵衛佐と称した。これを見て、事情を知らない人は「（上級貴族の）清華《せいが》家の出身でなければこれほどの昇進はないはず」と言ったが、鳥羽院はこれを聞いて「清盛の血筋は清華家には劣るまい」と述べたという（巻第六「祇園女御」）。ここに記された清盛の昇進は事実で、これが異例の早さであったのも確かである。だが、同じように後三条院《ごさんじょういん》（白河の父）の落胤であったとされる藤原有佐《ありすけ》は、正四位下《しょうしいのげ》近江守止まりであった。皇胤であれば誰でも出世できたわけではなかったのである。

逆に元木泰雄氏は、落胤でなくても、院近臣の子弟の中には清盛以上の速い昇進を果たしている者がいたとして、昇進スピードが速いというだけでは皇胤と決めつけられないと指摘している。しかも、清盛の昇進スピードは最初こそ速いものの、次第に鈍りはじめ、正三位となり公卿に列したのは四三歳のときであった。これは確かに正盛や祇園女御を見い出した顕季の息子家保《いえやす》と比べると十歳若い。だが、家保の子家成は三〇歳で、家成の子成親は二九歳で公卿に列しているから、清盛の昇進が特段速いとはいえない。平安時代の貴族社会において血筋が重要とされたことは事実だが、実際には時々の政治状況こそが人事を決定するのであり、清盛の出世についても彼が皇胤だったからという理由だけですべてを説明できるほど単純なものではないのである。

（樋口健太郎）

【参考文献】

赤松俊秀『平家物語の研究』（法蔵館、一九八〇年）
上横手雅敬『平家物語の虚構と真実（上）』（塙新書、塙書房、一九八五年）
遠藤基郎「過差の権力論―貴族社会的文化様式と徳治主義的イデオロギーのはざま―」（服藤早苗編『王朝の権力と表象』森話社、一九九八年）
竹内理三『日本の歴史6 武士の登場』（中央公論社、一九六五年）
田口卯吉「王朝の末」（『鼎軒田口卯吉全集』第一巻・史論及史傳、一九二八年）
田中貴子『外法と愛法の中世』（平凡社ライブラリー、二〇〇六年）
髙橋昌明『清盛以前―伊勢平氏の興隆―増補・改訂版』（平凡社ライブラリー、二〇一一年）
角田文衞『待賢門院璋子の生涯―椒庭秘抄―』（朝日選書、朝日新聞社、一九八五年）
樋口州男『中世の史実と伝承』（東京堂出版、一九九一年）
樋口州男「清盛の「母」たち」（『図説 平清盛』河出書房新社、二〇一一年）
星野恒『史学叢説』第二集（冨山房、一九〇九年）
元木泰雄『平清盛の闘い―幻の中世国家―』（角川文庫、角川学芸出版、二〇一一年）
元木泰雄『河内源氏―頼朝を生んだ武士本流―』（中公新書、中央公論新社、二〇一一年）
和田英松『國史國文之研究』（雄山閣、一九二六年）

4 待賢門院《たいけんもんいん》・美福門院《びふくもんいん》・八条院《はちじょういん》——女院全盛の時代——

●三人の女院

待賢門院・美福門院・八条院は、すべて女院《にょいん》の名である。女院というのは、平清盛が活躍する約一五〇年ほど前の平安時代の中期、摂関政治で有名な藤原道長《みちなが》が活躍した時代に創出された天皇家における女性の地位である。女院はその後江戸時代末まで継続し、女院となった女性は延べ一〇〇人以上を数える。

その中で、歴史上もっとも有名な女院といえば、平清盛《きよもり》の娘である建礼門院《けんれいもんいん》平徳子《とくこ》だろうが、その他の女院は、歴史の教科書にもほとんど登場することはない。ところが、建礼門院や清盛が生きた平安時代の終わりから鎌倉時代にかけては、たくさんの女院が誕生した時代で、実は女院の全盛期とも言える。この時代は女院がもっとも活躍した時代なのである。

女院は、明治時代に入って廃止されたので、今日《こんにち》ではなかなかなじみがないであろう。しかし、女院は確実に歴史の中にその足跡を残している。待賢門院・美福門院・八条院はまさに平清盛の時代、すなわち女院の最盛期において、歴史に名を刻んだ女院たちであり、清盛とも少なからず関わりを持った女院たちである。

待賢門院は歴史上六番目の女院で、鳥羽院《とばいん》の妻である。待賢門院のあとに鳥羽院の寵愛を受けたのが、美福門院で、八条院はその娘であった。それではさっそくこの女院たちがいかに歴史上活躍したのか、そして、平清盛とはどのような関わりがあったのかということを紐解いてみたい。

●待賢門院

待賢門院は、院政を始めた白河院《しらかわいん》と、その死が保元《ほうげん》の乱の直接のきっかけとなった鳥羽院、保元の乱で敗れた崇徳院《すとくいん》と、三人の院（上皇）の間で揺れ動いた女院である。

待賢門院は、藤原璋子《たまこ》といい、そもそもは白河院の外戚藤原公実《きんざね》の末娘であった。藤原公実は白河院近臣として有名な人物であり、公実自身が白河院の外戚であって（公実の父と白河院母が兄妹）、同母の妹も白河院の子堀河《ほりかわ》天皇の女御《にょうご》となって鳥羽天皇を産んでいる。公実をはじめとする閑院流《かんいんりゅう》藤原氏は、この時期娘がいなくて外戚になれなかった摂関藤原氏（道長の子孫の家）に対して、天皇家と実際に外戚関係を結んだ家であった。ちなみに、公実はのちに天皇の外祖父であることを理由に摂関の地位を望むが排除され、それ以降は天皇の外戚であるなしに関わらず、道長の子孫の家が摂関の地位を継承していくということが正式に決められた。これをもって「摂関家の成立」とされている。

璋子は康和《こうわ》三（一一〇一）年の生まれで、ほどなく白河院の寵姫であった祇園女御《ぎおんのにょうご》の養女となった。祇園女御については前節にも詳しいが、彼女は子に恵まれなかったために公実の末娘を養女にと望んだという。祇園女御の出自は不明だが、公実の閑院流藤原氏とはきわめて近しい関係にあった。それゆえに璋子を養女とすることにもなったのであろう。璋子は白河院寵姫の養女となったため、必然的に幼い頃から白河院のもとでも育てられた。事実璋子が鳥羽天皇に入内《じゅだい》する際には、白河院と祇園女御の子として入内している（『殿暦《でんりやく》』）。璋子が幼い頃から白河院に愛育されていたエピソードとして、璋子には昼間も白河院が添い寝をし、さらにそのとき院は璋子の足を懐に入れていて、そのため関白が対面に行っても断られたという話が有名である（『今鏡《いまかがみ》』）。璋子はそれほどまでに愛された養女であった。

白河院は、天永《てんえい》二（一一一一）年に、璋子を関白藤原忠実《ただざね》の子忠通《ただみち》と結婚させようとしている。これには当初、忠実もたいそう乗り気で準備が進められた。角田文衞氏は関白忠実がこの縁談を断固拒否したと述べるが、縁談話が出た当初、忠実は必死に良い先例を調べて白河院に報告するなど、是が非にでもこの婚姻を成功させるべく動いていたことがわかる（『殿暦』）。しかしながら結局この婚姻は、理由は不明であるが、実現しなかった。

その後の永久《えいきゅう》五（一一一七）年十二月に、璋子は二歳年下で白河院の孫にあたる鳥羽天皇に入内して女御となる。ちなみに、入内する頃の璋子には公達《きんだち》や坊主などが密通していたと噂されており、これにより璋子は性的に奔放な女性だったとも言われている。それはともかく、入内の翌月には立后《りっこう》して中宮《ちゅうぐう》となり、元永《げんえい》二（一一一九）年五月には早くも顕仁《あきひと》親王（後の崇徳《すとく》天皇）を産んだ。

しかし、夫鳥羽天皇の祖父であり璋子の養父であった白河院の、璋子に対する寵愛が並々ならぬものであったため、当時から顕仁親王は実は白河院の子であると噂されていた。また鳥羽天皇自身も、顕仁親王は自分の子でありながら祖父白河院の子であるならば、生まれながらにして叔父であるということから、「叔父子《おじご》」と称したという（『古事談《こじだん》』）。そういうわけで、鳥羽天皇は顕仁親王に対して特別な思いがあった。のちにこの父子の確執が、平清盛を世に出す保元《ほうげん》の乱の遠因ともなっている。璋子は、まさに平安末期における天皇家の争いの要とも言える女性だったのである。

璋子は、顕仁親王の後、保安《ほうあん》三（一一二二）年に禧子《きし》内親王、天治《てんじ》元（一一二四）年に通仁《みちひと》親王、天治二（一一二五）年に君仁《きみひと》親王、大治《たいじ》元（一一二六）年に恂子《じゅんし》内親王、大治二（一一二七）年に雅仁《まさひと》親王（後白河《ごしらかわ》天皇）、大治四（一一二九）年に本仁《もとひと》親王と、立て続けに六人の子どもを産んでいる。この間の天治元（一一二四）年に院号宣下を受け、待賢門院となった。

待賢門院が産んだ子たちのうち二人が天皇となっている（崇徳・後白河）。雅仁親王が天皇となるのは、待賢門院死後のことであるが、彼女は天皇の母、すなわち国母として、早くから社会的にも重んじられる立場となった。

このように多くの子女をもうけた鳥羽院との夫婦仲は、実は良かったようである。鳥羽天皇が顕仁親王に譲位して上皇になると、たびたびいっしょに熊野《くまの》などに御幸《ごこう》している。白河院の存命中は、白河院・鳥羽院・待賢門院の三人で出かけていたが、白河院没後も鳥羽院とともにしばしば熊野や石清水《いわしみず》などの遠方の寺社に詣でている。

しかし、夫鳥羽院は長承《ちょうしょう》三（一一三四）年頃から、次項で述べる藤原得子《なりこ》（美福門院）を愛する。そして、得子はとうとう保延《ほうえん》五（一一三九）年に待望の男子、体仁《なりひと》親王を産む。体仁親王はすぐに皇太子となり、永治《えいじ》元（一一四一）年には待賢門院の子崇徳天皇の譲位を受けて三歳で天皇となった（近衛《このえ》天皇）。その翌年、待賢門院の側近らが得子を呪詛《じゅそ》するという事件が発覚した。この事件を機に待賢門院は四二歳で出家し、その後は法金剛院《ほうこんごういん》で過ごす。法金剛院は待賢門院が建てた御願寺《ごがんじ》で、現在も京都花園にあって往時の面影を残している。その法金剛院には、待賢門院の尼削《あまそ》ぎ姿を描く画像が伝えられている。その姿から、画像は出家した四二歳から四五歳で亡くなるまでの待賢門院を描いたものと考えられる。両手に数珠を携える姿には、このとき仏道に励むほかなかった待賢門院の悲哀がうかがえるかもしれない。画像の描かれた年代は未詳であるが、法金剛院に残されていることから、待賢門院の没後まもなく描かれたものと考えられている。

出家の三年後、鳥羽院と崇徳院の対立や、待賢門院が産んだ子崇徳院・後白河天皇の対決、保元の乱を見ることもなく、久安元《きゅうあん》（一一四五）年八月二十三日、待賢門院は息を引き取る。鳥羽院は待賢門院の臨終に寄り添い、自ら磬《けい》を打ちながら哭泣《こっきゅう》したという（『台記《たいき》』）。

待賢門院と平氏との関わりは、清盛の祖父正盛《まさもり》と待賢門院の養母祇園女御との関係から始まる。永久元（一一一三）年に正盛が建てた六波羅蜜堂《ろくはらみつどう》において、祇園女御が一切経《いっさいきょう》を供養した。そこには多くの人々が集まったという。また、鎌倉時代の説話集『古事談』には、清盛の父忠盛《ただもり》が白河院の殺生禁断令《せっしょうきんだんれい》を無視して、祇園女御に供御料の鮮鳥を捕獲していたという話が語られている。白河院近臣であった祖父正盛と父忠盛は院に仕えるうちに、その寵姫であった祇園女御にも仕えるようになったのであろう。平氏が拠点とした六波羅と祇園が比較的近いことも、彼らの祇園女御への奉仕の一因であるとも考えられる。祇園女御は、清盛の白河院落胤説の中で長らく清盛の母とも考えられていた人物であった。ただし、この説は『平家物語』によるもので、現在では没年が合わないことから完全に否定されている。しかし、このような説が語られてきたことも、祇園女御が正盛をはじめとする平氏一門とたいへん近い関係であったということの証拠となろう。そして、正盛・忠盛は、白河院と祇園女御に仕えるうちに必然的に二人の養女璋子にも仕えるようになっていた。璋子が鳥羽天皇に入内し女御となったとき、正盛・忠盛はともにその家司《けいし》となっている。そこから考えると、清盛も璋子と非常に近い関係の中で生まれ育ったと言える。おそらくは清盛自身も、祖父・父が築いた関係を継承して待賢門院に奉仕していたであろう。

●美福門院

鳥羽院の晩年、待賢門院以上に法皇の寵を得たのは美福門院藤原得子であった。平安末期には、中下級貴族が院近臣《いんのきんしん》として台頭したが、得子は、まさに院近臣藤原長実《ながざね》の娘で、待賢門院のように上級貴族出身でもなく、ましてや院の養子になるというようなこともなく、それ以前であれば院の正妻になれるはずのない出自であった。得子は永久五（一一一七）年の生まれで、待賢門院よりも一六歳年少である。

得子と鳥羽院との関係は、遅くとも長承三（一一三四）年頃には始まっていたと考えられる。翌年末に得子は、最初の子である叡子《えいし》内親王を産んでいる。しかし、得子の出自から当初は正式な入内はなく、叡子内親王も、鳥羽院のさらにもう一人の妻で当時は皇后であった高陽院《かやのいん》藤原泰子《やすこ》の養子となった。ところが、得子はその後も、保延三（一一三七）年に後の八条院、暲子《しょうし》内親王を産み、保延五（一一三九）年には、ついに男子体仁親王を出産して、とうとう女御となる。体仁親王は生まれてすぐに異母兄崇徳天皇の皇太子となって、わずか三歳で即位した。近衛天皇である。得子は、天皇の母、国母として立后され皇后となる。そもそもこれより以前は、門地の低い女性が国母になることはあっても后位につくことはほとんどなかった。なぜなら天皇の正妻の選定は、摂関藤原氏が行い、天皇の後宮《こうきゅう》は彼らによって管理されていたからである。しかし、院政がはじまり、院が政治を主導するようになると、院が妻を選ぶようになる。つまり、摂関藤原氏の管理下から脱して、長らく摂関藤原氏に限られてきた后位につく正妻を、院の意志によって選定するようになるのである。得子は、その早い例と考えられる。永治《えいじ》元（一一四一）年に得子は最後の子となる姝子《しゅし》内親王を産み、その後久安《きゅうあん》五（一一四九）年に院号宣下を受けて、美福門院となる。

国母とはいえ出自の低い女性が皇后・女院となることは、かつて例のないことであり、このことをよく思わない上級貴族は多かった。実際に、摂関家の藤原忠実の子頼長《よりなが》は、その日記の中で、美福門院のことを「諸大夫《しょだいぶ》の女」、つまり「出自の低い家柄の女」と記して蔑視していた。

しかし、そのような外聞にもかかわらず、美福門院は待賢門院が亡くなると、名実ともに正妻として、今上天皇である近衛天皇の母として、政治的にも大きな影響を及ぼすようになっていく。具体的には、近衛天皇の後宮に養女多子《まさるこ》を入内させた頼長に対して、自らの養女呈子《ていし》を、頼長の兄摂政忠通の養女として入内させるなどして、摂関家の兄弟の争いに拍車をかけ保元の乱の遠因をつくった。また、近衛天皇が病弱で子どもが望めなかったため、崇徳天皇の子重仁《しげひと》親王と、雅仁《まさひと》親王（後白河）の子守仁《もりひと》親王を養子として育てるなど、次の天皇位に対しても美福門院自身の影響力を保持するための準備に抜かりはなかった。

そして、とうとう近衛天皇は久寿《きゅうじゅ》二（一一五五）年に一七歳という若さで亡くなる。次期天皇を誰にするかもめにもめた結果、選ばれたのは守仁親王の父雅仁親王であった。最初は守仁親王が最有力候補であったが、父雅仁親王が存命であるのにその子が父を差し置いて天皇になった例はないということで、父がまずは即位することになった。後白河天皇である。後白河天皇は鳥羽院の四宮で、父院に天皇になる器ではないと言われていたという。まさにこの即位は中継ぎであった。したがって、保元の乱後には、早々に後白河天皇から守仁親王（二条《にじょう》天皇）への譲位が取り沙汰され、そして譲位は「仏と仏の評定」（『兵範記《ひょうはんき》』）で決定した。「仏と仏」とは、保元の乱後政治を主導した藤原信西《しんぜい》と、鳥羽院の死により出家した美福門院であり、二人だけの相談で譲位が決められたということを表している。美福門院は鳥羽院没後も、政治的に大きな影響を及ぼす存在になっていたのである。

美福門院は永暦《えいりゃく》元（一一六〇）年に亡くなる。晩年の鳥羽院の寵愛をほしいままにして、政治的影響力をも持った美福門院であるが、最後の最後に鳥羽院を裏切ることになる。鳥羽院は生前に自らの墓所として鳥羽に安楽寿院《あんらくじゅいん》という御願寺を建立し、そこに塔を建てて墓とした。そして美福門院もその隣に塔を建てて、自らの墓としそこに埋葬される予定であった。夫婦同墓である。鳥羽院は先に亡くなり、予定どおりに安楽寿院の塔に埋葬される。しかし四年後に亡くなった美福門院は、その死の直前に高野山《こうやさん》に埋葬されたいと願い、さんざんもめたあげく高野山に埋葬される。ちなみに埋葬予定者がいなくなったもう一つの塔には、二人の子で先に亡くなっていた近衛天皇が再葬された。

美福門院の墓は現在二か所知られている。一か所がいま述べた高野山で奥の院のふもとにある。そしてもう一か所の墓は、高野山にほど近い荒川庄《あらかわのしょう》という荘園域内にある。荒川庄は美福門院が所持していた荘園で、高野山に近く寺領として便利なこの荘園を美福門院は高野山に寄進したのであった。京にいた女院の墓と伝えられるものが、彼女の所持した地方の荘園にあること自体たいへん珍しい。このことは、美福門院の高野山への信仰と、荒川庄が美福門院領であったという記憶を、現地において今に残すものであると言えよう。

生前の美福門院に話を戻すと、彼女の周辺には鳥羽院の近臣が多く集っていた。美福門院が女院となったときに、女院司《にょいんじ》に補任されたもののほとんどが旧鳥羽院近臣であった。そして、女院司が奉仕する美福門院庁という家政機関において、諸事を執り行う中心的役目を担っていた人物こそ、平清盛の父忠盛であった。忠盛は美福門院が皇后だったときから仕えており、御所新造の際の出資をはじめとして、豊かな経済力を背景に美福門院に奉仕し、信頼を得ていたと考えられる。忠盛没後父の地位を継承した清盛は、やはり同様に美福門院に仕え、その娘八条院の女院司別当にもなっている。のちに太政大臣《だいじょうだいじん》となっていく清盛の礎には、美福門院や八条院という女院の近臣であったという事実も存在するのである。

●八条院

八条院とは、美福門院と鳥羽院との間に生まれた二番目の娘、暲子《あきこ》内親王のことである。同じく美福門院・鳥羽院の子で崇徳天皇の譲位により即位した近衛天皇は、二歳年下の弟にあたる。暲子が生まれたのは、保延三（一一三七）年四月八日で「釈尊《しゃくそん》誕生の日に生《うま》る」として祝福を受けた（『中右記《ちゅうゆうき》』）。弟近衛天皇がわずか三歳で即位した際には、「私は天皇の姉になった」と言ったというエピソードが残る（『今鏡』）。

暲子は、父鳥羽院にたいへん愛された娘であった。久寿二（一一五五）年に近衛天皇が一七歳で死去すると次の天皇選定の会議が開かれた。候補者として崇徳天皇の子重仁親王、鳥羽院の四宮雅仁親王、その子の守仁親王などの名前が挙げられる中、鳥羽院は暲子を女帝に、と推したという（『今鏡』『愚管抄《ぐかんしょう》』）。女帝は奈良時代の称徳《しょうとく》天皇以降絶えて久しく、この鳥羽院の主張はさすがに実現しなかったが、このことから鳥羽院にとって暲子が特別な娘であったことは充分に察することができるだろう。

このように、暲子は次期天皇候補となったまったく希有な女性なのだが、なんと彼女はこの後もう一度天皇候補となっている。それは平氏が安徳天皇とともに西走したときであった。天皇の京不在により新帝を立てることになり、結局は後鳥羽天皇が即位することになるが、このときにも暲子は次期天皇の候補者として名前が挙がっている（『延慶本《えんぎょうぼん》平家物語』）。当時彼女は四七歳で、すでに院号を得て八条院となっており、出家もしていた。このような女性が天皇候補者になるとは、このときの情勢がいかに混沌としていたかがうかがい知れるが、それはともかく、暲子は実現こそしなかったが、二度も女帝になりかけた女性なのである。

暲子は父鳥羽院が没した翌年の保元二（一一五七）年に二一歳の若さで独身のまま出家し、母美福門院が亡くなった翌年の応保《おうほう》元（一一六一）年に院号宣下を受けて八条院となった。院号宣下当時八条院は、甥で母美福門院の養子となっていた二条天皇の准母であり、准三宮《じゅさんぐう》という地位にあった。しかし、皇后のような后位にはなく、それまでの女院がすべて后位を経て女院となっていたのに対して、八条院は后位につかずに女院になった初例となった。なぜこのとき新例をつくってまで八条院が女院になったのかということはいまのところ明らかではない。しかし、応保《おうほ》元（一一六一）年九月に後白河院の寵姫で、平清盛の妻時子《ときこ》の妹であった平滋子《しげこ》がのちに高倉《たかくら》天皇となる男子憲仁《のりひと》親王を産んだことにより、二条天皇の皇位が脅かされることが想定されたため、とも考えられている。当時は、二条天皇とその父後白河院が政治的に対立していた。この対立の間にいた平清盛は「アナタコナタ（あちらにもこちらにも）」とどちらにもいい顔をしていたことで有名だが、後白河院を単なる中継ぎの天皇とみなしていた美福門院は、養子であった二条天皇を鳥羽院と自分の系統を継承するものと位置付け、強力にバックアップしていた。そして、美福門院が永暦《えいりやく》元（一一六〇）年に没すると、八条院がその立場を継承したのであった。八条院の院号宣下は、彼女がその役割を担うことができるように、二条天皇の側近たちが画策した結果とも考えられるのである。

八条院はこのような政治的立場の継承だけにとどまらず、父鳥羽院・母美福門院から、彼らが所持していた荘園群のほとんどを伝領《でんりょう》した。「八条院領」と呼ばれた荘園群は、全国各地二〇〇か所以上にも及ぶ。これにより八条院は経済的に豊かであったとも考えられるが、八条院領の内実は鳥羽院や美福門院が建立した御願寺に付属して立てられた荘園群からなり、それらは亡き父母院の追善仏事を各御願寺で行うための費用であった。八条院は鳥羽院にたくさんの子がいる中で、八条院領を受け継ぐことにより、父鳥羽院と母美福門院の菩提を弔う役割を一人で担った娘でもあった。

八条院は、彼女自身が天皇候補者となったり、追善仏事費用としてではあるが鳥羽院と美福門院の遺産を引き継ぐなど、政治的にも経済的にもまさしく父母院の系統を継承する存在であったと言えよう。

平清盛と八条院との関係についてだが、美福門院のところでも述べたように、清盛は父忠盛の地位を継承し、女院司として美福門院・八条院母子に奉仕していた。八条院に関しては、院号宣下直後から八条院別当になっていたことがわかる。平治の乱後、後白河院と二条天皇の間で「アナタコナタ」していた時期の清盛は、八条院を支える立場でもあった。しかし、その後清盛は異例の出世を遂げていく。

このような中、天皇家では二条天皇の後の皇位継承者をめぐって、以仁王《もちひとおう》と憲仁親王（高倉天皇）が対立した。両者ともに後白河院の子であるが、以仁王は八条院の養子となって元服し、鳥羽院から二条天皇につながる系統の後継者と見なされた。一方、憲仁親王は清盛の妻時子の妹滋子（建春門院《けんしゅんもんいん》）を母とし、滋子が平氏と後白河院の間をつなぐようになると、平氏一門の中では日に日にこの子を皇位に、という思いが大きくなっていた。

この対立の結末は、憲仁親王が皇太子となり、のちに高倉天皇となったことから、以仁王の敗北といえるが、このときの後継者争いにおいて憲仁親王を後見する清盛と、以仁王を後見する八条院は、間接的に敵対することになった。八条院の院号宣下当初は、八条院に奉仕する立場にあった清盛であったが、のちには八条院と対立する立場となっていったのである。

その後の平氏政権下においても、八条院は基本的に清盛とは対立的な立場にあったと考えられる。以仁王が平氏追討の令旨《りょうじ》を発したとき、令旨を携えて下向した源行家《ゆきいえ》は八条院蔵人《くろうど》であったし、挙兵が失敗に終わり、八条院が養っていた以仁王の子どもたちを清盛の命令を受けた平頼盛《よりもり》が捕らえにくると、八条院は子どもたちを一度は匿《かくま》おうとしている。このときは結局清盛に従うことになったが、八条院は平氏政権下でも鳥羽院という皇統の正統な継承者として、一定の存在感を示していたのである。
八条院は鎌倉時代に入った建暦元《けんりゃく》（一二一一）年に亡くなり、仁和寺《にんなじ》に自らが建てた蓮華心院《れんげしんいん》に埋葬される。今八条院の墓とされている「暲子内親王陵」は、京福北野線鳴滝駅東側の民家の間にひっそりと存在する。今の仁和寺の寺域から見て南西の位置にあたり、そこから、少し南にいくと「常盤《ときわ》」という地名の区域となるが、八条院の建立した蓮華心院は常盤殿《ときわどの》ともいい、もともとは山荘であった。そのあたりにも常盤古御所町《ふるごしょちょう》という地名が残り、往時の八条院とその御所に思いを馳せずにはいられない場所である。

（野口華世）

【参考文献】
荒木敏夫『可能性としての女帝』（青木書店、一九九九年）
栗山圭子『院政期王家の成立と院政』（吉川弘文館、二〇一二年）
五味文彦『平家物語、史と説話』（平凡社、一九八七年）
佐伯智広「二条親政の成立」（『日本史研究』五〇五、二〇〇四年）
髙橋昌明『清盛以前―伊勢平氏の興隆』（平凡社、一九八四年）（増補改訂版・文理閣、二〇〇四年）
高松百香「院政期摂関家と上東門院故実」（『日本史研究』五一三、二〇〇五年）
角田文衞『待賢門院璋子の生涯』（朝日新聞社、一九八五年〈初出一九七四年〉）
永井晋「十二世紀中・後期の御給と貴族・官人」（『国学院大学大学院紀要』一七、一九八六年）
野口華世「中世前期の王家と安楽寿院―『女院領』と女院の本質―」（『ヒストリア』一九八号、二〇〇六年）

橋本義彦『平安の宮廷と貴族』（吉川弘文館、一九九六年）
伴瀬明美「院政期における後宮の変化とその意義」（『日本史研究』四〇二、一九九六年）
元木泰雄『藤原忠実』（吉川弘文館、二〇〇〇年）
和歌山県立博物館『特別展京都・安楽寿院と紀州・あらかわ』（二〇一〇年）

5 建春門院平滋子《けんしゅんもんいんへいしげこ》——後白河院《ごしらかわいん》の寵姫《ちょうき》——

●清盛と後白河院の仲介者

「その当時重要な役割を果たしたにも関わらず、現代ではほとんど名の知られていない人物」というのは数多い。ここで紹介する建春門院も、そんな女性の一人である。

建春門院というのは嘉応《かおう》元（一一六九）年に女院《にょいん》となった際に付けられた女院号であり、本名は平滋子である。滋子は、平清盛の義理の妹（平時子《ときこ》の妹）であり、かつ、後白河院の寵姫であった。当時の政界の両巨頭と深い関わりを持った彼女は、清盛と後白河院との提携を橋渡しする役割を果たした。彼女の後半生は、そのまま平家と後白河院との蜜月《みつげつ》の歴史であると言っていい。

一方で、彼女は早すぎる死が惜しまれる存在でもあった。彼女の死は、すなわち平家と後白河院との蜜月の終わりを意味したからである。言うなれば、彼女は存在そのものが重要でかけがえのない女性であったのだ。

それでは、彼女の存在によって成った平家と後白河院との提携とは、具体的にどのようなものであったのか。以下、彼女の生涯をたどることで見ていこう。

●上西門院《じょうさいもんいん》に仕えた前半生

平滋子は、康治《こうじ》元（一一四二）年、父平時信《ときのぶ》・母藤原祐子《すけこ》との間に生まれた。

平時信は、清盛と同じ桓武《かんむ》平氏とはいっても、桓武天皇の孫である高棟王《たかむねおう》の代ですでに枝分かれした一門であった。清盛ら平高望《たかもち》の子孫が代々武芸を継承したのに対し、高棟王の子孫は朝廷の書記官である弁官《べんかん》などを代々つとめる、言わば事務官僚の家である。この点は、母方の実家である藤原氏勧修寺流《かじゅうじりゅう》も同様であった。

母親の没年などについて詳しいことは知られていないが、父時信については、久安《きゅうあん》五（一一四九）年七月二十六日に正五位下《しょうごいのげ》・兵部権大輔《ひょうぶごんのだいふ》で亡くなったことが知られている。他人と争わない温厚な人柄であったため、その死は世間の人々から惜しまれたという（『本朝世紀《ほんちょうせいき》』）。滋子はわずか八歳で父を失ったのであった。

滋子の人生に大きな影響を与えた人物は、両親よりもむしろ兄・姉であった。兄の名は平時忠《ときただ》、「平家でなければ人でない」との放言で世に知られる人物である。時忠が先祖から継承した政務運営に関する知識や経験は、清盛とその一門が朝廷内で地位を上昇させる過程で、非常に役立つこととなった。

そして、姉の名は平時子《ときこ》、平清盛の正妻である。出家後の呼び名「二位尼《にいのあま》」の方が、通りが良いだろうか。のちに壇ノ浦《だんのうら》合戦では安徳《あんとく》天皇を抱いたまま入水自殺する、平家の滅亡の象徴と言ってもよい人物である。

清盛と時子との結婚がいつ行われたのかは不明だが、二人の間に第一子の宗盛《むねもり》が生まれたのは久安三（一一四七）年であるから、清盛と時子が結ばれたのもそこからそう遠くない時期であったと考えられている。つまり、遅くとも六歳のときには、滋子は平家一門と縁続きになっていたということになる。

滋子自身の動向が記録上で初めて確認できるのは、応保《おうほ》元（一一六一）年九月三日のことであった。藤原忠親《ただちか》の日記『山槐記《さんかいき》』は、上西門院に女房として仕え「小弁局《こべんのつぼね》」と呼ばれていた滋子が、この日、後白河院の皇子を産んだことを記している。この皇子こそ憲仁《のりひと》親王、すなわち後の高倉《たかくら》天皇である。滋子が後白河院の寵愛を受けるようになったきっかけについては、上西門院が後白河院の同母姉であり、後白河院の養母となったほど弟との仲は緊密であったことから、後白河院が滋子のことを見初めたものと考えられている。なお、「小弁」の名は、兄時忠が当時右少弁《うしょうべん》であったことに由来している。

いつの世も、権力者の結婚や後継ぎの誕生は、政治とは切り離せないものである。滋子が後白河院の皇子を産んだことは、当時の政治状況を激変させる大事件となった。以下、滋子の出産がもたらした政治的な影響について述べよう。

●後白河院の寵愛がもたらしたもの

滋子が憲仁を産んだ応保元（一一六一）年は、平治《へいじ》の乱の二年後に当たる。後白河院は、乱の前年の保元《ほうげん》三（一一五八）年、二条《にじょう》天皇にすでに譲位していた。

もともと後白河院は二条天皇までの中継ぎとして即位したため、二条天皇への譲位は既定路線であった。このため、当時の貴族社会では、後白河院政派と二条親政派との間で争いが生じていた。さらに、両派は後白河院のブレーンとして政治を主導してきた信西《しんぜい》に対する反感を募らせていた。こうした複合的な要因により、平治の乱が発生したのである。

ところが、乱によって信西や後白河院政派・二条親政派の中核が総退場したことに加え、鳥羽院の後家で二条天皇の養母であった美福門院《びふくもんいん》も永暦《えいりゃく》元（一一六〇）年に死去したため、応保元年当時には一種の政治的空白が生じていた。信西というブレーンを失った後白河院、まだ若年で後ろ盾の美福門院も失った二条天皇のいずれも、単独で政局を主導する力量はなかったからである。このため、乱後の政務は、後白河院・二条天皇・摂関家大殿《おおとの》藤原忠通《ただみち》・関白藤原基実《もとざね》の四者の合議によって行われていた。

こうした状況下で、滋子が後白河院の皇子を産んだことは、後白河院と二条天皇とのパワーバランスを大きく揺るがした。滋子の兄である平時忠ら後白河院の近臣は、二条天皇に代えて憲仁を皇位につけることを策したのである。これに対し、二条天皇は関白基実の養女藤原育子《むねこ》を中宮に迎え、摂関家と婚姻関係を新たに結ぶことで対抗した。さらに、平治の乱の勝利者であり、当時最大の軍事力を擁していた平清盛も、二条天皇の御所である押小路《おしこうじ》東《ひがしのとう》洞院殿《いんどの》を警護するなど、二条天皇を支持した。本来中継ぎとして即位した後白河院の院政は、近臣以外の貴族たちの支持を得られなかったのである。

この結果、二条天皇による親政が確立し、後白河院は政務運営から排除された。それだけではなく、憲仁誕生の直後には、時忠をはじめ、清盛の異母弟である平教盛《のりもり》、清盛の長男重盛《しげもり》の義兄である藤原成親《なりちか》など、憲仁擁立を画策した後白河院の近臣たちが解官されている。さらに翌応保二（一一六二）年には、二条天皇を呪詛《じゅそ》した罪によって、時忠が出雲《いずも》国（島根県）に流罪とされたのをはじめ、後白河院近臣の一部が流罪に処されている。

こうした中、憲仁も数年にわたって親王とされず、皇位とは無縁の扱いを受けていた。状況がこのまま推移すれば、滋子も憲仁も、後白河院ともども不遇のままに一生を過ごすことになったはずである。

それがそうならなかったのは、長寛《ちょうかん》二（一一六四）年の藤原忠通、永万《えいまん》元（一一六五）年の二条天皇、仁安《にんあん》元（一一六六）年の藤原基実と、二条親政の中心人物が相次いで死去したからであった。死の直前、二条天皇は六条《ろくじょう》天皇を中宮藤原育子の養子として譲位していたが、外戚《がいせき》として後見役をつとめるべき基実までが死去してしまった以上、まだわずか三歳の六条天皇を中心に据えての政治など不可能である。かくして、仁安元年に憲仁が皇太子に立てられ、後白河院と平清盛の連携という政治体制が確立したのであった。

憲仁の地位の変化につれて、滋子の立場もまた移り変わっていった。仁安元年に憲仁が皇太子とされると、滋子はまず従三位《じゅさんみ》の位階を与えられ、翌仁安二（一一六七）年には後白河院の女御《にょうご》とされている。それまで滋子の立場は公的に認められたものではなく、後白河院の御所である法住寺殿《ほうじゅうじどの》の東の対屋を与えられていたことから「東御方《ひがしのおんかた》」と称されていたが、女御とされたことで滋子は公式に後白河院の后と認められたのである。

さらに、仁安三（一一六八）年に憲仁が即位すると（以下、高倉《たかくら》天皇と表記）、天皇の母となった滋子は皇太后《こうたいごう》とされた。そして翌嘉応元（一一六九）年、滋子は建春門院という院号を下され、ついに女院、すなわち院と同格の存在となったのである。一介の実務官僚の家に生まれ、女院の女房として出仕した女性が、院の寵愛を受け皇子を産んでから、わずか八年。まさに劇的な前半生と言えよう。

●同性の見た建春門院

後白河院の寵愛を一身に受けた建春門院は、どのような女性であったのだろうか。

現代に残された史料の多くは、男性の手によって男性の世界が描かれたものであり、女性についての記述はそれ自体が非常に少なく、なかなかその人物像までは知りえないことが多い。実は、同性の手になるまとまった描写が残されているという点でも、建春門院は非常に稀有《けう》な女性である。

その貴重な史料とは、建春門院のそば近くに仕えた女房の回顧録『たまきはる』である。作者の健御前《けんごぜん》は、仁安三（一一六八）年、建春門院が皇太后とされたときから一二歳で宮仕えを始め、建春門院・八条院《はちじょういん》・春華門院《しゅんかもんいん》の三女院に仕えた。題名は「命」に掛かる枕詞《まくらことば》で、本書冒頭の五文字から取られている。ちなみに、『新古今和歌集《しんこきんわかしゅう》』の撰者で、『小倉百人一首《おぐらひゃくにんいっしゅ》』の撰者とも目される藤原定家《さだいえ》は、健御前の弟である。健御前の没後に遺文を収集し、本編の後に採録したのも、定家であった。

『たまきはる』から、建春門院の人となりについて知ることができる箇所を、いくつか現代語に訳して紹介しよう。まずは第二段から、建春門院が女房たちに向かって朝に夕に口にしていたという言葉である。

> 女は、ただ心がけ次第で、どうにでもなるものです。親の配慮や、周囲の世話によるのではありません。我が身を卑下せずにいれば、自然と身に過ぎるほどの幸せがやってくるものです。

何しろ、一女房から女院へと昇りつめた女性の発言である。説得力が違う。

次に、第四段から、建春門院の日常の様子についての描写である。

夏など、ふとお目覚めになり、「暑いわね」などとおっしゃって、袷《あわせ》の小袖《こそで》の胸のところをお開けになり、はたはたとお扇ぎになるお姿など、誰でもすることまでがとても好ましく見えるのは、ただお人柄によることでございましょう。「こぼれんばかりの愛らしさ」などと昔の物語に書かれているのは、このようなことを指すのでしょうか。ただただみずみずしくお美しい横顔の、いいようもなく白いところに、額の髪がはらはらとこぼれかかる隙間から、お顔色が映えて見えるご様子なども、この世に類なくお美しいものでございました。

盆地である京都の夏の蒸し暑さは、昔も今も変わらない。うだるような暑さの中でのしどけない格好すら好ましく見えるというのであるから、建春門院は、何をしても様になるタイプの、魅力的な女性であった、ということであろうか。一五歳年上の美しい主人を見つめる健御前のまぶしい思いが、行間から立ち上ってくるようである。建春門院の美しさは、建春門院の義理の姪である建礼門院《けんれいもんいん》（清盛の娘である平徳《とく》子《こ》）に仕えた女房の私家集《しかしゅう》『建礼門院右京大夫集《けんれいもんいんうきょうのだいぶしゅう》』の中でも絶賛されている。

『たまきはる』は、建春門院の人物像にとどまらず、歴史上の様々なことについての知見も与えてくれる、貴重な史料である。たとえば、第五段に記されている女房の一覧からは、当時の女院の女房がどのような出身の女性たちであったかをうかがい知ることができる。この記述をもとに、五味文彦氏は、建春門院の女房の多くは、建春門院のかつての主人である上西門院に仕えていた者と、建春門院の乳母《めのと》である若《わか》狭局《さのつぼね》の縁者であったことを明らかにしている。このほか、女性の服飾についての記述など、重要な情報は数多い。

最後にもう一つ、鎌倉時代中期に成立した説話集『古今著聞集《ここんちょもんじゅう》』から、建春門院とかつて同僚であった女房との間に起こった、一つのエピソードを紹介しておこう。仁安三（一一六八）年、当時皇太后であった建春門院を、息子の高倉天皇があいさつのために訪問する朝覲行幸《ちょうきんぎょうこう》が行われたときのことである。高倉天皇に付き従っていたかつての同僚の女房が、建春門院に向かって「このお幸せのことをどのようにお考えですか」と問いかけた。これに対して、建春門院は「前世に定められたことですから、とくに何とも思っておりません」と答えたと伝えられている。この幸せはいたって当然のこと、という態度であり、「我が身を卑下しない」という先に紹介した建春門院の信条が、実によく表れた逸話であろう。

●後白河院と平清盛との蜜月

さて、建春門院を間にした後白河院と平家の提携関係がどのようなものであったのかは、建春門院の家政機関の構成員の顔ぶれが端的に示している。具体例として、仁安二（一一六七）年、女御とされた彼女の政所《まんどころ》・侍所《さむらいどころ》の職員の構成を紹介しよう。ちなみに、政所・侍所と言うと、日本史の教科書では鎌倉幕府に設置されたものとして紹介されているが、実際には、三位以上の位階を持つ貴族の家には基本的に政所・侍所が置かれており、政所が資産の運営、侍所が職員の管理を行う機関である。

政所…★藤原定隆《さだたか》・★●平教盛《のりもり》・★藤原盛隆《もりたか》・●平知盛《とももり》・★藤原光能《みつよし》・★藤原季能《すえよし》・★藤原光雅《みつまさ》・★藤原盛頼《もりより》・藤原隆成《たかなり》・●平時実《ときざね》

侍所…藤原実守《さねもり》・藤原実宗《さねむね》・藤原基家《もといえ》・★源通家《みちいえ》・★●平宗盛・★●平時忠・★藤原定能《さだよし》・★藤原俊経《としつね》・平信範《のぶのり》・★藤原重方《しげかた》・★藤原長方《ながかた》・藤原為親《ためちか》・★藤原経房《つねふさ》・源有房《ありふさ》・★平親宗《ちかむね》

名前の前に★を付けた人物は、後白河院の近臣や院司《いんじ》などであることが確認できる者であり、●を付けた人物は清盛の一門である（平時忠とその子を含む）。後白河院と清盛の双方の関係者が、建春門院の下でともに奉仕していたことがはっきりと見て取れるだろう。

院の后や女院となったことで、建春門院は位階の昇進者などを毎年一定数推挙する権利を得ており、それ以外にも、朝覲行幸などの際に臨時に昇進者を推薦する機会が数多くあった。建春門院に奉仕する者たちは、対価として建春門院の推挙を得て昇進を果たし、他の貴族たちとの昇進争いで優位に立つことができたのである。

さらに、人事の最終決定権を握る後白河院に対して、妻である建春門院の持った影響力は、『たまきはる』で「政治の上のことをはじめ、どんな些細なことでも思いのままにならないことはなかった」と評されたほどであった。建春門院の私的な口利きがあれば、それも昇進には有利に働いたであろう。

人事に限らず、建春門院は様々な事例に関して後白河院とともに報告を受け、後白河院が不在の際には代わりに決定を下しさえしていたことが、栗山圭子氏によって明らかにされている。こうした建春門院の政務関与を、鎌倉時代に慈円《じえん》が著した歴史書『愚管抄《ぐかんしょう》』は、女性の補佐することで国政がうまくゆく好例として取り上げている。建春門院の存在は、鳥羽院の死から続いた混乱に終止符を打ち、政治的安定をもたらしたのであった。

●旅する女院

ところで、建春門院と後白河院は、日常生活を共にするばかりでなく、様々な場所に旅に出たことでも知られている。その中でも、平家との関わりで重要な意味を持った旅が、承安《じょうあん》元（一一七一）年の福原御《ふくはらご》幸《こう》と、承安四（一一七四）年の厳島御幸《いつくしまごこう》であった。

福原（兵庫県神戸市）には平清盛が嘉応元（一一六九）年以来居住しており、後の治承《じしょう》四（一一八〇）年には清盛が強引に遷都を行っている。後白河院も嘉応元年・嘉応二（一一七〇）年とすでに二度にわたって福原の清盛邸を訪問しており、嘉応二年の訪問時には大陸から渡って来た宋人と面会して保守的な貴族たちの眉をひそめさせていた。その後も後白河院はたびたび福原を訪れているが、建春門院をともなったのは、この承安元年が初めてのことである。

二人の福原御幸の直後には、清盛の娘徳子が後白河院の養女とされ、高倉天皇の后に迎えられている。徳子の入内という重大事が決定されたのも、この福原御幸の際であったと考えられている。

そして、承安四年の厳島御幸の目的は、言うまでもなく、社殿を大々的に造営し、一門を挙げた大事業として制作した『平家納経《へいけのうきょう》』を納めるなど、清盛が篤く信仰した厳島神社（広島県廿日市市）に詣でることであった。建春門院だけでなく後白河院にとっても、このときが生涯唯一の厳島参詣である。このときも二人は福原の清盛邸に立ち寄っているだけでなく、清盛自身が厳島まで同行しており、まさに建春門院を通じての後白河院・清盛の協調関係を象徴する旅行となった。

ちなみに、当時の貴族社会では、身分が高くなればなるほど、京都周辺の限られた圏内で生活を営むのが普通であり、二人の行動は貴族たちにかなりの異例と受け取られた。平時に行われた通常の女院の御幸の中で、建春門院の厳島は京都からもっとも遠い目的地である。

当時、女院が京から遠く離れて旅をする場合の目的地として、もっとも一般的なのは熊野《くまの》（和歌山県）であった。建春門院も、仁安二（一一六七）年・嘉応元（一一六九）年・安元《あんげん》元（一一七五）年の三度、後白河院とともに熊野詣を行っている。

さらに、『平家物語《へいけものがたり》』の中の長門本《ながとぼん》と呼ばれる版には、建春門院が病の快復を祈願するため、亡くなる先年に四〇日をかけて歩行で熊野に参詣した、という逸話が記されている。このとき、建春門院は社前で胡《こ》飲酒《んじゅ》という舞を奉納したが、突然降り出した大雨にも動じることなく舞い終わったと伝えられる。全体に史実性は薄いと思われる逸話だが、そこには、些細なことにこだわらず、また京を離れ旅に出ることもいとわなかった、建春門院の人柄が反映されていると言えるだろう。

●早すぎた死と蜜月の終焉

安元二（一一七六）年三月、後白河院の五〇歳を祝う儀式が、後白河院・建礼門院の住む法住寺殿で盛大に行われた。その直後、後白河院と建春門院の二人は、有馬温泉《ありまおんせん》に御幸を行っている。この御幸が、二人の最後の旅行となった。この年の六月に、建春門院が病に倒れたからである。病名は二禁《にきん》と呼ばれる腫れ物であった。

様々な治療や加持祈禱が行われたが、その甲斐もなく病状は急激に進行し、建春門院は七月八日に最勝《さいしょう》光院《こういん》南御所で死去した。発病からわずか一か月、三五歳の若さでの死であった。死の二日後、建春門院は蓮華王院《れんげおういん》（三十三間堂）の東に建つ法華堂《ほっけどう》に葬られたが、法華堂は鎌倉時代以降荒廃して失われ、その所在地は現在不明である。

建春門院の死後、後白河院と清盛との関係は急速に悪化した。もっとも深刻な対立の原因となったのは、皇位継承をめぐる問題である。

先述した通り、すでに承安元（一一七一）年、清盛の娘徳子が高倉天皇の后に迎えられていたが、建春門院が死去した安元二年の時点で、二人の間にいまだ子は産まれていなかった。このとき、高倉天皇は一六歳、徳子は二二歳であり、後継ぎが不在であることをとやかく言うような年齢ではまったくなかったが、問題は高倉天皇が成人し政務運営に関与する時期が近付いてきたことにあった。

院政を行う院にとって、天皇が幼少で政務に関わらない方が都合が良いため、天皇が成人すると、院は皇子に譲位させようとするのが常であった。だが、このときは高倉天皇に皇子がまだいなかったため、後白河院は自身の皇子を高倉天皇の養子とし、譲位をさせようとしたのである。これが実現すれば、高倉天皇と后の徳子の存在は宙に浮き、清盛は天皇の外戚となることができなくなってしまう。清盛としては許容できることではなかった。

建春門院の死は、後白河院の近臣と平家一門との間の対立も顕在化させた。たとえば、建春門院の死から半年後の安元元年十二月、後白河院の近臣である藤原光能と、清盛の四男である平知盛との間で、蔵人《くろうどの》頭《とう》就任をめぐる争いが起こっている。蔵人頭は天皇のもっとも側近くに仕える役職で、これに就任することは公卿《くぎょう》昇進への最短ルートであった。下馬評では清盛の最愛の息子とも評された知盛が有力と考えられていたが、実際に蔵人頭に就任したのは光能であった。

先に紹介したように、知盛も光能も建春門院が女御であったときに政所の職員となっており、ともに働いた同僚であった。その間で、このように昇進をめぐる争いが発生したのである。さらに、翌治承元（一一七七）年には、右近衛大将《うこのえのたいしょう》の地位を巡って、後白河院の近臣の筆頭である藤原成親と、清盛と正妻の平時子との間に生まれた第一子である宗盛との間で争いが起こり、このときは宗盛が勝利している。

さらに、建春門院の死にともなう遺産相続の問題も、後白河院と清盛との間の紛争の火種となった。建春門院の死後、その遺産は息子の高倉天皇に相続されたが、実はこれは後白河院や近臣たちにとって誤算であった。というのは、建春門院の財産は夫の後白河院と共同で経営されていたため、後白河院や近臣たちは、建春門院の遺産は後白河院に当然受け継がれるものと考えていたからである。

建春門院の遺産の中で最大のものは、彼女の御願寺である最勝光院に付属する荘園であった。最勝光院は後白河院と建春門院が暮らした院御所である法住寺殿の一角に建てられた寺院で、彼女がこの最勝光院内の南御所で死去したことはすでに述べた。その建築は彼女の栄光にふさわしい壮麗なものであったと伝えられているが、承安三（一一七三）年の落成に合わせ、維持費や仏教行事の費用をまかなうための荘園が多数設置されていたのである。この荘園のもととなる私領を寄進したのが後白河院の近臣であり、その認可を行ったのが後白河院であったのだ。

鳥羽院・美福門院の莫大な財産が娘の八条院に相続されたように、当時の院・女院の財産は、皇位とは別に娘たちに相続されるのが通例であった。ところが、高倉天皇が建春門院の遺産を相続すると、後白河院は父親として当面は経営を代行できるものの、自身の意思で相続者を決定することができなくなる。院近臣たちにとっても、清盛の影響力の強い高倉天皇が上位の所有権者になることは、想定外の事態であった。

すでに述べたように、清盛はもともと後白河院ではなく二条天皇を支持していたのであり、後白河院と清盛との協調は、二条天皇の死がもたらした妥協の産物であった。そのため、嘉応元（一一六九）年に延暦寺が後白河院近臣筆頭の藤原成親を流罪に処するよう要求して強訴を起こした際、後白河院から防御するよう命じられた平家一門が出動を渋ったように、両者の対立は以前から伏在していたのである。建春門院の死によって調停役たりえる人物が失われた結果、こうした矛盾が一気に顕在化し、後白河院と近臣たちは平家打倒へと向かうことになった。

建春門院の死から一年にも満たない治承元（一一七七）年六月、延暦寺を討伐せよとの後白河院の命を受け上洛した清盛は、後白河院と近臣たちによる平家打倒の企ての密告を受け、陰謀に関わった近臣たちを一斉に処罰した。世に言う鹿ケ谷《ししがたに》事件である。

さらに二年後の治承三（一一七九）年十一月には、清盛に対する後白河院の度重なる挑発行為に対し、上洛した清盛が武力によるクーデターを決行する。これが治承三年政変と呼ばれる事件であり、この結果、清盛は後白河院を京都南方の鳥羽殿に幽閉して院政を停止し、政権を掌握するに至ったのである。

だが、武力による政権奪取に対するリアクションも大きかった。政変から半年後の治承四（一一八〇）

年五月、後白河院の皇子である以仁王《もちひとおう》が、反平家を旗印に挙兵する。挙兵自体は短期間で鎮圧されたが、源頼朝など以仁王の令旨《りょうじ》（命令文書）を受け取った反平家勢力が各地で蜂起し、全国的な内乱へとなだれ込んでいったのである。

鎌倉時代中期に成立した『平家公達草子《へいけきんだちぞうし》』は、建春門院の死後に世の中が乱れたと評するが、妥当であろう。内乱の原因そのものは彼女の死と別のところにあり、後白河院と清盛との関係は、いずれ何かの形で清算される必要があったことは間違いない。だが、建春門院がもう少し長命であれば、このような全国を巻き込む内乱という破局的な結果とならなかった可能性は高い。その意味でも、彼女の早過ぎる死は、多くの人々にとって惜しまれるものであったと言えよう。

（佐伯智広）

【参考文献】

栗山圭子『中世王家の成立と院政』（吉川弘文館、二〇一二年）
五味文彦『院政期社会の研究』（山川出版社、一九八四年）
五味文彦『平清盛』（吉川弘文館、一九九九年）
佐伯智広「二条親政の成立」（『日本史研究』五〇五、二〇〇四年）
佐伯智広「高倉皇統の所領伝領」（『日本史研究』五四九、二〇〇八年）
元木泰雄『院政期政治史研究』（思文閣出版、一九九六年）
元木泰雄『平清盛の闘い幻の中世国家』（角川学芸出版、二〇一一年、初出二〇〇一年）

6 乳母《めのと》と女房――貴族社会を支えた女性たち――

●乳母と女房

乳母も女房もともに、主人に仕える使用人である。もともと乳母は母親に代わって授乳をする人であったが、この時代にはむしろ幼い主人の身の回りの世話や躾《しつけ》を受け持つ養育係であり、天皇や大貴族の子どもの場合などには別に授乳係（御乳人《おちのひと》）もいた。たとえば平重衡《しげひら》の妻藤原輔子《すけこ》（大納言佐《だいなごんのすけ》）は安徳《あんとく》天皇の乳母であったが、子どもはいなかった。安徳天皇の第一の乳母で平時忠《ときただ》の妻帥局《そちのつぼね》（洞院局《とうのいんのつぼね》）は、乳母として誕生時の儀礼に奉仕したが、儀礼が終わったのち授乳のために参上したのは中宮の母時子《ときこ》（二位尼《にいのあま》）の女房であった。授乳のためには乳の出が良いことが絶対的な条件になるから、政治関係その他を考慮して選ばれる乳母とは別人が宛てられるようになったのだろう。天皇の子どもたちの場合、四人前後の乳母が付けられて夫婦ぐるみで幼い主人を育て、その関係は主人の成人後も亡くなるまで続いた。

一方女房は、天皇や上皇・女院から一般の貴族まで、主人の身近に仕えて日常生活の世話をする女性で、乳母も女房である。房という言葉は、もともと部屋という意味であり、主人が住む屋敷（宮中の場合は弘《こ》徽殿《きでん》とか藤壺《ふじつぼ》とかいった建物）の一角に部屋（建物の周辺部分を衝立《ついたて》や几帳《きちょう》で仕切った空間に過ぎないが）を与えられた女性を指す。当然これは女性使用人の中でも主だった人々に限られ、炊事や洗濯・掃除など肉体労働のためには、雑仕女《ぞうしめ》と呼ばれるような女性が別にいた。女房は大半が貴族やそれに近い階層の出身者で、天皇や中宮の場合は名前を登録した札が作られ、毎日出勤をチェックされていた。乳母は少なくとも結婚しており、大半は出産経験を持っていたが、乳母を除く女房の場合は未婚の人も多く、成人式である裳着《もぎ》を終えたばかりの少女もいた。

女房という言葉が使われるようになるのは十世紀以降、住居でいえば「寝殿造《しんでんづく》り」建築が成立する頃からである。

女房の中でも、天皇に仕える女房を「内《うち》の女房」といった。天皇が日常生活を送る場所は内裏《だいり》と呼ばれ、八世紀の頃は女官によって取り仕切られていた。天皇の日常生活を取り仕切る女官の組織は仕事の内容によって一二の部門に分かれていたから、一般に後宮十二司《こうきゅうじゅうにし》と呼ばれている。十二司の中には天皇大権の象徴である鈴印《れいいん》の管理や（蔵司《くらのつかさ》が担当）、天皇と臣下の意見のやり取りを取り次ぐ（奏請宣伝《そうせいせんでん》という）天皇の秘書的役割（内侍司《ないしのつかさ》が担当）も含まれていたから、女官の政治的役割は重要であった。したがってこの時代には、女官のトップ（尚蔵《くらのかみ》や尚侍《ないしのかみ》）に就任した人の多くは時の権力者の妻である。しかし九世紀初め「薬子《くすこ》の乱」をきっかけに蔵人頭《くろうどのとう》が置かれると、天皇の秘書的役割は次第に女官から蔵人頭（男性）に移っていった。とは言え内侍司の秘書的役割がまったくなくなったわけではない。天皇の意思の伝達は主に蔵人頭と内侍司の二本立てで行われたが、内侍司が出す命令や連絡が「内侍宣《ないじせん》」、のちには「女房奉書《にょうぼうほうしょ》」と呼ばれるものである。のちに公卿になる人物の多くは若い時代に蔵人頭を経験しているが、彼らの日記を読むと、一日の内に天皇や上皇・摂関家などの間を何度も往復する、過労死寸前の環境で働いていたことがわかる。

一方女房の所には、貴族たちの方からやってきた。貴族たちはほとんど毎日、内裏だ、上皇の御殿だ、女院だ、関白の家だ、と有力者のご機嫌伺いに廻っている（女院は八条院のように莫大な財産を受け継いでいて発言権も強いから、ご機嫌伺いをする必要がある）。乗り物は悠長な牛車だから、廻るだけでも日が暮れそうである。ところが行った先の主人がすぐに会ってくれるとは限らない。穢《けが》れや物忌《ものい》みやで、御《み》簾《す》の後ろに籠《こ》もることが多いのである。そこで彼らが代わりに会うのが女房である。訪問先の女房に会っていただき、情報交換したり頼みごとをするのは貴族の重要な日課であった。そこから人事が動くこともあり、円融天皇の乳母橘典侍のように、密かに立后工作をする場合さえあった。その一方で内侍司を除く十二司の多くは、食事の調理や酒造りなど天皇の日常生活を支える内廷官司《ないていかんし》と競合することから縮小整理され、九世紀が終わる頃には内侍司に管理される組織に変貌した。後の時代に皇位継承に欠かせない三種の神器の一つとなる鏡が、「内侍所《ないしどころ》」と呼ばれて女官（内侍）の手で管理されるようになるのも十世紀以後である。したがって内の女房の中心は主に内侍司の女性官人、中でも内侍司の次官である典侍《ないしのすけ》、三等官である掌侍《ないしのじょう》であり、通常内侍といえば掌侍のことを指すようになった。さらに、掌侍の上臈《じょうろう》（序列のトップ）を勾当内侍《こうとうのないし》（通称長橋局《ながはしのつぼね》）と言い、中世の宮廷では天皇家の財産管理を一手に引き受けている。

律令制では、女官の役職は男性と同様、長官（カミ）・次官（スケ）・三等官（ジョウ）から構成され、女《にょ》孺《じゅ》や采女《うねめ》がその下で掃除や縫い物などの雑用を受け持っていたが、平安時代になると必要に応じて新たな職が設けられた。たとえば文書作成などに携わる女史や蔵人と同様殿上の雑務に従事する女蔵人《にょくろうど》などで、内侍の指揮下で働いた。

東宮や中宮・斎宮などにも、無論女房は存在した。そこにはたとえば報道官的役割を果たす、「宣旨《せんじ》」という役が置かれている。中宮や東宮の女房には、天皇と異なって国家の役人と個人的な使用人の二系統があった。斎宮の女官組織を研究した榎村寛之氏によれば、国家組織の一部としての斎宮に奉仕する女官は天皇から与えられた位を持ち（建前としては給料も国から出る）、国家の管理を受けるのに対して、内親王（女王）個人が雇う斎王の使用人（その筆頭が乳母である）は必ずしも位を持たず、管理者も親王家の役人であった。中宮定子や彰子の女房も同様である。

内の女房と乳母も、本来は異なった系統の使用人であった。律令制は親王に乳母を付けることを規定しているが、その採用は親王家に委《ゆだ》ねられ、女官と違って国家が勤務評定をすることもなかった。しかし摂関政治の頃には、親王が即位すると乳母を横滑りさせて典侍に任命し、公卿なみの三位の位を与えるようになる。十一世紀には内侍司のトップ尚侍はキサキ予定者になるから、三位の位を持ち典侍の筆頭になった乳母は、清少納言も書いているように内の女房たちを取り仕切る権威を持つことになった。

●院政の時代と乳母

十一世紀前半、藤原道長《みちなが》と倫子《りんし》の四人の娘はすべて天皇・皇太子のキサキとなった。「この世をば、わが世とぞ思ふ」と詠《よ》んで藤原実資《さねすけ》をあきれさせたのは、三女威子《いし》が立后したときである。その際道長は、中宮の女房に公卿クラスの名門貴族の娘を集め、御堂流《みどうりゅう》（道長子孫）がほかのすべての貴族の上に立つことを誇示しようとした。しかし藤原基経《もとつね》の子孫と二世源氏（天皇の孫）が大半を占める道長時代の上流貴族にとって、娘をほかの貴族の女房にすることは格下の層への転落を意味し、心理的な抵抗が大きかった。この時代までに天皇や中宮の女房や乳母となったのは、主に受領クラスの中下級貴族出身者であり、両者の間には大きな格差があったからである。受領階層の貴族たちは、男性は国の守などを歴任する一方で上級貴族の家司《けいし》（家臣）となり、女性は女房や乳母として奉仕した。

キサキの皇子出産記録を集めた『御産部類記《おさんぶるいき》』という書がある。キサキの出産を知るのに便利な本であるが、十世紀頃の皇子出産の場合出産の介添えや乳母についてはキサキの親兄弟が配慮し、家に仕えるベテラン女房などをあてている。たとえば冷泉《れいぜい》天皇が生まれたとき、新生児をお湯で清める儀式に奉仕したのは、母女御安子《やすこ》の兄弟伊尹《これまさ》の乳母大和《やまと》である。彼女は「その道を良く知る」者であった。また副乳母となった女性は、もとは女御の祖父忠平《ただひら》家の女房である。ところが十二世紀後半の宮廷では、格差意識は薄れ、公卿の娘が天皇の女房や乳母になっている。平家の場合も重盛《しげもり》の妻が高倉天皇、重衡《しげひら》の妻と時忠の妻が安徳天皇と、天皇の乳母の地位をミウチで独占した。この変化はどのようにして起こったのだろうか。すこし時間を遡ってみよう。

道長の時代から数十年後の宮廷に、藤原親子《ちかこ》という女性がいた。堀河《ほりかわ》天皇の寛治《かんじ》七（一〇九三）年十月二十九日に七三歳で亡くなったから、生まれたのは後一条《ごいちじょう》天皇の治安《じあん》元（一〇二一）年である。のちの右大臣藤原宗忠《むねただ》は、日記『中右記《ちゅうゆうき》』に彼女の死を次のように記した。

彼女は故大舎人頭親国朝臣《おおとねりのかみちかくにあそん》の娘、今の伊予守《いよのかみ》顕季《あきすえ》朝臣の母であり、太上天皇（白河院《しらかわいん》）唯一の乳母である。上皇の在位中天恩に浴し、位も従五位下から正三位まで昇った。今の天皇（堀河）が上皇の所に行幸したとき、位を従二位に進めた。出家して尼になったが、（上皇が造った）法勝寺《ほっしょうじ》（京都岡崎、現在の京都市動物園一帯に広がる広大な寺で、巨大な九重塔で有名だった）の東南辺にお堂を建て、ひたすら念仏をしていた。上皇は病に倒れた彼女の見舞いに訪れており、彼女の死を深く嘆いている。

白河天皇は幼少の息子堀河天皇に譲位した後、孫の鳥羽《とば》・曾孫の崇徳《すとく》天皇の時代に一の院として院政をしき、専制的な権力を行使した。彼は母を早く亡くし、また親子以外に数人いた乳母も早く亡くなっているので、親子は文字通り母代わりの唯一の乳母であった。彼は愛憎の激しい人物で、中宮賢子《けんし》、愛娘郁芳《いくほう》門院《もんいん》（彼女が死んだときには、悲しみのあまり出家までした）、猶子待賢門院《たいけんもんいん》などに対して、異常なほどの愛情を注いでいる。親子にたいする愛情も強く、病が重くなった彼女を何度も見舞っている。親子の夫隆《たか》経《つね》が正四位下で終わったのに対して子顕季《あきすえ》が正三位、その子の長実《ながざね》と家保《いえやす》がそれぞれ権中納言正三位、参議従三位となって公卿の仲間入りできたのも、「太上天皇唯一の乳母」である親子の力が大きかった。本章2「平重盛の妻・重衡の妻――平氏一門と結婚した女性たち――」の重盛の妻経子《つねこ》の所で触れたように、経子の父家成《いえなり》は家保の子である。彼らは乳母の子という縁を頼りに白河院・鳥羽院という院政期の最高権力者に密着し、家格をあげて公卿の道を進んでいった。

親子の後に出てきたのが、藤原公実《きんざね》の妻光子《みつこ》である。彼女は但馬守《たじまのかみ》藤原隆方《たかかた》の娘で、後の内大臣藤原公《きん》実《ざね》と結婚した。公実は藤原師輔《もろすけ》の子公季《きんすえ》を祖とする閑院流《かんいんりゅう》の出身である。閑院流は道長の時代には摂関家におされ、その他貴族といった地位にとどまっていた。しかし公実の叔母茂子《しげこ》が産んだ白河院が即位したことで外戚となり、さらに姉妹の苡子《いし》が堀河天皇を産んだことで、天皇家との関係が一層強まった。すでに公家社会の中での御堂流の優位は動かず、摂関の地位は道長子孫の間で受け継がれることが慣例となっていたが、彼らは天皇・院のミウチ・側近として実質的に権力を確保する道を選んだのである。光子は堀河天皇の乳母となり、その子鳥羽天皇の誕生に奉仕した。鳥羽天皇の出産は左少弁顕隆《あきたか》邸で行われ、妻弁《べんの》乳母《めのと》（悦子）が乳母となったが、光子も生後数日で母を亡くした皇子の乳母をともにつとめることになった。これにより光子は堀河・鳥羽二代の天皇の乳母として絶対的な権威を得ることになったのである。

光子の娘のうち、実子《じっし》は母とともに鳥羽院の乳母となり、幼児のときから白河院に育てられた璋子《たまこ》は鳥羽天皇の中宮となり崇徳・後白河《ごしらかわ》天皇の母となった（待賢門院《たいけんもんいん》）。光子は二代の天皇の祖母になったのである。また公子《きみこ》が産んだ懿子《いし》は従兄弟《いとこ》の後白河天皇の女御となり二条《にじょう》天皇を産んでいる。数代の天皇の外戚となった結果、光子の子実能《さねよし》は従一位太政大臣までのぼって徳大寺家の祖となり、その兄通季《みちすえ》は権中納言で亡くなったが、鎌倉時代の朝廷で突出した地位を獲得した西園寺家の祖である。保元の乱後、後白河天皇の側近として政治改革を進めた藤原通憲《みちのり》（信西《しんぜい》入道）の妻が紀二位（紀朝子《きのあさこ》）という後白河の御乳人（乳母・典侍）で、通憲が後白河の懐刀的な地位を得たのも、紀二位の影響力によるものであったこともよく知られている。

乳母のミウチが乳母の力で一族全体の家格を引き上げ、公卿となった後も一族から院や天皇の乳母や女房を出すというのは、院政期の顕著な特徴である。道長の時代、天皇の乳母は三位の典侍となり後宮内で権勢を得たが、それによって貴族社会の序列が動かされることはなかった。清少納言《せいしょうなごん》は『枕草子《まくらのそうし》』の中で、内裏の乳母は典侍・三位などになれば重々しいけれど、女の盛りを過ぎて何ほどのことがあろうかと、男性に比べた女性の分の悪さをぼやいている。清少納言は典侍に対する憧れが強かった人であるが、彼女でさえこう言わざるを得なかったところに、この時代の乳母の地位を見ることが出来る。事実一条天皇の乳母橘徳子や後冷泉天皇の乳母藤原賢子（紫式部《むらさきしきぶ》の娘・大弐三位《だいにのさんみ》）の場合も、彼女たちの力で一族が公卿となるということはまったくなかった。つまりこの時期の摂政や関白はミウチの特権を利用してその子ども達や昵懇《じっこん》の人物を有利な地位につけるように天皇に働きかけることまでは行ったが、自分の家司や乳母子を同格の公卿とするような、家格の序列を流動化させるようなことはできなかった。逆に摂関家・御堂流と他の公卿の家の格差が拡大し、公卿が摂関家の家司となることさえ起こったのである。

　しかし、院政期の院は臣下である摂関とは異なり、父・祖父としての権威を使って天皇に働きかけ、寵愛する近臣（院が支配するイエにつらなる人々）の地位を上げていった。この結果十二世紀には、平輔子の父邦綱《くにつな》のように新たに成り上がって公卿となる人々が生まれてくる。院や権力を握った清盛が近臣やミウチの位をどんどん引き上げたから、奈良時代には一〇人前後しかいなかった三位以上の公卿は時を経るにつれて飛躍的に増加し、安徳天皇が即位する頃には六〇人近くまで膨れ上がった。こうした時代だから、一族の女性から天皇の乳母を出すことは、中下級貴族が公卿の仲間入りするもっとも効果的な方法であったし、家格の低下に悩む摂関家以外の貴族にとっても、魅力的であった。しかし天皇の乳母の数には限りがある。また天皇の交代は、乳母の交代を意味する。そこですでに院と密着して乳母となった女性の権威を次世代につなげるために、次の天皇の乳母の地位もミウチで独占する傾向も生じてきた。興味深いことに父系のイエが確立するこの時代であっても、乳母の地位は母から娘へ、姉から妹へというように、女系で受け継がれている。先に見たように光子の子実子はおそらく母の推挙で、母とともに鳥羽天皇の乳母をつとめている。また重衡の妻輔子の姉妹は、順に歴代天皇の乳母をつとめているのである。

平家の一族も院の武力を担当し近臣となる中で、そうした乳母を輩出している近臣と姻戚関係を結び、ミウチを天皇の乳母としていった。先に見た重盛妻経子・重衡妻輔子のほか、時子自身も二条天皇時代に乳母・典侍として仕えていたし、時忠の妻領子《むねこ》（帥佐《そちのすけ》）も安徳天皇の乳母である。この帥佐は権中納言藤原顕時《あきとき》の娘であるが、彼の叔父顕隆《あきたか》の妻悦子《えつし》は、鳥羽院の乳母であった。さらに難産でなくなった宗盛《むねもり》の妻も、もともと安徳天皇の乳母として予定されていた。とくに高倉・安徳の親子天皇の時代、院と結んだ平家は乳母の地位も一族で占め、この点からも天皇を独占的に支配する体制を作り上げていった。京の貴族社会の中だけで考えると、清盛ののちも平家は万全な地位を確保したと思われただろう。

権力を握った支配者は競争相手となる兄弟よりも献身的に尽くしてくれる乳母の一族を信頼したから、白河院と親子の関係のように、乳母一族と養君の結合は非常に強かった。乳母の一族は養君が権力を握ることを期待して一族をあげて奉仕した。そのことは養君が没落するときに、乳母もともに没落することをも意味している。とくに保元《ほうげん》・平治《へいじ》の乱以後戦乱の世になると、主君の運命の変化に乳母一族が巻き込まれることも多くなった。それは武士の社会に限らない。『平家物語』の巻二には、主君が捕らえられたとき息子の乳母の姿が描かれている。鹿ヶ谷の陰謀の首謀者の一人として藤原成親《なりちか》が捕らえられたとき、息子の丹《たん》波少将《ばのしょうしょう》成経《なりつね》も連座した。少将の乳母六条は「御乳に参りはじめさぶらひて、君を血の中より抱き上げまいらせ」てから二一年、その成長だけを見守っていたのにこんなことになるとはと、人目もはばからず泣き悶《もだ》えた。かなりリアルな表現であるが、出産時から育て上げた養君と乳母は、たとえ流刑になろうとも奉仕するといった強い感情で結ばれている場合も多く、この場合も成経の帰還まで北の方とともに留守宅で待ち続けている。

また、同じ『平家物語』には惟盛《これもり》の子六代御前の乳母の姿も描かれている。惟盛の妻は平家の滅亡後二人の子どもとともに大覚寺の北の菖蒲谷《しょうぶだに》に隠れていたが、ここには二人の子どもの乳母もともに住んでいた。六代御前が捕らえられた時乳母は泣きながらさまよい、命乞いを頼むために高雄の文覚上人《もんがくしょうにん》のところまで出かけている。また作家の永井路子は『北条政子《ほうじょうまさこ》』を始めとする鎌倉幕府成立期を描いた作品の中で、二代将軍頼家《よりいえ》の時代に起こった有力御家人《ごけにん》比企《ひき》一族の滅亡と頼家の将軍の地位剥奪、実朝《さねとも》の三代将軍就任を、兄弟それぞれの乳母一族同士の戦いという視点を取り入れて描いている。比企一族は比企尼が頼朝の乳母をつとめて流刑時代にも頼朝を支え、鎌倉幕府の成立後は比企能員《よしかず》の妻が頼家の乳母、さらに能員の娘若狭《わかさ》と頼家の間には跡継ぎの男子が生まれるなど、三代にわたって親密な関係を結んだ。しかしこの関係は、頼家の外戚北条氏に危機感を抱かせ、女性を含む一族すべてが滅ぼされた。代わって彼等が将軍とした実朝の乳母は、母政子の妹であったのである。木曽義仲の乳母子今井兼平《いまいかねひら》が最後まで義仲《よしなか》に従いともに討死した例も、乳母子と養君のつながりの強さを示す例である。

平家の都落ちの際、惟盛の北の方は同行しなかったのに対して、乳母である輔子や帥局は安徳天皇の車に同乗し、三種の神器を携えて都から落ちていったのも、一面ではこれと同様である。彼女たちは結婚によって平家一門の妻となった貴族の娘であるが、天皇に仕える乳母・女房である限り養君と行動をともにせざるをえなかった。輔子が建礼門院とともに寂光院で生活するようになったのも、おそらくわが子のように育てた安徳天皇を失った悲しみを建礼門院と共有していたことが背景にあったのではないかと思われる。

●院政・平家の時代と女房たち

最初にのべたように、女房は女性使用人であった。しかし十二世紀の貴族の日記に見える女房という言葉には、内裏や中宮などに仕える女房を指す本来の意味（ドコソコで女房にお会いして話をしたなど）のほかに、現代同様自分の妻を指す場合（私の女房と子どもがドコソコへお参りした）が混在し、道長時代にはあまり見られなかった妻を指す例が増えている。なぜこうした傾向が強まるのだろうか。

『公卿補任《くぎょうぶにん》』という書物は、三位以上の公卿の名を一年ごとに記したものである。この本には公卿の名が最初に現れる箇所に、略歴とともに父母の名が記されている。試みに母の記載を比べてみると、十一世紀までの公卿の母のほとんどは、ただ○○卿・朝臣女と記されているのみであるが、十二世紀になると実名（後述）や乳母などの役職、さらに家女房《いえにょうぼう》といった注記が目に付くようになる。乳母を母とする公卿が増えるのは、先に見たような事情によるが、家女房という記載もこの時代以前にはまったく見られなかったものである。

家女房とは貴族の屋敷でつとめる女房である。関白家の家司をつとめた公卿平信範《のぶのり》の日記『兵範記《ひょうはんき》』の久寿三《きゅうじゅ》（保元元・一一五六）年二月十日の記事に、加賀殿という女房の死を記した箇所がある。彼女は故大宮大進仲光《なかみつ》という下級貴族の娘で、三三歳で亡くなったが、関白忠通《ただみち》との間に八歳を頭に六歳・四歳・二歳と四人の男の子を産んでいた。八歳の子が九条兼実《くじょうかねざね》である。彼女と主人である忠通の間には長期にわたる継続的な性関係があり、子どもたちは摂関家の若君として扱われていたが（兼実はわずか十二歳で正三位権中納言である）、彼女自身はあくまでも摂関家の女房であった。『公卿補任』の兼実と同母兄弟兼房《かねふさ》の項には、母を家女房と記している。また、兼実の兄基房《もとふさ》の子・隆忠《たかただ》の母も内大臣の娘であるが、家女房であった。

このように、院政期になると貴族に仕える女房の中に、江戸時代の大名の側室のような性格を持つ女房がはっきり姿を現すようになる。無論摂関期にも正式な妻の死後女房が事実上の妻となった例は、たとえば権北《ごんのきた》の方《かた》と呼ばれた藤原兼家《かねいえ》の女房や藤原実資《さねすけ》の今北の方などいくつか見られる。またこの時代にも、女院や中宮、貴族の女房の中には、建礼門院右京大夫や「沖の石」の讃岐《さぬき》と呼ばれた二条院讃岐のように、和歌や楽器の演奏で広く知られた女房もあり、一種の文化的なサロンを形成していたことも摂関期と同様である。しかし兼家や実資の例がいずれも正式な妻の死後、女房を事実上の妻として扱ったのと少し異なり、家女房は妻としての扱いはされていない。彼女たちは摂関期の次妻たち、たとえば『蜻蛉日記《かげろうにっき》』を書いた道綱母《みちつなのはは》や道長の二番目の妻明子《めいし》のように婚姻儀礼を経て自分の宅に住み、夫が通ってくるという暮らしをしていたのではない。おそらく夫の家の一角に女房としての部屋を持ち、主人であり夫の支配下で暮らしていたのではないだろうか。

こうした変化は、天皇や院の場合にも見ることが出来る。十一世紀初めに書かれた『源氏物語』の書き出しは「いづれの御時にか、女御《にょうご》・更衣《こうい》、あまたさぶらひ給ひける中に」という、有名な一節であるが、この物語が想定している醍醐《だいご》天皇の頃、天皇の後宮には女御や更衣など何人ものキサキが住んでいた。しかし十二世紀頃になると更衣は無論、女御もほとんどいなくなる。これは道長以後、摂関家や院・平家などの最高権力者に対抗して、女御を入内させることが難しくなったからである。（摂関家そのものも、実子に恵まれず、養子を入内させている）。逆に女御の入内は、ほとんどが立后を前提としていた。たとえば高倉天皇の場合も、中宮徳子以外のキサキの入内の記録はない。しかし高倉天皇には何人もの子どもがいた。安徳天皇に代わって天皇に立てられた後鳥羽天皇は高倉の四番目の皇子であるが、彼とのちに後高《ごたか》倉院《くらいん》となる第二皇子の母は女房（藤原殖子《たねこ》、後の七条院《しちじょういん》）であった。彼女は藤原信隆《のぶたか》の娘で中宮徳子の女房として徳子の入内に付き添い、その後高倉天皇の典侍となって天皇の子どもを産んだ。また『平家物語』で高倉院との悲恋が描かれた有名な小督局《こごうのつぼね》も、高倉院の女房である。彼女は左衛門督藤原成範《なりのり》の娘で治承元（一一七七）年に皇女範子《のりこ》（坊門院《ぼうもんいん》）を産んだが、宮中を追われて出家した。彼女の産んだ範子内親王はわずか二歳で、賀茂斎院に選ばれている。高倉はそのほか按察《あぜち》典侍との間にも、子どもをもうけていた。

天皇や院が女房と性関係を結び子どもが誕生する例は高倉天皇に限らず、院政期の院や天皇の場合一般的に見られることだった。摂関期の天皇の場合、服藤早苗氏が指摘したように、母后や外戚によって厳しく性を管理され、少なくとも表面的には女房と性関係を結ぶことはなかった。摂関期の天皇の子どもたちで女御・更衣以外の女性から生まれた例は、出家して自由な暮らしを送っていた花山《かざん》天皇の子どもたちだけである。これに対して白河院以後になると、キサキ以外の女性、とくに女房を寵愛し子どもが生まれる例が目立つようになる。たとえば丹後局（高階栄子）は平業房《なりふさ》と結婚して数人の子どもを産んだ後、清盛のクーデターで夫が捕らえられると後白河の下に出仕し、上皇の子どもを産んで寵姫となり権勢をふるっている。高倉天皇自身も女房の子どもである。母建春門院《けんしゅんもんいん》は最初、後白河の姉妹上西門院《じょうさいもんいん》の女房で、小弁《こべん》と呼ばれていた。彼女は女房としての身分のまま主人の子どもを産み、子どもが皇太子になったとき初めて女御になっている。つまり天皇の性に制約が課されなくなっているのである。

こうした現象が起こる背景には、父系制的なイエがこの時期の貴族社会で最終的に確立し、使用人を含めたイエのメンバーに対する家長の支配力が強化されたことがあるだろう。支配力は女性使用人に対する性的支配を含むものだった。またそこで生まれた子どもは、たとえば摂関家大殿藤原忠実《ただざね》の子で悪左府と呼ばれた頼長《よりなが》や関白忠通の子兼実の場合のように、摂関家の子どもとしてのコースを順調に辿っており、母の身分に関わらず若君・姫君として扱われた。つまり子どもが社会で認められるときにもっとも重要なのは、父が誰かということだったのである。院政期の女房という用語に二つの意味が混在するのは、こうした実態に対応したものであり、そこでは妻と女房の境が曖昧なものになりつつあった。中世後期の天皇が正式なキサキを持たず、複数の典侍が女房身分のまま事実上キサキ役割を果たしていたことは、よく知られた事実であり、その出発点はこの時代にあるのである。

藤原輔子は、女房名を最初五条、のちに大納言佐《だいなごんのすけ》（典侍）、または大納言局と呼ばれていた。この時代の男性は一般に元服のときに、大人としての正式な名前を付けられた。ただし朝廷に出仕する童はその際に大人の名を付けられたように、こうした名前が必要になるのは官人として出仕し位や官職を与えられるときであった。当時の社会では相手に面と向かって実名を呼ぶことはなかったから、普通は官職名（大納言殿とか宰相とか）で呼ばれ、日記に記すときも官職名が使われている。女性の場合も同じで、実名を付けられるのは成人したときではなく、キサキになるとか内裏の女房になるとき、つまり位を与えられたときであった。

たとえば輔子の場合、この名前で記されるのは叙位や任官（内の乳母は官職である）のときだけで、その命名は父の名の一字を付けるのが一般的であったようである。輔子の姉妹には邦子《くにこ》と綱子《つなこ》がいるが、二人の名前をあわせると父邦綱の名前になる。言い換えれば、朝廷と関係がない女性は死ぬまで姉とかなかとか、トラやウサギなど生まれ年の名で呼ばれるだけだったから、女房名が必要になったのである。彼女たちは、地位が上がったり奉公先を変えたりすると、新たな女房名を名乗っている。たとえば『山槐記《さんかいき》』の治承四（一一八〇）年三月九日に、安徳天皇即位にともなう女官の除目《じもく》の記事がある。そこには天皇の即位にともなって内の女房となった女官たちの女房名の変更が記されているのだが、先に見たように輔子は五条から大納言局へ、平時忠妻洞院局は帥局へ、また典侍源房子は新大納言局、同じく典侍源頼子は別当局へと重々しい官職名に変わっている。

ところでここに見える局《つぼね》という言葉を、江戸時代の「大奥」を描いたテレビドラマなどで耳にした人はかなり多いのではないだろうか。この言葉が広く使われるようになるのも、この時期からである。局という言葉には、役所の部屋といった仕切られた場所を示す意味があり（現代の中央官庁にもナントカ局がある）、そこから部屋を貰っている女官や女房本人を意味するようになった。「お局様」である。この言葉は大納言局のように女房名に付けて使われた。また、たとえば大納言局を大納言殿と敬称付きで表現する場合があるように、敬称のニュアンスを含んでいる。したがって、局を付けて記されている人には、典侍や乳母など女房の中でも主だった上位の人が多い。丹後局や小督局のように、院や天皇の寵愛を受けて子どもを産んだ女房にも使われており、貴族たちが特別視していたことがうかがわれる。

十二世紀後半の戦乱は、京に住む女房にどのような影響を与えたのだろうか。貴族の日記には義仲軍の入京に怯え、老人や女性・子どもを奈良などに疎開させる記事が出てくる。また福原遷都のときには、多くの女房たちも主人とともに福原に移ったであろう。では、直接仕えていた主人やミウチが滅んだ場合、彼女たちはどうなったのだろうか。貴族の娘である多くの女房は戦乱からは離れたところにいたから生き延びて、新たな暮らしを始めざるをえなかったようである。先に名を上げた讃岐は源三位頼政《げんさんみよりまさ》の娘であり、中宮権大進源重頼《しげより》と結婚して二条院に仕えた。彼女は建保《けんぽ》五（一二一七）年頃七七歳くらいだったと推定されているから、父や兄弟が敗北し殺されたときには四〇代初めである。すでに二条院は亡くなっていたから、この頃は家にいたのかもしれない。先に見たように戦いに負けて朝敵とされた場合、男性の親族は連座によって流刑や処刑の対象になる。

しかし、建礼門院の処罰が問題となったとき、「女は捨て置く」とされたように、連座は女性に及ばなかった。彼女の場合も二年後の寿永元（一一八二）年には賀茂社奉納百首選に加わり、後鳥羽天皇の即位後は一時中宮任子《にんし》の女房となっている。また建礼門院右京大夫の場合も女院の都落ちには同行せず、後鳥羽の生母七条院に仕えたらしい。彼女達はいずれも名を知られた歌人であり仕えた先も内裏や院（女院）であった。こうした場合は他の女房たちも、主人の没落後は親族のところに身を寄せ、新たなつとめを始めた人も多かったのではないか。一方、たとえば平家の直接の従者である女房達の場合、建礼門院や時子をはじめとする平家一門の女主人と行動をともにせざるを得なかった人が多かったのではないだろうか。壇ノ浦《だんのうら》で平家が滅んだとき海に身を投げた女房たちは、こうした人々だったのだろう。その数はわからないが、生き残って都に護送された主な女房は四三人であったと記されている。

（西野悠紀子）

【参考文献】

秋山喜代子「養君に見る子どもの養育と後見」（『史学雑誌』一〇二—一、一九九三年）
角田文衞『椒庭秘抄—待賢門院璋子の生涯』（朝日新聞社、一九七五年）
元木泰雄『院政の展開と内乱』（吉川弘文館、二〇〇二年）

男のネットワーク

藤原頼長《よりなが》の男色　二〇一二年の大河ドラマ『平清盛』で、摂関家の御曹司《おんぞうし》藤原頼長《よりなが》が、清盛の弟家盛《いえもり》を押し倒したシーンに驚かれた方もいるかもしれない。あの頼長と家盛の関係はフィクションだが（実は私たちが知らないだけで、実際にはあったかもしれないが……）、頼長が男色《だんしょく》を行っていたのは事実である。それがわかるのは、頼長自身が日記『台記《たいき》』に自らの男色関係を具体的に記しているからである。いくつか紹介してみよう。

今夜内《うち》の辺りにおいて、或る三品《さんぽん》〈件《くだん》の三品衛《え》府《ふ》を兼《か》ぬ〉と会交《かいこう》す。年来の本意《ほい》を遂げおわんぬ。〈康治《こうじ》元年七月五日条〉

今夜内裏の辺りで、ある近衛府《このえふ》の官職を兼ねている三位と会い、関係を持った。長年の望みを遂げた。

この「三品」は、従三位左中将《さちゅうじょう》であった藤原忠雅《ただまさ》を指していると思われ、頼長はこの日初めて忠雅と関係を持ったようである。

亥《い》の刻、華山《かざん》に向かい、或る士・讃《さん》に逢う。相互に濫吹《らんずい》を行う。希有《けう》の事なり。夜半過ぎに帰宅す。〈久安《きゅうあん》二年六月六日条〉

夜の十時頃藤原忠雅邸に向かい、ある士・讃に逢った。相互に性交を行った。とんでもないことだ。夜半過ぎに帰宅した。

「濫吹」とは、一般に暴力沙汰を指す言葉であるが、頼長はもっぱら男色行為を示す言葉として使っていた。「ある士・讃」とは、このとき讃岐《さぬき》守であった藤原隆季《たかすえ》である。この日頼長は、すでに関係を持っていた忠雅の家で隆季と逢い、隆季と立場を変えて相互に性交を行ったという。頼長はこの三年前から隆季に書を送っていたが、まったく返事がなかったため、隆季の義理の兄弟にあたる忠雅に仲介を頼んで接点を持ったものの、男色についてはなお固辞され続けており、陰《おん》陽師《みょうじ》に符術《ふじゅつ》を行わせるなどして、この一か月前にようやく関係を結ぶに至っていた。

夜半、為来《ためきた》る〈有り〉。彼《か》の朝臣《あそん》精を漏らす。感情を動かすに足る。先々常に此《か》くの如《ごと》きの事有り。此の道において往古《おうこ》に恥じざるの人なり。

〈久安三年正月十六日条〉

夜中に「為」が来て、そのことがあった。彼は精を漏らした。気持ちを動かされることだ。この人は以前から常にこうしたことがある。この道において昔の人に恥じない人である。

この「為」は、このとき正四位下左中将であった藤原為通《ためみち》を指すと考えられている。

自らの男色関係をこのように赤裸々に記した日記は、ほかにはない。では、男色は頼長だけが行っていた特殊な行為だったのであろうか。そうではない。この時期の貴族社会において、男色は個人的な指向（嗜好）の問題ではなく、政治であり、文化であったのである。ここでは、その一端を紹介してみよう。

男色文化の形成　貴族社会における男色文化は、いつ頃、なぜ、生まれたのだろうか。

古代の共同体社会では、同性同士の性愛はタブーとされていた。これは、同性の性愛は出産に結果しないため、生産や豊穣《ほうじょう》に結び付かないからだろうと言われている。男色が史料上に確実な形で表れるようになるのは十世紀であるが、永観《えいかん》三（九八五）年に成立した『往生要集《おうじょうようしゅう》』によれば、男色は強姦・姦通《かんつう》とともに、それを犯した者は地獄に堕ちると認識されていた。

それが本格的に貴族社会に普及・浸透するのは、十一世紀からである。藤原資房《すけふさ》の日記『春記《しゅんき》』によれば、長暦《ちょうりゃく》三（一〇三九）年、資房の弟資仲《すけなか》や藤原行《ゆき》経《つね》ら上流貴族の若い子弟数人が、三井寺《みいでら》の前大僧正《さきのだいそうじょう》の童子乙犬丸《どうじおといぬまる》を寵愛して三井寺に通い、いろいろな贈り物をしたうえ、五節《ごせち》（宮中で大嘗会《だいじょうえ》・新嘗会《しんじょうえ》の際に行われた五節の舞を中心とする行事）の期間に、内裏《だいり》に設けられた五節の舞姫の控所である五節所《ごせちしょ》に乙犬丸を連れてきて行経と性交し、さらに五節の童女《わらわ》らを交えて次々と性交に及ぶ、という事件を起こして問題となった（長暦三年十月二十九日・十一月二十五日条）。ここでは、家に寄りつかず仲間と集団で三井寺に通いつめ童子に贈り物をしている、いわば不良青年たちの行動や、五節所という公的な場での乱行が問題とされてはいるものの、男色そのものが否定されているわけではないこと、また、若い貴族仲間が集団で行っており、個人的な性的指向の問題でもないと考えられることから、男色が文化として広まっていることがわかるだろう。

さて、ここで男色の対象となったのは、寺の童子であった。寺院には様々な童《わらわ》がおり、彼らは出身の家柄によって兒《ちご》―中童子《ちゅうどうじ》―大童子《だいどうじ》と序列が分かれていた。兒が僧の性愛の対象となったことはよく知られているが、これは、階層が高く僧の身近に祗候《しこう》できた兒が僧の寵童《ちょうどう》となるケースが多かったからであろう。彼らは、入室《にゅうしつ》してから落飾《らくしょく》して出家するまで、もしくは元服して俗人《ぞくじん》の青年男子となるまでの数年間、化粧・垂髪《すいはつ》・華美な装束という姿で主人である僧に仕え、主人の僧への絶対的服従を強いられて身辺の雑用を担っていた。その絶対的服従と身辺祗候の延長線上に、寝室での奉仕もあったのである。

兒を従えることができたのは、別当《べっとう》や院家《いんげ》の僧綱《そうごう》など限られた上層の僧のみであり、美しく華やかな童を従えていることは彼らのステイタスシンボルでもあったから、容貌の美しい童を多く集めて寵童とするケースが多かった。こうした寺院の状況が、先のような事件の背景にあったのであろう。なお、兒になることができたのは父親が六位以上の貴族の子であり、また兒を持つことができた上層の僧は親王や上流貴族の出身者であって、寺院社会と貴族社会はきわめて近い関係にあった。この中で、寺院における男色文化が貴族社会にも流入したのだろう。

また一方で、貴族社会の側にもこうした文化が浸透する要因があった。十～十一世紀は、女性への蔑視《べっし》や男女の性交を不浄とする意識がおこり、男女の性愛の不平等が始まる時期であった。これにより、穢《けが》れのない男同士の性愛、男女間には求め得ない対等に近い関係を求める動きが生まれ、結果として男同士の性愛の流行・浸透へとつながっていったのである。

男色ネットワークの広がり　さて、このように貴族社会に浸透した男色は、院政期にどのような広がりを示しただろうか。先に挙げた頼長の男色関係を軸に見ていきたい。

『台記』に初めて男色の記述が表れるのは、康治元（一一四二）年、頼長が二三歳のときであり、以後、残存している日記の下限の久寿《きゅうじゅ》二（一一五五）年までの一三年間、時期によって頻度の多寡《たか》を含みながらも断続的に記されている。その相手は、最初に述べた藤原忠雅・隆季・為通のほかに、藤原公能《きんよし》・藤原家明《いえあきら》・源成雅《なりまさ》・藤原成親《なりちか》ら貴族や、頼長の随身《ずいじん》や雑色《ぞうしき》である秦《はたの》公春《きみはる》・秦兼任《かねとう》・弥里《やさと》、また武士である源義賢《よしかた》（源義朝《よしとも》の弟）や、下級官人の佐伯貞俊《さだとし》、四天王寺《してんのうじ》の舞人《まいびと》の公《く》方《ぼう》など、様々な階層にわたっていることが、近年の研究で明らかにされている。

このうち源成雅は、『今鏡《いまかがみ》』に「成雅の君《きみ》とて、知足《ちそく》院入道大殿《いんにゅうどうおおとの》、寵《ちょう》し給ふ人に御座《おわ》す」とあるように、頼長の父忠実《ただざね》の寵愛の人であった。この成雅は、康治二（一一四三）年、院御所で藤原頼輔《よりすけ》とつかみ合いの乱闘事件を起こしたため、頼長が上卿《しょうけい》（朝廷の行事執行の責任者）として成雅を解官《げかん》した。するとこれが忠実の怒りを招き、頼長はしばらくの間忠実邸への出入りを禁止されている。頼長は忠実が溺

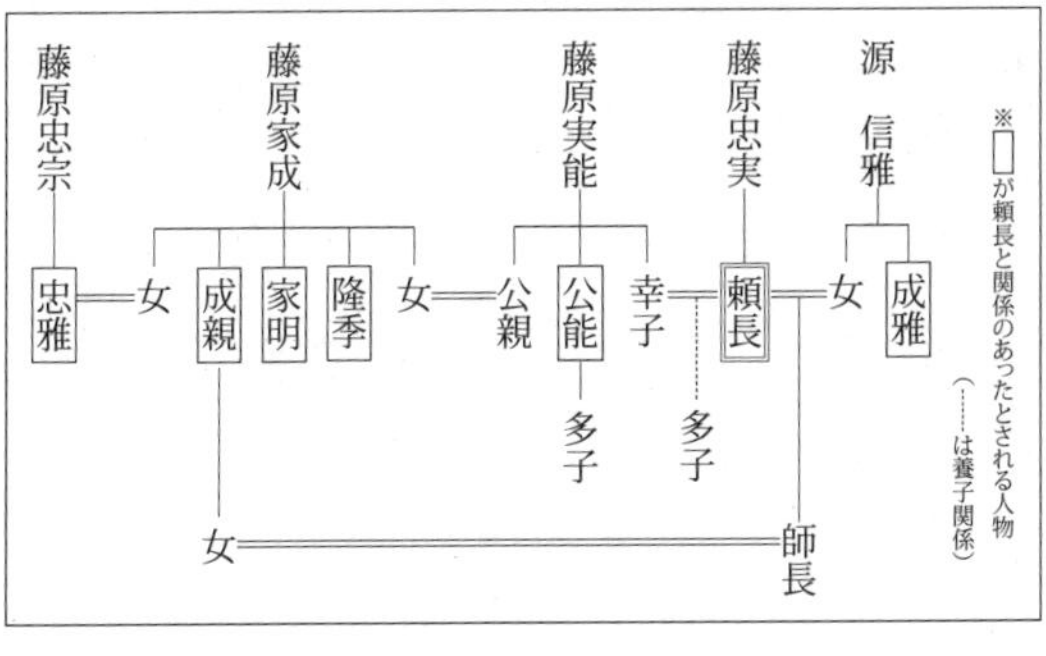

愛した息子であったが、その頼長でさえ、である。頼長は、おそらく成雅と父忠実とのこうした関係を知った上で、その後自らも関係を結んだのである。

佐伯貞俊は、頼長の養女多子《まさるこ》が女御《にょうご》として入内《じゅだい》した際に、鳥羽院《とばいん》から多子の知家事《ちけじ》にするよう推薦された人物であるが、もとは鳥羽院庁の官人で院が深く愛情を注いでいた人物であり、容貌が大変麗しかったという（『台記別記《べっき》』久安四年十月二十日・二十一日条）。おそらく見目のよい男色相手を紹介する意図もあったのだろう。また舞人の公方に関しては、四天王寺を訪れた際に鳥羽院と頼長の間で、「この寺に容貌の優れた舞人がいるが、今日はいるか」「います」という会話がなされており、院は容貌の美しい人を好むゆえにこの発言があった、と頼長は記している（『台記』久安三年九月十二日条）。院はその翌日、仏事の合間に頼長をそそのかし、頼長はその夜と翌日に舞人公方を臥内《がない》に引き入れている。鳥羽院と頼長の会話は、男色を行う者同士としての相互認識の上になされていたのである。

なお、鳥羽院はこの時期の男色ネットワークの中心人物の一人であり、その寵愛を受けた代表的な人物が、「院第一ノ寵人《ちょうじん》」（『愚管抄《ぐかんしょう》』第四「近衛《このえ》」）で、「天下の事一向家成《いっこういえなり》に帰す」（『長秋記《ちょうしゅうき》』大治《だいじ》四年八月四日条）と言われた藤原家成であった。仁平《にんぴょう》元（一一五一）年、頼長が家成の家を追捕させる事件を起こすと、以後鳥羽院は頼長を「ウトミ思召《おぼしめ》」すようになったと言われ（『愚管抄』同上）、これがのちの保元の乱までつながっていくのである。

ほかに頼長が関係を持った人物のうち、藤原為通は「讃岐の御門《みかど》に御をぼえにおはせし」（『今鏡《いまかがみ》』「ふぢなみの下　ゆみのね」）とあるように、崇徳院《すとくいん》の寵愛した人物でもあった。また『台記』には、「今夜讃通じ申す。余媒《なかだち》をなす。先約によりてなり」（久安二年十月十九日条）とあって、頼長が讃＝藤原隆季との約束によってある人物を紹介し、この日隆季がその人物と関係を持ったことが記されているが、この相手も崇徳院《すとく》ではないかと推測されている。

藤原成親は、後白河院《ごしらかわいん》の「男ノオボヘニテ……ナノメナラズ寵アリケル」（『愚管抄』（第五「高倉」）と、後白河院から格別な寵愛を受けた人物である。後白河院はほかにも、平治の乱を起こした藤原信頼《のぶより》に「アサマシキ程ニ御寵」（『愚管抄』第五「後白河」）があったとされ、また平重盛《しげもり》の子資盛《すけもり》や摂政藤原基通《もとみち》との関係なども知られている。藤原兼実《かねざね》の日記『玉葉《ぎょくよう》』は、後白河院と基通との関係について、「法皇、摂政に艶《えん》す」「去る七月御八講《みはっこう》のころより御艶気あり。七月二十日ころ御本意を遂げらる」（『玉葉』寿永二年八月二日・十八日条）と具体的に記している。

以上のように鳥羽院や崇徳院、後白河院、さらに摂関家の忠実・頼長らは、それぞれに男色のネットワークを持っていた。また鳥羽院の祖父で「男女の殊寵《しゅちょう》多し」（『中右記《ちゅうゆうき》』大治四年七月七日条）と言われた白河院も同様であろう。彼らの関係は、『今鏡』や『愚管抄』、『玉葉』など、他者によって書き残されていることからもわかるように、周囲の誰にも知られずに内密にされたものではなかった。また紹介を通して関係を拡げていることに見るように、二者間のみで完結していたものでもなかった。頼長の日記の背景には、この時期の貴族社会に網の目のように張り巡らされた男色関係の存在があったのである。

男色の政治性　では、なぜ彼らはこのような関係を持ったのだろうか。

藤原隆季は、久安三（一一四七）年三月、頼長に宛てて近衛《このえ》中将《ちゅうじょう》を望む気持ちを詠《よ》んだ詩歌を送っている。中将は上流貴族子弟の昇進コースであり、院近臣家出身の隆季には得がたい官職であった。さらにこのとき弟の家明は少将《しょうしょう》になっており、この点で隆季は弟に遅れをとっていたのである。隆季は頼長の政治力を期待して、頼長と関係を結んだのであろう。

院政期は中世的な家格《かかく》の成立過程にあり、昇進コースも完全に固定されたものではなかった。また個々の貴族の家においても、家長の地位は流動的であり、その時々の政治状況によって大きく変化した。彼らの昇進には、院や摂関家との私的な主従関係が大きく影響しており、関係性の如何《いかん》によっては急速な上昇や没落もあり得たのである。このように貴族たちが常に権力者との結び付きを意識し、また個人と個人の関係性が重視される状況の中で、男色のネットワークが形成されていったのだろう。関係性の構築・維持に際しては、古くから婚姻という手段が取られたが、たとえば頼長と関係を持った藤原公能や源成雅は姉妹が頼長の妻となっており、すでに義兄弟の関係にあった。姻戚関係の上に、さらに個と個としての関係を築いていたわけであり、男色は関係強化策として機能していたのではないだろうか。

では頼長にとっては、男色はどのような意味があったただろうか。頼長の男色ネットワークで注目すべきは、藤原家成の一門である。頼長が関係を持った隆季・家明・成親の三人は家成の子、忠雅は家成の娘婿であり、関係が集中している。家成の家は、受領をつとめる院近臣として院政期に急速に台頭した家系であり、頼長は院近臣として大きな力を持つこの一門を自らの勢力として取り込もうとした可能性が指摘されている。

もう一点、頼長のネットワークで注目すべきは、鳥羽院や崇徳院と相手（藤原隆季や佐伯貞俊など）を共有しながらも、彼自身が院と関係を持つことは一度もなかった点である。頼長は、自身が院のネットワークに入ることはせず、院自身の立場を模倣し、自らがイニシアチブを持つネットワークを築こうとしたことが指摘されている。鳥羽院の寵愛を受けた家成の息子たちを取り込んだのも、相手を共有するもう一方の核となろうとした意識の表れかもしれない。しかしこうした関係は、結果として最後まで密接に維持されることはほとんどなかった。先に述べた人物のうち、保元の乱で頼長の側に付いたのは源成雅のみだったのである。

とはいえ、この時期の男色関係をすべて政治的思惑から発するものと考えるのも誤りであろう。そこに含まれる感情・要因などに関しては、史料がないためわかりにくいが、少なくともこの時期の性愛を考える際には男女間の性愛だけでは不十分であり、同性同士の関係も一つの重要な要素として考える必要があるのである。

（伊藤瑠美）

【参考文献】

大石幹人「院政期貴族社会の男色意識に関する一考察―藤原頼長にみる男色関係の性格―」（『福井県立博物館紀要』一四、一九九九年）
神田龍身「男色家・藤原頼長の自己破綻―『台記』の院政期―」（小嶋菜温子編『王朝の性と身体―逸脱する物語』森話社、一九九六年）
五味文彦『院政期社会の研究』（山川出版社、一九八四年）
五味文彦「院政期の性と政治・武力」（『季刊文学』六―一、一九九五年）
土谷恵『中世寺院の社会と芸能』（吉川弘文館、二〇〇一年）
東野治之「日記にみる藤原頼長の男色関係―王朝貴族のウィタ・セクスアリス―」（『ヒストリア』八四、一九七九年）
服藤早苗『平安朝の女と男―貴族と庶民の性と愛―』（中央公論社、一九九五年）
細川涼一『逸脱の日本中世―狂気・倒錯・魔の世界―』（JICC出版局、一九九三年）

【編著者略歴】

服藤　早苗（ふくとう　さなえ）
一九四七年生まれ。愛媛県出身。東京都立大学大学院人文科学研究科博士課程・文学博士。現在、埼玉学園大学人間学部特任教授。
▼『平安王朝の子どもたち』（吉川弘文館）、『平安王朝社会のジェンダー　家・王権・性愛』（校倉書房）、『古代中世の芸能と買売春』明石書店）ほか。

【執筆者略歴】

伊藤　瑠美（いとう　るみ）
一九七六年生まれ。静岡県出身。東京都立大学大学院人文科学研究科博士課程単位取得退学。博士（史学）。現在、十文字学園女子大学非常勤講師。
▼「11～12世紀における武士の存在形態」（『古代文化』五六巻八・九号）、「鳥羽院政期における院伝奏と武士」（『歴史学研究』八三二号）、「院政期の王家と武士」（『歴史評論』七三六号）ほか。

佐伯　智広（さえき　ともひろ）
一九七七年生まれ。大阪府出身。京都大学大学院人間・環境学研究科博士課程修了。博士（人間・環境学）。現在、神戸夙川学院大学・摂南大学・立命館大学非常勤講師。
▼「中世貴族社会における家格の成立」（上横手雅敬編『鎌倉時代の権力と制度』所収、思文閣出版）、「中世前期の政治構造と王家」（『日本史研究』五七一号）、「中世前期の王家と家長」（『歴史評論』七三六号）ほか。

高松　百香（たかまつ　ももか）
一九七三年生まれ。秋田県出身。東京都立大学大学院人文科学研究科博士課程修了。博士（史学）。現在、東京学芸大学非常勤講師。
▼「院政期摂関家と上東門院故実」（『日本史研究』五一三号）、「〈王家〉をめぐる学説史」（『歴史評論』七三六号）、『中世の人物〔京・鎌倉の時代編〕第二巻　治承～文治の内乱と鎌倉幕府の成立』（共著・野口実編、清文堂出版）ほか。

西野　悠紀子（にしの　ゆきこ）
一九四三年生まれ。京都府出身。京都大学文学研究科博士課程単位取得退学。
▼「律令体制下の氏族と近親婚」（女性史総合研究会編『日本女性史1』、東京大学出版会）、「皇女が天皇になった時代」（服藤早苗編『歴史の中の皇女たち』小学館）、「古代における人口政策と子ども」（『比較家族史研究二四号）ほか。

野口　華世（のぐち　はなよ）
一九七二年生まれ。東京都出身。東京都立大学人文科学研究科博士課程単位取得退学。博士（史学）。現在、共愛学園前橋国際大学専任講師。
▼『再検証　史料が語る新事実　書き換えられる日本史』（共編著・小径社）、『図説　平清盛』（共著・河出書房新社）、「内親王女院と王家」（『歴史評論』七三六号）ほか。

樋口　健太郎（ひぐち　けんたろう）
一九七四年生まれ。愛知県出身。神戸大学大学院文化学研究科博士課程修了。博士（文学）。現在、関西学院大学・関西大学・大手前大学非常勤講師。
▼『中世摂関家の家と権力』（校倉書房）、「藤氏長者宣下の再検討」（『古代文化』六三巻三号）ほか。

小径選書 ❷

「平家物語」の時代を生きた女性たち

2013年5月20日　第1刷発行

編著者　服藤早苗
発行者　稲葉義之
印刷所　モリモト印刷株式会社

発行所　株式会社 **小径社** Shokeisha Inc.
〒350-1103　埼玉県川越市霞ヶ関東5-27-17　TEL 049-237-2788

ISBN　978-4-905350-02-6
◎定価はカバーに表示してあります。
◎落丁・乱丁はお取り替えいたします。

写真提供：神奈川県立歴史博物館（『平家物語』奈良絵本）